GABRIEL ANWANDER

SCHUTZGELD

KRIMINALROMAN

Erstausgabe April 2018

© 2018 dp DIGITAL PUBLISHERS GmbH

Made in Stuttgart with ♥
Alle Rechte vorbehalten

SCHUTZGELD

ISBN 978-3-96087-393-8

Umschlaggestaltung: Annadel Hogen
unter Verwendung von Abbildungen von
© EugeniaSt/shutterstock.com und
© Oleksandr Kalinichenko/shutterstock.com
Lektorat: Janina Klinck
Satz: Sarah Schemske

ÜBER DEN AUTOR

Gabriel Anwander, 1956 in der Ostschweiz geboren, studierte Landwirtschaft an der Fachhochschule in Bern, bereiste Indien und Kanada, arbeitete zwei Jahre in einem landwirtschaftlichen Projekt in Kamerun und danach lange Jahre in der Verwaltung des Kantons Bern. Er begann früh nebenher Kurzgeschichten zu schreiben.

Zahlreiche Geschichten erschienen in Magazinen, Zeitungen und Anthologien. Mehrere der Geschichten wurden an Wettbewerben ausgezeichnet, so zum Beispiel mit dem ersten Preis des Kurzgeschichtenwettbewerbs der Buchhandlung Stauffacher, im OpenNet der Literaturtage in Solothurn, oder zwei Mal mit dem dritten Platz an den Krimitagen in Burgdorf.

Sein erster Kriminalroman mit dem Titel *Schützenhilfe* erschien im Limmat Verlag. Er lebt heute mit seiner Frau in Langnau im Emmental.

1

Ich hielt ihn für einen Pfarrer.

Nicht weil er schöne Hände hatte oder sein Hemd bis oben hin zugeknöpft war. Auch nicht, weil er einen äußerst gepflegten Haarschnitt trug, der zu seinen grauen Augen passte, oder weil er sehr aufrecht in seinem Rollstuhl saß und sein Schicksal mit beispielhafter Würde trug. Nein: Ich hielt ihn für einen Pfarrer, weil er sein Weinglas zum Trinken mit beiden Händen zum Mund führte. Mit der rechten Hand griff er nach dem Stiel, die Fingerspitzen der linken legte er seitlich an den Kelch, führte das Glas mit einer einzigen Bewegung an die Lippen und trank. Er trank oft und viel, wenn auch langsam, vorsichtig und in kleinen Schlucken.

Das erinnerte mich an den Pfarrer in unserem Dorf. Ich hatte in meiner Kindheit manchen Sonntagvormittag der Messe beigewohnt, und unser Pfarrer pflegte auf dieselbe Weise nach dem goldenen Messkelch zu greifen. Er hob das Ding an, mit beiden Händen, streckte es zunächst von sich weg, hoch über sein Haupt der fremden Macht entgegen, der er verpflichtet war, um es dann zu seinem Mund zu führen und den gesegneten Inhalt auszuschlürfen. Mit unverschämtem Genuss, um nicht zu sagen gierig. In einem Zug bis zur Neige. Sonntag für Sonntag vor versammelter Gemeinde.

Der Mann, den ich an unserem ersten Abend auf der Insel für einen Pfarrer gehalten hatte, war in Wirklichkeit ein eiskalter Mörder.

Er saß drei Meter von uns entfernt an einem Tisch am Rand des Mittelganges und hatte von seinem Platz aus freie Sicht auf die Tanzfläche. Er ergötzte sich am Anblick der vielen Beine, die mehr oder weniger graziös auf den Brettern herumwirbelten, während seine eigenen Beine reglos unter dem Tisch ruhten.

Zugegeben, zuerst war mir seine Begleiterin aufgefallen. Sie hatte eine blonde Mähne und trug ein rückenfreies Kleid aus grüner Seide. Sie war jünger, mindestens zwanzig Jahre, vielleicht seine Tochter, vielleicht seine Geliebte. Zu jenem Zeitpunkt war mir das egal.

Sie kümmerte sich aufrichtig um den Mann. Sie goss den Wein mit abgeklärter Eleganz in sein Glas, schüttelte ab und zu das Kissen in seinem Rücken zurecht, gab ihm Feuer, wenn er sich eine Zigarette zwischen die Lippen klemmte, oder unterhielt sich mit ihm – soweit das bei dem Lärm möglich war. Ich fand Gefallen an ihren Bewegungen, an ihrem Lachen, an dem schlanken Hals mit der Perlenkette und den Haaren, die schon deshalb auffielen, weil die Haare aller anderen Frauen auf dem Festplatz schwarz waren.

Mein Blick wanderte immer wieder zu den beiden. Seine Ausstrahlung, der Eindruck, den er auf mich machte, war intensiv. Im Gegensatz zu den schmalen Gesten, mit denen er seine Wünsche und seinen Willen zum Ausdruck brachte. Die Frau an seiner Seite verstärkte seine Ausstrahlung mit ihrer umsichtigen und respektvollen Fürsorge.

Sie musste meine Blicke bemerkt, vielleicht sogar gespürt haben. Um Mitternacht schob sie ihn im Rollstuhl an unserem Tisch vorbei Richtung Toilette, verweilte zwei Schritte vor uns, strich sich das Haar aus dem Gesicht, sachte, mit gestreckten Fingern, und musterte, nein, prüfte mich mit verengtem Blick zwei Atemzüge lang.

Er starrte solange auf seine Knie.

Sie schenkte mir zum Abschluss ein Lächeln, ein freies, wenn auch unverbindliches, kühles Lächeln. Gleich darauf wurde ich von ihrem Parfum eingehüllt – es roch wunderbar sinnlich und betörend, wie ein Dunsthauch, der aus einem Kirschgarten herübergeweht kam.

Es war die letzte Augustwoche, entsprechend heiß die Luft. Mein Kumpane, Ralph Näf – der eigentlich Rudolpho hieß, aber von allen Ralph genannt werden wollte –, Ralph und ich waren nach dem Mittag mit der Fähre auf der italieni-

9

schen Ferieninsel angekommen und hatten sogleich im Hotel Ancora unsere Zimmer bezogen. Wir waren für die Zeit von vierzehn Tagen angereist, in der Absicht, Sonne zu tanken, zu baden, zu lesen, zu faulenzen und gut zu speisen. In wechselnder Reihenfolge. Strandferien halt, eintönig zumeist, trotzdem überaus beliebt.

Weder Ralph noch ich waren jemals zuvor hier gewesen, weder er noch ich hatten Freunde oder Verwandte auf der Insel. Wir waren ehemalige Schulkameraden, Sportsfreunde, Berufskollegen und Saufkumpane, wir wollten die Zeit nutzen, um uns vom Alltag zu erholen und unsere Freundschaft zu pflegen.

Am Hafen sahen wir Plakate hängen, die verkündeten, dass am Abend unserer Ankunft ein Fest stattfände. Nach dem Abendessen begaben wir uns, ermattet von der Reise, zu müde zum Reden und dennoch gut gelaunt, auf den Festplatz, setzten uns an einen freien Tisch und verfielen rasch in das stumme Beobachten der Leute.

Alle, die Schulkinder eingeschlossen, blieben auf den Beinen, solange die Musik spielte. Die Kinder hüpften zu zweit oder alleine vor der Bühne im Scheinwerferlicht auf und ab, in erster Linie Mädchen. Die Jungen spielten lieber Fangen, zwischen den Bänken oder gar unter den Tischen hindurch, verfolgt von einem hochbeinigen Köter. Er hatte ausgefranste Ohren und auf dem Rücken irgendwelche vertrockneten Rückstände in der Farbe vertrockneter Gallseife.

Die Halbwüchsigen flanierten auf dem Pier, verschmolzen mit der Schwärze der Nacht, tauchten wieder auf ins Licht, neckten, küssten oder ignorierten sich. Die jungen Männer tranken Red Bull aus der Dose und rauchten. Die jungen Frauen brüsteten sich mit schmucken Handtaschen, die Tragriemen in den Armbeugen, spielten mit ihren Smartphones oder teilten die Ohrknöpfe der Kopfhörer mit einem der Jungs und lauschten zu zweit derselben Musik.

Vom Meer her, aus der alles verhüllenden Dunkelheit, dröhnte zwei Mal ein Schiffshorn.

In der linken hinteren Bühnenecke spielten fünf Musiker ausnahmslos italienische Schlager, schweißtreibend, übereifrig und laut. Zwei Stunden nach Mitternacht machten sie Schluss. Sie verstauten geschwind ihre Instrumente und mischten sich für ein letztes Glas unter die Gäste.

Danach beruhigten sich die Reihen, lichteten sich, und der Platz wirkte auf einmal kleiner, überschaubarer, gefälliger. Es war Zeit, schlafen zu gehen.

Ich fühlte mich entkräftet von der Flugreise und der Überfahrt mit der Fähre und die ungewohnte Wärme setzte mir zusätzlich zu – kurz: Ich sehnte mich nach einem Liegeplatz wie ein vollgefressener Löwe.

Ralph hatte sich entfernt, eine Weile schon, er kam zurück, drückte mich auf die Bank zurück und tuschelte: „Bitte, bleib ein paar Minuten. Lass mich jetzt nicht alleine warten."

„Warten auf was?"

Ich brauchte ihn nur anzusehen, da rückte er mit der Begründung heraus: „Ich warte auf Chiara-Sophie, das ist die Kleine, die an unserem Tisch serviert. Ich habe es ihr versprochen", sagte er und winkte ihr mit der leeren Karaffe.

Ich zog seinen Arm herab und sagte: „Nein, lass mal, ich habe genug getrunken", und blieb sitzen.

Mir zeigte Chiara-Sophie beim Lachen zu viel Zahnfleisch – was ich selbstverständlich für mich behielt –, er schwärmte dagegen von ihren Augen. Dieser milde, liebevolle Blick; er machte eine fahrige Bewegung mit seiner Hand, dass man hätte meinen können, sie habe seit Urzeit auf ihn gewartet.

Wie, womit oder wann er ihre Zuneigung gewonnen hatte, machte er mir nicht verständlich. Er war im Laufe des Abends bloß zwei-, dreimal ein paar Minuten weg gewesen. Oder hatte ich beim Beobachten der Leute jegliches Zeitgefühl verloren?

Sie war eher klein. Ralph selbst war groß, hatte Zähne wie ein indischer Filmstar und die Haare und die Augen seiner römischen Mutter. Natürlich hatte ich angenommen, dass er auf der Insel

nicht lange allein bleiben würde, und doch verblüffte mich diese Geschwindigkeit.

Ich unterdrückte ein Gähnen und sagte: „Verra-
te mir später, ob sich das Warten gelohnt hat."

Er lachte: „Heute beginne ich einen neuen Le-
bensabschnitt. Chiara-Sophie ist genau mein
Typ."

„Hast du ihr das gesagt?"

„Klar."

Der Mann im Rollstuhl und seine Begleiterin
waren inzwischen verschwunden. Ich hatte ihren
Aufbruch verpasst. Allmählich verzogen sich die
letzten Gäste, und nach einer weiteren halben
Stunde schloss der allerletzte Schankplatz. Bis
auf vier Zechbrüder, die an den Tischen einge-
schlafen waren, zeigte sich kein Mensch mehr
auf dem Areal, selbst der Köter hatte sich verdrückt.

Hoch über den Köpfen, von den Balkonen der
umliegenden Häuser zu den Laternenpfählen am
Kai und weiter zu den Palmen, die zur Straße hin
eine Grenze bildeten, hatten die Organisatoren
Drahtseile gespannt. Kreuz und quer. In diesem
wirren Netz hingen Elektrokabel mit farbigen
Glühbirnen. Sie gossen ihr billiges Grün, Blau,
Gelb oder Rot über die Tische, die Bänke und den
Boden.

Der Wind wehte vom Meer her, zerrte an den
Seilen und den Kabeln und brachte die Glühbir-

nen zum Schaukeln. Die bunten Flecke glitten über den Boden und die Tische, es hätte einem übel werden können.

Ralph war aufgestanden und wartete an eine Palme gelehnt auf seine neueste Eroberung. Auf seinem Haar, seinem Gesicht und seinem Hemd wechselten die Farben: Von Blau zu Grün, von Grün zu Rot, von Rot zu Blau. Ich bekam den Eindruck, diese Wechselhaftigkeit passe zu seiner inneren Stimmung. Es gab mannigfache Arten von Glück. Es mochte klein sein oder groß, flüchtig oder beständig: Für mich war Glück immer bunt.

Im Osten machte sich ein heller Streifen bemerkbar. Damit war für mich der Zeitpunkt gekommen, zu gehen, Chiara-Sophie hin oder her.

Ich stand auf und sagte: „Ich muss ins Bett."

Ralph nickte, hoffnungsfroh, rauchend, im Gesicht das Entzücken eines Alleinerben.

Ich schritt auf der Straße in die Richtung meines Hotels, kramte den Zimmerschlüssel aus der Tasche und freute mich aufs Bett. Alles dünkte mich so friedlich, es fehlte wenig und ich hätte ein Liedchen geträllert. Als nächstes würde ich ins Bett schlüpfen. Hinlegen. Zudecken. Einschlafen. Ausschlafen.

Das Hotel lag rund einen halben Kilometer außerhalb der kleinen Hafenstadt unmittelbar am Strand. Es war das letzte Gebäude auf dieser Seite der Insel. Der Strand hatte die Form einer Sichel. Danach kam der Fischerhafen und weiter hinten gab es angeblich nur noch Klippen, auf denen, gemäß Reiseführer, Möwen nisteten. Auf der äußersten Spitze wachte ein alter, ungewöhnlich schlanker Leuchtturm.

Die Veranda des Hotels grenzte an den Strand, man benötigte vom Zimmer bis ans Wasser keine drei Minuten.

Auf meinem Weg ins Hotel genoss ich das schwache Dämmerlicht. Auf der rechten Seite sah ich zwischen den letzten Häusern hin und wieder einen Streifen Meer. Es schillerte in Nachtblau, und auf den Spitzen der Wellen tanzten weiße Schaumkronen. Im Wind hing der Geruch von Tang und Salz. Auf der linken Seite zeigte sich die schwarze Kontur eines Vulkans, aus dem an den Rändern, wieder gemäß Reiseführer, geringe Mengen Schwefeldämpfe aufstiegen.

Ich war zufrieden mit mir und der Welt und weit davon entfernt, Ralph um seine neue Zweisamkeit zu beneiden.

Endlich tauchten die Leuchtbuchstaben des Hotels auf.

Das vorletzte Haus hatte ein riesiges, hell erleuchtetes Schaufenster. Ich blieb stehen. Über dem Schaufenster stand auf einer schwarzen Tafel in silberner Schrift: „Ilaria Store".

Ich schaffte es nicht, weiterzugehen, ohne vorher einen Blick in die Auslage zu werfen, ich musste näher treten und meine Stirn ans Glas legen. Mit den Händen schirmte ich die Augen ab und guckte auf die Damen- und Herrenmode.

Trotz meiner Schläfrigkeit realisierte ich, dass es hier eigentümlich stank.

Drei Schaufensterpuppen mit T-Shirts oder Hemden, hellen Hosen, Leinengürtel, und zwischen den ausgelegten Kleidern Muscheln, Seesterne und Fische aus Kunststoff. An der linken Seitenwand hingen zwei gebrauchte Ruder, an der rechten ein Rettungsring.

Der Geruch störte. Ich schnupperte gezielt. Er stach nur ab und an in meine Nase, deshalb misslang jeder Versuch, zu bestimmen, aus welcher Richtung er kam.

Oder ich war ganz einfach zu müde.

Ich bestaunte ein letztes Mal die modischen Formen der Hemden und Hosen, betrachtete die T-Shirts mit aufgedruckten Delfinen, studierte mit halb geschlossenen Augen die Maserungen der Pullover und wünschte mir einen dieser Leinengürtel mit einer Schnalle aus gebürstetem Stahl.

Ich wandte mich zum Gehen. Der Geruch wurde penetranter, beißend, ich gähnte und verspürte ein Kratzen im Hals. „Um diese Zeit", dachte ich, „feuert doch tatsächlich einer seinen Grill ein. So ein Dummkopf. Mit Anfeuerungspaste oder einem anderen Brandbeschleuniger." Und mit einem Schlag war ich hellwach! BRANDBESCHLEUNIGER!

Versuchte da jemand Feuer zu legen? Ich drehte mich um die eigene Achse. Woher kam der Luftzug? Von oben? Von rechts? Von links? Aus den Lüftungsschlitzen in der Grundmauer?

Von links! Jetzt konnte ich den Geruch deutlich festmachen. Ich rannte los, bog um die Hausecke und entdeckte einen Seiteneingang. Die Tür war angelehnt, ich schnupperte, es kam aus dem Haus. Eindeutig!

Ich wurde regelrecht gepackt: Da drin versuchte jemand, einen Brand zu legen! Das Gebäude in Flammen aufgehen zu lassen! Ich schaffte die Rampe mit einem Sprung. Die Tür war aufgebrochen worden.

Vorsichtig schlüpfte ich hinein und musste warten, bis sich meine Augen an die Dunkelheit gewöhnt hatten. Erst hörte ich ein Geräusch, daraufhin sah ich hinten im Flur feinen, weißen Rauch. Kleine Kringel wie von einer Zigarre fächelten über einen Vorhang hinweg, sanken langsam ab und lösten sich auf. Unter dem Vorhang zuckte ein Lichtstreifen. Ich rannte hin, packte das Tuch mit beiden Händen und riss es mit einem kräftigen Ruck von der Stange.

Dahinter befand sich das Lager, nicht größer als

eine Doppelgarage.

Ein Mann kniete vor einem Berg von Kleidern, Schuhe, Taschen, Mützen. Er hatte die Bestände aus den Regalen gefegt und in der Mitte des Raumes aufgeworfen. Nun versuchte er, die Ware in Brand zu stecken.

Er drehte sich um, schoss hoch, wankte und ließ ein Feuerzeug fallen. Ich wartete nicht, bis er sich gefasst hatte, sondern schlang ihm den Vorhang um den Schädel, zerrte ihn von dem Haufen weg, schob ihn in den Flur und hämmerte meine Faust zweimal gegen seine Schläfe. Mit einem unwilligen Seufzer sackte er zusammen und streckte sich der Länge nach aus.

Im Lagerraum schwebte bärbeißiger Qualm, der im Hals kratzte und Reizhusten auslöste. Ich wandte mich dem Feuer zu. Auf dem Kleiderberg tanzten da und dort ein paar blaurote Flämmchen und verzehrten den Brandbeschleuniger, mehr nicht.

Der Kerl hatte versucht baumwollene T-Shirts, Hemden, Hosen und lederne Taschen, Schuhe, Gürtel in Brand zu setzen. Hätte er mit dem Brandbeschleuniger in den hölzernen Regalen, unter dem Tisch und entlang der Fensterfront Feuer gelegt, das Lager hätte in Kürze in Vollbrand gestanden.

Dummdreister Anfänger, dachte ich und suchte den Feuerlöscher. Doch da war keiner. Ich sah auch weder einen brandschutzgemäßen Hinweis noch eine Tür zu einer Toilette, wo ich den Vorhang hätte nässen können, um ihn wie eine Löschdecke zu verwenden.

Ich begann die Glutherde mit den Schuhen breitzutreten, da hatte sich der Kerl erholt. Er rappelte sich hoch und taumelte auf mich zu. In der Faust hielt er ein Stilett. Er war jünger und schmächtiger als ich und hatte den Blick eines Metzgers, dem soeben ein Schwein entwischt war.

Er stach zu, ich wich aus, er stach wieder zu, ich wich wieder aus und spürte einen Schmerz an der linken Hand. Ohne darauf zu achten, parierte ich seinen dritten Angriff, indem ich ihm einen angesengten Pullover ins Gesicht klatschte. Darauf packte ich sein Handgelenk, trat ihm gegen das Schienbein und legte meine Hand an seine Gurgel. Er schnarrte, schlug mit dem Kopf gegen die Wand, ruderte mit dem freien Arm, Halt suchend. Ich setzte sofort nach und rammte ihm mein Knie in die Eier. Er verlor die Waffe, krümmte sich, sank zu Boden und rollte sich ein, die Hände schützend vor dem Unterleib. Seine Angriffslust war dahin.

Das Stilett hatte einen silbernen Griff und eine lange, spitz zulaufende Klinge, mit der er meinen Handrücken aufgeritzt hatte. Der Schnitt blutete leicht.

Inzwischen hatte ich den Feuerlöscher entdeckt. Er hing im Flur an der Wand zwischen Tür und Fahrstuhl. Ich rannte hin, hob das Gerät aus der Halterung, riss die Plombe ab, kam zurück, begann die Kleider mit den Füssen auseinanderzuzerren und deckte den schwelenden Haufen mit Schaum ein.

Der Kerl war jung, höchstens zwanzig Jahre alt, und schien weder kräftig noch zäh. Er hustete, rollte sich auf den Bauch und kroch auf allen Vieren und mit roten Ohren zum Ausgang, dort stand er auf, stieß die Tür auf und rannte davon.

Ich wusste, der Schaum würde das Feuer ersticken; ich warf den Löscher hin und jagte hinter ihm her.

Er lief breitbeinig auf dem Mittelstreifen der Straße in die Stadt.

Ich hoffte, Ralph stünde noch unter den Palmen, und überlegte, was ich ihm zurufen könnte. HALT DEN KERL, ER HAT FEUER GELEGT! Oder: FASS DEN BRANDSTIFTER! Oder nur: RALPH, SCHNAPP IHN DIR!

Der Flüchtende bog vorher ab und stürmte in eine Seitengasse, Ralph konnte ich vergessen.

Ich folgte ihm. Er bog nach zwei Häusern wieder ab, setzte über ein Gartentor und verschwand in einer Gartenanlage.

Er war kein Läufer. Auf der Straße oder in der Gasse hätte ich ihn eingeholt, in der Gartenanlage war er allerdings wieselflink. Auf dem Rasen, zwischen den Rosen, da war er zu schnell für mich. Er lief ums Haus herum, schlug Haken und setzte über Blumentöpfe hinweg wie ein Hürdenläufer. Ein kniehohes Gehege für Schildkröten, Liegestühle, ein Lorbeerstrauch, eine Spirale mit Küchenkräutern, eine Statue und ein Riesenkaktus, all diese Dinge kamen mir in die Quere – und zu guter Letzt eine Steinmauer, die den Garten begrenzte. Der Kerl kletterte an der efeubewachsenen Mauer hoch wie eine Katze, schwang das eine, dann das andere Bein darüber und tauchte auf der anderen Seite ab, ohne sich auch nur ein einziges Mal nach mir umzusehen.

Obwohl ich größer war, diese Hürde würde ich ohne Aufstiegshilfe niemals schaffen, das wurde mir deutlich, bevor ich dort ankam. Ich machte kehrt, rannte zu einem Tisch, an dem wir vorbeigekommen waren, ergriff den nächsten Stuhl und trug ihn zur Wand. Auf der Rückenlehne balancierend konnte ich die überwucherte Kante der Mauer erreichen. Es gelang mir, mich hochzuziehen, nur um rittlings auf den Efeusträngen zu sitzen und festzustellen, dass der Schuft entkommen war.

2

Ich hockte auf der Mauer, aufgewühlt wie jemand, der erfolglos einem Taschendieb hintergerannt war. Ich mühte mich ab mit erhöhter Puste, übler Laune und klebrigem Schweiß am ganzen Körper, und hoffte, es möge mich niemand sehen. Die Gefahr dürfte allerdings gering gewesen sein, sicherlich lagen die meisten Stadtbewohner noch in ihren Betten.

Wie war ich bloß in diese dämliche Situation geraten? Ich hätte den Geruch ignorieren und an der Boutique vorbeigehen können. Ich muss gestehen, der Brandgeruch hatte mich scharf gemacht, ich musste nachsehen, ich konnte nicht anders. Wer hätte an meiner Stelle den Mann nicht verscheucht?

Wie auch immer: Das Feuer war gelöscht, das Unheil abgewendet, der Fall erledigt.

Ich war von der Mauer gestiegen, marschierte durch den Garten und dachte ans Hotel – und da vermisste ich meinen Zimmerschlüssel. Ich erinnerte mich, ich hatte ihn auf dem Heimweg in die Hand genommen. Jetzt waren beide Hände leer. Der Schlüssel steckte auch nicht in einer Tasche, nein, der Schlüssel war weg!

Hinter meiner Stirn braute sich eine Wut zusammen, dass ich fürchtete, die Äderchen in meinen Augen könnten platzen. Ich suchte den Boden ab bis zur Ecke, wo ich den Stuhl geholt hatte. Da war kein Schlüssel.

Ich ging weiter, vorbei am Kaktus, der mir die Waden aufgekratzt hatte, am Blumenbeet, das zwei tiefe Schuhabdrücke aufwies, an den Schildkröten, die auf die Sonne warteten, dann schloss ich vorsichtig das Tor auf und hinter mir wieder zu, suchte in der Gasse, schritt die Straße entlang und suchte schließlich vor der Tür der Boutique. Kein Schlüssel.

Ich musste ihn da drinnen weggeschmissen haben, als ich den Vorhang von der Stange riss oder bei der Prügelei.

Diesmal war die Tür zugesperrt. Ich nahm an, die Eigentümer seien erwacht, hätten die Bescherung gesehen und aus Angst die Tür verrammelt. Ich drückte auf die Klingel. Kein Laut. Es war und blieb still im Haus, zu still, daraus hätte ich Verdacht schöpfen müssen. Welcher Eigentümer hätte sich nicht aufgeregt, hätte nicht empört reagiert, beim Anblick des Durcheinanders, der Brandschäden, des Schaums, der aufgebrochenen Tür? Wer hätte da nicht Alarm geschlagen? Normalerweise hätten Feuerwehr, Carabinieri, Nachbarn, Bekannte oder weiß ich wer längst im Anmarsch sein müssen.

Ich war zu wütend, um irgendwelche Widersprüche zu erkennen; die Grabesstille hinter der verschlossenen Tür vermochte meinen Instinkt nicht zu wecken. Ich dachte einzig an meinen Schlüssel und klingelte nochmals, länger diesmal, obgleich ich es hätte besser wissen müssen. Nach einer halben Ewigkeit knisterte der Lautsprecher der Gegensprechanlage, eine Frau meldete sich mit belegter Stimme: „Pronto?"

Ich wollte loslegen, da gab es einen höllischen Krach. Holz splitterte. Scheiben zersprangen. Der Lümmel, der mir über die Mauer entkommen war, sprang mit den Füßen voran durch das hinterste – geschlossene! – Fenster in der Reihe. Er landete auf dem Rasen, mit Händen und Füssen auf den Scherben.

Er bedachte mich mit einem hässlichen italienischen Schimpfwort und unterstrich das Wort mit einer ebenso unsittlichen Geste.

Die Frau rief: „Hey, Angelo, que cose?" Ihre Stimme kam nicht mehr durch die Gegensprechanlage, sondern von oben, von der Dachterrasse.

Er hob den Blick, spuckte aus, wandte sich mit einem Ruck ab und spurtete davon.

Ich trat einen Schritt zurück und spähte nach oben. Die Frau beugte sich über die Brüstung und gestikulierte, offenbar suchte sie nach Worten. Es war die Dame mit der blonden Mähne von letzter Nacht.

Ich vertrödelte keine Zeit, riss mich von ihr los und heftete mich erneut an seine Fersen. Der Bursche hatte mich gereizt, über alle Maßen, und ich wollte ihn zwischen die Finger kriegen.

Diesmal flitzte er in die entgegengesetzte Richtung, er rannte auf der Straße direkt auf unser Hotel zu. Er lief die Einfahrt hoch, passierte die Pforte, sauste an den Palmen vorbei, bog vor dem Hoteleingang ab, durchquerte eine Blumenrabatte, wetzte über die Veranda, schwang sich über die Einfassung, preschte zielsicher zwischen den Sonnenschirmen und den Liegestühlen hindurch und hastete auf dem verlassenen Strand überraschend schnell dahin.

Auf der Straße war ich ihm näher gekommen, durch die Hotelanlage konnte ich mithalten, am Strand fiel ich zurück. Das Laufen kostete Kraft und bereitete mir Mühe. Meine Fußballen versanken tief im lockeren Sand.

Er lief geübter. Er flog beneidenswert schnell und gewitzt dahin, präzise auf der Linie zwischen dem trockenen Strand und den Kieseln im Wasser. Er setzte seine Füße dort auf, wo die Ausläufer der Wellen endeten. Ich tat es ihm nach und stellte fest: Entlang des Wellensaums war der Grund trittfest. Bis ich den Streifen gefunden hatte, auf dem ich ebenso schnell voran kam wie er, hatte er mich schon fast abgehängt.

Der lange Strand wurde von einem Felsen unterbrochen, dem Ausläufer eines mächtigen Höhenzugs. Er reichte fast bis ans Wasser. Der Fels hatte die Form einer gekrümmten Keule und auf dem Grat des Vorsprungs thronte ein Haus wie auf einem Horst. Eine Treppe führte von dort oben in einer leichten Kurve bis an den Strand, schmale Stufen, herausgehauen aus dem Gestein.

Ich sah, wie er auf der Höhe der Treppe einbog und hinaufstürmte, zwei Stufen auf einmal nehmend. Die Treppe endete vor einer Tür, genaugenommen vor einem blechernen Tor. Ich setzte ihm nach und forderte meinen Beinen auf den nassen, glitschigen Tritten das Äußerste ab.

Das Haus schien von einer Betonmauer umgeben, es waren nur die oberen Fenster sichtbar, viel Dach mit römischen Ziegeln und zwei runde Türme. Aus dem Hof ragten ein Fahnenmast mit der italienischen Flagge und eine Reihe Bäume hervor.

Ich sah, wie er ans Tor gelangte, da hatte ich noch keine zehn Tritte geschafft; sah, wie er seine Hand auf die Klinke legte, sich mit dem Rücken zum Tor zu mir umwandte und auf mich herabgrinste. Ich fasste ihn scharf ins Auge – und musste zusehen, wie er jäh an den Torpfosten geschmettert wurde, das Gesicht zu einer ungläubigen Fratze verzerrt.

Den Schuss hörte ich im selben Augenblick und stoppte abrupt.

Er rutschte am Pfosten entlang zu Boden und hinterließ eine Blutspur auf dem Beton. Auch auf seinem T-Shirt wuchs ein roter Fleck, und mit einem grässlichen Zittern streckte er die Beine, ließ die Arme sinken, kippte seitlich weg und blieb liegen, ohne jede Regung.

Ich warf mich von der Treppe seitlich in die Rinne. Ich presste mich platt in den schmalen Kanal zwischen Treppe und Fels und legte die Hände auf meine Ohren, um nicht auch noch den Schuss von der Kugel hören zu müssen, die mich treffen und töten würde.

Es war schwer, auf den Tod zu warten.

Ich versuchte mich zu beruhigen, kein Geräusch zu machen, keine Bewegung zuzulassen, in der sinnwidrigen und kümmerlichen Hoffnung, der Schütze möge mich übersehen oder verschonen.

Je länger das Warten dauerte, desto verzagter wurde ich, und die Fragen kreisten in meinen Hirnwindungen: Warum wurde auf ihn geschossen? Warum blieb ich am Leben? Befand ich mich außerhalb des Sichtfeldes des Schützen? Oder wartete der Schütze, weil er mich, den Zeugen, stehend abknallen wollte, um mit einem Schuss sicher zu töten? So wie ein Jäger, der ausharrt, bis ihm das Wild die Flanke präsentiert?

Es kam keine Kugel.

Ich hatte ein Sausen in den Ohren – oder vielmehr innerhalb der ganzen Hirnschale – von meinem eigenen Blut, das mein Herz mit rasendem Tempo durch die Adern pumpte.

Ich war mir selbst nie näher gewesen; und nach geraumer Zeit meldeten sich alle meine Sinne zurück. Der gelbe, fein geäderte Felsen roch sauer vom Kot der Vögel, war nass, kalt und kantig. Spitze Kiesel kratzten an meiner Wange. Der Schweiß perlte mir aus der Stirn, aus der Brust, rann mir über den Rücken, selbst in den Kniekehlen war ich feucht.

Ich gab die Ohren frei und hörte drüben in der Stadt einen Esel schreien. Ein zweiter antwortete, ein dritter stimmte ein. Ihr heiseres Klagen verhalf mir zu neuer Hoffnung, auch wenn sie nach kurzer Zeit verstummten.

Nach geschätzten zwei Minuten ächzte das Tor in den Scharnieren. Ich verhielt mich still, linste hinauf, um zu sehen, was da oben vor sich ging.

Zwei Männer wagten sich auf die Plattform mit zaghaften, vorsichtigen Bewegungen. Sie stutzten, beugten sich über den toten Körper, sahen einander entsetzt an, warfen von Angst erfüllte Blicke in alle Richtungen und schickten sich an, die Leiche fortzuschaffen. Sie redeten kein einziges Wort. Der Größere legte dem Toten von hinten die Arme um die Brust, hievte ihn hoch und schleifte ihn rückwärtsgehend durchs Tor. Unterdessen suchte der Kleinere die Stelle ab, wo er gelegen hatte. Ob er etwas verloren hatte? Er beugte sich tief über die Blutlache, stützte sich auf den Knien ab, stand wieder auf, stieg eine Stufe hinab, so weit war das Blut geflossen, studierte den Torpfosten, die rostigen Scharniere, starrte erneut auf das Blut, schauderte, warf einen letzten Blick zur Stadt hinüber und folgte schließlich dem anderen. Das Tor schloss sich mit einem rostigen Wimmern.

Ich wartete, stützte mich auf die Ellbogen und wagte einen Blick hinunter zum Strand.

Die Sonne wärmte meinen Scheitel, meine Arme und meine Schultern. Vom Stadthafen her hallte zwei Mal das Horn der Fähre, die letzte Aufforderung, Abschied zu nehmen und von der Rampe zurückzutreten, in einer Minute würde sie ablegen. Möwen kreisten um das Oberdeck, um die Wimpel, den rauchenden Schornstein und landeten auf der Antenne.

Ich blieb, wo ich war. Von meinem Platz aus konnte ich den Strand und weiter hinten halb verdeckt vom Felsen das vorderste Boot im Fischerhafen erblicken. Ich sah das Hotel und die Boutique und bis in einzelne Gärten hinein. Ich konnte die Fähre sehen, die inzwischen abgelegt hatte und der nächsten Insel zustrebte und hinter sich das Wasser aufschäumte. Die Möwen folgten ihr, stürzten sich in die Schaumspur und fischten irgendwelche Happen heraus, die an die Oberfläche gespült wurden.

Nirgendwo sah ich eine Person mit einer Schusswaffe. Natürlich nicht. Nur ein Irrer würde seine Deckung verlassen und sich und sein Gewehr vorführen, nachdem er einen Menschen niedergestreckt hatte.

Soweit ich feststellen konnte, waren von der Dame in der Boutique weder Feuerwehr noch Carabinieri gerufen worden. Keine kreisenden Lichter, keine heulenden Sirenen, keine Absperrung, auch keine Gaffer.

Und der Schuss? Hatte denn niemand den Schuss gehört? Es war und blieb ruhig auf der ganzen verdammten Insel.

Ich bot meinen ganzen Mut auf und schälte mich aus dem Kanal, wischte meine Hände ab, stieg die Treppe hinab und stapfte auf dem kürzesten Weg ins Hotel.

Am Empfang hinter dem Tresen stand der Hoteldirektor und las eine Zeitung.

Er schnaubte auf meine Bitte um einen Reserveschlüssel für mein Zimmer. Ohne aufzusehen legte er eine Quittung auf die Zeitung, einen Kugelschreiber daneben, wühlte mit der linken Hand in einer Schublade, fragte nach der Zimmernummer, brachte einen Bund Ersatzschlüssel zum Vorschein, drehte die Quittung in meine Richtung und sah mir ins Gesicht.

Ich versuchte gelassen zu wirken. Übernächtigt,

aber gelassen und schweigsam. Es war möglich, dass mein Haar verschwitzt und strähnig war, mein Gesicht beschmutzt, mein Hemd, meine Hose verdreckt und zerknittert, dass ein kotiger Geruch von mir ausging. Er erschrak. Sein Gesichtsausdruck änderte sich schlagartig. Er beugte sich vor, verunsichert, nestelte lange am Schlüsselbund, um den Schlüssel zu lösen, legte ihn hin, schob die Zeitung mit Quittung und Kugelschreiber zur Seite und stellte mir die Frage, die ihn zu beschäftigen schien: „Ma che cosa è successo?"

Ich war zu erschöpft, richtig blockiert und konnte keine Antwort, keine Erklärung abgeben. Deshalb winkte ich ab und murmelte: „Später ...", nahm den Schlüssel und flüchtete mich aufs Zimmer, trank mehrere Glas Wasser, zog die schmutzigen Sachen aus, wusch mich und kroch nackt unter die Decke.

3

Ich erwachte gegen vierzehn Uhr. Der Kratzer an der Hand juckte ein wenig, das bisschen Blut war angetrocknet und verkrustet.

Ich zog mich an und begab mich in den Speisesaal.

Zwei Kellner begannen mit dem Arbeitseifer von Sträflingen das Sonntagmittagsbuffet abzuräumen. Ich verspürte Hunger, drängte mich dazwischen, schnappte mir einen Teller, ergatterte die letzten Salatblätter und gabelte mir auf den Teller, was andere übriggelassen hatten: ein paar Tomatenschnitze, Mozzarellakugeln, gegrillte Auberginenstreifen, frittierte Tintenfischringe, eine geräucherte Makrele, eine Schale Oliven und ein gekochtes Ei. Zuletzt klemmte ich mir ein Stangenbrot unter den Arm und setzte mich an den Tisch neben der Küchentür, mit dem Rücken zur Wand. Von hier aus hatte ich den Überblick über den gesamten Raum samt Eingang, von hier aus sah ich jeden Winkel.

Der Schreck saß mir noch immer in den Knochen. Der sterbende Mann direkt vor meinen Augen hatte mein Bild von einer friedlichen Feri-

33

eninsel getilgt. Achtsamkeit war geboten.

Warum war ich nicht vorbeigegangen? Weshalb hatte ich mich zum Nachschauen, zum Eingreifen entschieden? Ich hätte wegsehen, weitergehen sollen. Jemand spielt mit dem Feuer? Ist nicht mein Bier. Nicht um diese Zeit. Nicht an diesem Ort. Nicht im Urlaub. Und vor allen Dingen: nicht ganz allein.

Ich hatte einst die Polizeischule mit Auszeichnung bestanden, danach sieben Jahre Streifendienst geleistet. Wir hatten manch heikle Lage bewältigt. Meist trafen wir auf nette Leute, die beim Anblick der Uniformen zwar nervös wurden und unangemessen konterten, aber tage-, wochen-, monatelang geschah nichts Außergewöhnliches. Man fiel bald in einen Trott. Monotonie machte sich breit. Langeweile. Trägheit.

Und dann, urplötzlich, o ja, urplötzlich war die Hölle los und wir suchten im Wald fieberhaft nach einem Kind, rannten mit der Waffe in der Hand Türen ein, hetzten wie Bluthunde einen Verdächtigen durch den Bahnhof und über die Gleise. Einmal stießen wir nach einem üppigen Mittagsmahl entspannt und unbedacht bei einer Routinekontrolle auf eine zerstückelte Leiche in einem Hotelzimmer. Der Torso lag in einem Koffer. Das grauenvolle Bild, der ekelerregende Geruch, die teuflische Grausamkeit: Die Erinnerungen kamen beim kleinsten Anlass wieder hoch.

Die Kolleginnen begegneten der dauerhaften Ungewissheit mit übertriebener Bereitschaft. Die Kollegen zeigten eher eine Art stumpfer Verhärtung. Und beide, Frauen wie Männer, hielten sich gleichermaßen, in ihrem Bestreben, im Emmental Recht und Ordnung durchzusetzen, nicht immer an alle Weisungen.

Ich kündigte und trat aus dem Polizeidienst aus, bevor die Arbeit es schaffte, mein Gemüt und meine Gesinnung zu verändern. Jetzt war ich neununddreißig Jahre alt und besaß seit fünf Jahren meine eigene private Detektei in Langnau.

Langnau war nicht Los Angeles, Langnau war nicht Paris, war nicht Stockholm und nicht Venedig. Langnau war eine mittelgroße, beschauliche Ortschaft im Herzen des Emmentals, eingebettet zwischen grünen Hügeln, tief im Schweizer Hinterland.

Ein Detektiv im Emmental würde nie die Abgebrühtheit eines Detektivs in Los Angeles erreichen, konnte es niemals mit einer Spürnase wie dem Commissario in Venedig aufnehmen. Darum gehörten Scheidungsfälle von Anfang an zu meinem Tagesgeschäft. Um mich über Wasser zu halten hatte ich neulich sogar einen Pferdediebstahl aufgeklärt.

Die Kellnerin, die uns am Vortag ein Getränk offeriert hatte und uns am Buffet behilflich gewesen war, kam mit federnden Schritten aus der

Küche. Sie grüßte mich im Vorbeigehen mit der Gelassenheit einer erfahrenen Hundezüchterin und steuerte die hinterste Ecke an. Dort stapelte sie die schmutzigen Gläser und Kaffeetassen der verlassenen Tische auf ein Tablett und segelte damit an mir vorbei Richtung Küche. Ich wusste, dass sie Deutsch verstand, hielt sie auf und fragte, ob sie meinen Kollegen gesehen habe und ob er zum Mittagessen hier gewesen sei.

Sie erklärte freiweg, mein Kollege habe sich sein Essen aufs Zimmer bringen lassen.

„Wissen Sie, wer ihm das Essen hochgebracht hat?"

Sie legte ihr Haupt schräg, so gut es mit dem schweren Tablett in Händen ging, und sagte, die Stimme wie zur Gegenfrage angehoben: „Ich?"

„Hat er was gesagt? Hat er nach mir gefragt?"

Sie überlegte, presste die Lippen zusammen und schüttelte den Kopf.

Ich bedankte mich und fragte, ob sie mir sagen könne, wo sich die Wache der Carabinieri befinde. Sie stellte das Tablett auf meinem Tisch ab und deutete mit ihrer Hand die Richtung an, in die ich zu gehen hatte, beschrieb eine Kreuzung, nannte einen Straßennamen, eine Bäckerei und verriet mir zum Schluss, ich könne das Haus schwerlich verfehlen, denn es sei das wohl hässlichste Gebäude der Insel.

Ich hatte Hunger verspürt und die Sachen auf

meinem Teller hatten lecker ausgesehen, trotzdem musste ich mich zwingen, einen Happen zu essen. Schon nach kurzer Zeit gab ich auf, ließ den Rest stehen, trank das Wasser und brach auf.

Die Kellnerin hatte nicht übertrieben. Ich fand das Haus auf Anhieb, zum Glück, denn bei der Hitze war der Ort wie ausgestorben. Es war niemand unterwegs, den ich nach dem Weg hätte fragen können – eine versprengte Gruppe Rentner aus der Schweiz ausgenommen. Dem Dialekt nach stammten sie aus dem Thurgau. Sie umringten mich, gaben an, sich verirrt zu haben und fragten nach dem Weg zum Tal der Monster. Zu mir waren alle freundlich, aber untereinander waren sie ausfallend und gehässig.

Die Carabinieri befanden sich in einem Haus, das einer stillgelegten Bahnwärterstation glich. Es war das einzige Haus im Quartier ohne Vorgarten, es hatte auch keine Dachterrasse, keine Rollläden hinter und auch keine Kakteen oder Blumen vor den Fenstern. Der Putz hatte die Farbe von Knochenmehl, an den Mauerkanten und am Stuck über der Tür bröckelte er ab, darunter zeigte sich das Mauerwerk. Es war ein Haus ohne Gesicht, ohne Kontur, ohne Charme, ohne Geschichte.

Ich trat ein.

Ich war ins Schwitzen geraten, aber meine Hoffnung auf Kühlung im Haus zerschlug sich rasch. Im Flur war es drückend heiß, heißer noch als draußen auf dem Asphalt, überdies war es düster. Ich war gezwungen, den Mief von Schuhwichse, bitterem Kaffee und Wutanfällen einzuatmen.

In der Polizeistube saß ein junger Carabiniere allein an einem der drei Schreibtische. Er hatte eine adrette Frisur, große Augen, lange Wimpern und ein unsicheres Lächeln.

Er sprang auf, bevor meine Schritte verklungen waren, setzte seine Mütze auf und stolzierte heran. Für Leute wie ihn war die Polizeiuniform erfunden worden, selbst die Hose saß perfekt. Der Mützenschirm über seinen Augen glänzte wie die Kühlerhaube eines neuen FIAT. Er war die lebendig gewordene Gestalt des Mannes, der im Traum jeder Uniformnäherin auftrat.

Zwischen uns, im vorderen Drittel des Büros, befand sich ein Tresen, eine Art Sicherheitsschranke mit einer dicken, schweren Abdeckplatte aus Holz; darauf lagen Zeitungen, ein zerfleddertes Telefonbuch, ein Plan der Insel und das faustgroße Gehäuse einer Meeresschnecke mit Leopardenmaserung.

Er baute sich hinter dem Möbel auf – um ein Haar hätte er salutiert – und stellte mir eine Frage.

Höflich, richtig nett redete er mich an. Ich stand auf der anderen Seite wie ein Bauernlümmel in der ersten Lateinstunde und verstand kein Wort. Ich gab ihm schließlich zu verstehen, dass ich ihn nicht verstünde, dass ich ausschließlich Deutsch spräche.

Er bemühte sich, das muss ich ihm zugutehalten, er stellte mir in Schuldeutsch mit gedehnten Wörtern und zum Teil falsch betonten Silben die Eröffnungsfrage: „Was, bitte, kann ich für Sie tun?"

Er stützte sich mit seinen Händen auf dem Tresen ab. An seinem Hals, auf seinen Wangen und seiner Stirn formierten sich Flecken in einem zarten Rosa.

„Heute Morgen", legte ich los, „heute Morgen ist ein Mann erschossen worden, ganz oben auf der Treppe zu der Villa am Strand. Ich bin Zeuge gewesen. Ich habe es gesehen. Ich stand auf halber Höhe, auf der Treppe. Ich habe zusehen müssen, wie der Mann gestorben ist."

Er zog seine Hände zurück, kreuzte die Arme, klemmte sich die Hände unter die Achseln, vergaß im Mindesten zweimal zu atmen und nickte offensichtlich gegen seinen Willen. Sein Befremden wirkte distanziert und weckte in mir den Verdacht, er wolle nichts damit zu tun haben. So reagierten Söhne, die immer nur verhätschelt wurden. Von der Mama, von der Schwester und später von der Frau.

Sein Verhalten regte mich auf.

Da er schwieg und sein Gesicht mehr und mehr Zweifel ausdrückte, fragte ich mich, ob er mich überhaupt richtig verstanden hatte. Ich begann zu wiederholen, was ich gesagt hatte, langsamer, deutlicher: „Heute Morgen ... ein junger Mann ... erschossen ... auf der Treppe –"

„Si, si!", er wehrte mit beiden Händen ab. „Verstanden! Schon verstanden! Welche Villa? Welche Treppe?"

„Auf der Steintreppe. Sie führt vom Strand zu der Villa auf dem Felsen."

„Die Treppe zur Villa Tre Rose?"

„Jawohl", sagte ich, obschon ich keinen Schimmer hatte, ob das stimmte. Spielte es eine Rolle? Das würde sich im Laufe der Ermittlungen von selbst zeigen.

„Den Mann – beschreiben Sie die Person."

„Jung, mittelgroß, sportlich, wie Sie. Jemand hat ihn ‚Angelo' gerufen."

„Angelo?" Seine Augen traten hervor, er glupschte ungläubig, und die Farbflecken auf seiner Haut dunkelten nach, von der Stirn bis hinunter zum Hals.

Ich sagte: „Ja, Angelo", und wunderte mich, dass er nicht die ganze Geschichte hören wollte; offenbar wurde er von einer Welle heftigster Gefühle übermannt, ein Gemisch aus Bestürzung und Zweifel, jedenfalls wich er zurück, bis er wieder hinter seinem Schreibtisch stand. Er hob den Telefonhörer ab und wählte eine Nummer, ohne aufzuhören, mich mit seinen Augen abzutasten.

Ich hörte das Wartezeichen durch die Stille, endlich ein Knacken gefolgt von einem Knurren.

Der Carabinieri begann mit den Worten: „Angelo e morte", und teilte dem Knurrhahn am anderen Ende der Leitung mit, was er soeben erfahren hatte. Er redete lange, entweder schmückte er die Geschichte aus oder er musste sie wiederholen, jedes Mal mit neuen Worten, bis seine Aussagen verstanden wurden. Angelo. Der Name fiel drei oder vier Mal. Er redete schnell, blickte hin und wieder zur Wand und führte mit der freien Hand Gesten aus, unfertige Gesten mit geschlossenen, gekrümmten Fingern, Gesten, die außer mir niemand zu sehen bekam. Daraufhin wurde er ausgequetscht. Fragen über mich, wie ich aus seinen Blicken schloss, die mehrmals zu mir herüberhuschten, und zum Schluss nahm er Anweisungen entgegen. Der Knurrhahn hatte ausgeredet, der Uniformierte vor mir quittierte das Gespräch mit mehreren, knappen „Si" und legte den Hörer wieder auf.

Er wagte sich wieder vor bis an den Tresen. Sein Gesicht hatte scharfe Züge bekommen und seine Höflichkeit war so flach wie eine überfahrene Milchtüte, dafür zeigte sich sein Pflichtbewusstsein in seiner ganzen Widerwärtigkeit: Er fragte mich aus, wollte wissen, wer ich war, woher ich kam und was ich hier täte.

„Julian Berger", sagte ich.

„Und?", fragte er. „Touristo?"

„Ja", sagte ich. „Aus der Schweiz."

Ich überlegte, was ich sagen könnte, sollte er die Frage nach meinem Beruf stellen, doch statt weiter zu fragen, verlangte er einen Ausweis.

„Mein Personalausweis liegt im Hotelsafe."

„Ausweis müssen Sie mitbringen, immer."

„Ich bin herkommen, um zu schwimmen. Die Fische interessieren sich nicht für meine Herkunft."

„Sie sind hergekommen, auf die Wache. Hier müssen Sie den Ausweis zeigen."

„Wie gesagt, er liegt im Safe im Hotel."

„Name?"

„Ancora."

„Ihr Name!"

„Wie gesagt, Julian Berger", sagte ich und musste ihm Buchstabe für Buchstabe diktieren.

Er kritzelte meinen Namen und den Namen des Hotels auf ein Blatt Papier und fragte noch mehr Persönliches, zum Beispiel wie alt ich sei, ob ich allein gekommen wäre, ob ich auf der Insel Bekannte hätte und wie lange wir bleiben würden.

Er notierte alles. Er schlug in einem Kalender das Datum unserer Abreise nach und hielt auch das fest.

Beim Schreiben zitterten seine Hände. Man sah nicht oft junge, saubere Hände, die so schlotterten. Zu Beginn hatten seine Hände stützend auf der Holzplatte gelegen, seit meinem Bericht und vor allen Dingen seit dem Telefongespräch glichen sie den Händen eines Trinkers, der drei Tage in der Ausnüchterungszelle gesessen hatte.

„Was tun Sie jetzt, schicken Sie jemanden hin?", fragte ich.

„Sicuro!", maulte er. „Und Sie dürfen die Insel nicht verlassen! Haben Sie verstanden? Mein Chef will Sie morgen oder übermorgen sprechen."

Morgen oder übermorgen? Damit zerstreute er meine Bedenken keineswegs, im Gegenteil: Damit wurde mir zur Gewissheit, dass die ortsansässige Polizei mir misstraute. Vermutlich würden sie zuerst meine Identität überprüfen, und wenn keine weitere Hinweise zu der Tat eingingen, den Fall abschließen. Ich gebe ja zu, meine Schilderung hatte etwas von einer absurden Behauptung. Ich könnte ein Irrer sein oder ein Komödiant oder beides in einem. Wie hätte ich ihn vom Gegenteil überzeugen können? Ich hatte den Eindruck, dass wir beide nicht in Stimmung waren für ein ausführliches klärendes Gespräch.

Also spielte ich den holden Schweizer, nickte gönnerhaft, sagte: „Da", und deutete auf seinen Kragen.

„Was ist?"

„Ihr Hemd. Der Kragen ist zu eng. Öffnen Sie den obersten Knopf. Unter der Krawatte sieht das niemand. Sie bekommen ja kaum Luft, wenn Sie sich ärgern. Unter uns: Sie sind ganz rot im Gesicht."

„Gehen Sie", fauchte er. „Weg! Weg! Subito!"

Das hatte ich ohnehin vor. Länger zu verweilen wäre töricht gewesen, denn früher oder später würde er das schöne Schneckengehäuse vermissen.

4

Gegen fünf Uhr stand ich in der Kleider-Boutique und wartete auf die Verkäuferin. Sie war auf ihren roten Schuhen mit den Bleistiftabsätzen ins Lager gestöckelt, um von der Hose, die ich ausgesucht hatte, eine andere Größe zu holen. Das Klackern ihrer Absätze drang durch alle Wände, daher glaubte ich, einen Blick in den hinteren Bereich riskieren zu können, ohne von ihr ertappt zu werden. Die beiden Kundinnen, die sich bei den Umkleidekabinen aufhielten, interessierten sich nur für den Stoff der Leggins, den sie zwischen den Fingern rieben.

Ich öffnete die Tür, durch die die Verkäuferin entschwunden war, und spähte vorsichtig durch den Spalt, im Glauben, es sei reine Neugier, die mich antrieb. Ich wollte sehen und vor allem riechen, was vom Brandanschlag übrig war, und feststellen, ob Carabinieri, Feuerwehr und jemand von der Versicherung endlich eingetroffen waren, zur Spurensicherung, zur Bestandsaufnahme und um Beistand zu leisten bei der Bewältigung der Unordnung, der Schäden und des Schreckens.

Hinten im Flur stand die Frau mit der blonden Mähne.

Sie hatte sofort realisiert, dass sich die Tür bewegte, guckte daraufhin verwundert und eilte heran.

Diese Frau, ihre Augen, ihr Lächeln, ihre Art zu gehen – ich konnte die Augen nicht vor ihr lassen.

Sie zog die Tür auf, griff sich mit der linken Hand auf dieselbe Weise ins Haar wie am Vorabend, streckte mir die rechte hin und sagte: „Buon giorno!"

„Buon giorno", sagte ich und machte entschuldigend klar, dass ich aus der Schweiz stammte und kein Wort Italienisch verstünde.

„O das macht nichts. Ich habe zwei Jahre in Zürich gearbeitet", meinte sie mit einem gefälligen Akzent. „Ich heiße übrigens Ilaria Tremante."

„Julian Berger", sagte ich.

Sie legte ihre Hand auf meinen Unterarm und zog mich durch die Tür und den Flur bis zur Schwelle vor dem Lagerraum. Sie trug Latzhosen und ein Männerhemd, die Ärmel hochgekrempelt. Ihr Parfum war weniger aufdringlich, als ich es in Erinnerung hatte. Es roch weniger blumig, mehr nach Karamell, und wirkte vielleicht gerade deshalb noch anziehender, betörender, verwirrender auf mich.

Wir blieben genau da stehen, wo der Vorhang

gehangen hatte, den ich dem Brandstifter um den Kopf gewickelt hatte, und sie wies mit der linken Hand auf die Spuren des Brandanschlags. Ihre rechte Hand blieb auf meinem Unterarm, schmal, leicht, schlummernd; sie fühlte sich an wie ein glühendes Brandeisen.

Ich wäre ins Schwitzen geraten, hätten nicht alle Fenster offen gestanden. Der Wind wehte herein, rauschte mild durch das Lager, blähte ihr Haar und verdünnte den Brandgeruch, der den Wänden, Einrichtungen und Kleidern anhaftete.

Die Kleider waren zur Hälfte weggeräumt und vom Schaum, mit dem ich die Flammen eingedeckt hatte, fehlte jede Spur. Zwei Frauen halfen ihr beim Aufräumen, schweigend, mit schwarzen Kopftüchern, verschlossenen Gesichtern, dicken Armen und Gummihandschuhen. Sie erwiderten meinen Gruß, ohne in ihrer Tätigkeit innezuhalten.

Der Vorhang war verschwunden. Die unversehrten Kleider legten sie in Leinensäcke, die Taschen und Schuhe packten sie in große Kisten. Die angesengten Sachen stopften sie in Abfallsäcke.

„Jemand ist hier eingebrochen letzte Nacht und hat ein großes Durcheinander hinterlassen. Die Kleider in den Säcken lassen wir waschen. Die Taschen und Schuhe bringen wir in eine Reinigung. Das Zeug hier", Tremante zeigte auf die Abfallsäcke, „das kommt weg."

Sie führte mich an den beiden Frauen vorbei in ein enges, mit Ordnern und Katalogen vollgestopftes Büro, schloss Tür und Fenster und trat an mich heran, bis sich unsere Schuhe beinahe berührten. Dann legte sie beide Hände auf meinen Unterarm und flüsterte: „Sie sind beim Hafenfest gewesen gestern Abend. Ich habe Sie gesehen. Stimmt's? Heute Morgen haben Sie an unserer Tür geklingelt. Warum sind Sie hergekommen? Was haben Sie bei uns gesucht, so früh?"

Ihr Gesicht war glatt und schön und rein wie eine geschälte Mandel. Erstaunlich, wenn man bedachte, dass das ganze Jahr über salzhaltige Winde über diese Insel hinwegfegten. Ihre Augen waren groß und rund und das Schwarze darin stellte den Glanz ihrer Lackschuhe in den Schatten.

„Ich habe draußen gestanden, vor Ihrem Schaufenster, und Rauch gerochen. Brandbeschleuniger stinkt so typisch, wenn er verbrennt."

„Brand- ... was?"

„Brandbeschleuniger. Der Mann hat ihn über die Kleider gegossen und angezündet. Das ist so etwas wie Petrol."

„Ach, Sie haben den Rauch gerochen? Und weiter?"

„Ich habe Rauch gerochen und nach dem Feuer gesucht. Ich habe nachgeschaut, woher es kommt. Die Haustür stand offen. Aufgebrochen, um genau zu sein. Ich bin sofort hineingegangen."

„Ohne zu klingeln?"

„Ohne zu klingeln."

„Aber Sie haben doch geklingelt, ich habe es gehört. Ich habe sie sogar vor der Haustür gesehen."

„Nicht beim ersten Mal."

„Beim ersten Mal? Das heißt …?", sie brauchte Zeit, bis sie zur nächsten Frage fand.

Ich rührte mich nicht.

„Das heißt, Sie sind hier gewesen? Da drinnen?"

„Ja."

„Wann?"

„Davor."

Sie öffnete den Mund, schwenkte die Hand vor und zurück und schüttelte verständnislos den Kopf.

„Beim ersten Mal", sagte ich.

„Bevor ich Sie gesehen habe?"

„Ja. Ich habe den Mann überrascht, hier im Lager. Er hat diese Unordnung angerichtet und versucht, den Kleiderhaufen in Brand zu stecken. Mit Brandbeschleuniger."

„Nein!", sie trat zurück und legte sich die Fingerspitzen an die Schläfen. „Und ich habe mich schon gewundert: Jemand hatte den Feuerlöscher geholt und den Schaum versprüht. Sind Sie das gewesen? Haben Sie das Feuer gelöscht?"

„Ja."

„Sie haben Angelo vertrieben?"

„Ja."

„Dieser Mistkerl! Was hat er sich nur dabei gedacht? Erzählen Sie! Was ist genau passiert?"

Ich erzählte ihr nur die erste Hälfte der Geschichte. Den Schuss und Angelos Sterben auf der Treppe ließ ich weg.

Ich kann es nicht erklären. Ich erzählte ihr aus einer Eingebung heraus, ich wäre zu müde gewesen und hätte die Verfolgung des Mannes aufgegeben, sowie ich ihn vom Strand aus auf der Treppe zu der Villa hochrennen sah. Ich wäre zum Hotel zurückgekehrt, weil ich angenommen hätte, die Carabinieri würden ihn ausfindig machen. Sie hätte ihn ja erkannt, sogar seinen Namen gerufen. Angelo. Sie hätte auf uns in dem Moment herabgesehen, sagte ich, als er auf dem Rasen stand und mich beschimpfte.

Bei dem Namen Angelo glitt ihr Blick seitlich weg, hinab zur Fußleiste. Sie schob ihre Hände hinter den Latz mit der Brusttasche, dort wo Platz genug war für zwei schmale Hände, und auf ihrer Stirn zeichneten sich haarfeine Falten ab. Ich bezweifelte ihre Vergesslichkeit, trotzdem wiederholte ich den Namen, den sie gerufen hatte: „Angelo. Sie haben den jungen Mann erkannt, nicht wahr?"

„Ja, doch. Sicher", sagte sie und zwang sich zu

einem Lächeln, die Hände behielt sie verdeckt. Sie gab sich Mühe, besonnen oder gefasst zu wirken, und sah sich um, griff nach einem Stuhl, wollte sich setzen. Das Klopfen an der Tür hinderte sie daran.

Die Tür ging auf und die Verkäuferin trat auf die Schwelle.

Ich hatte sie nicht kommen hören. Ihre nagelnden Tritte auf den Fliesen waren mir nicht aufgefallen und diese Tatsache irritierte mich stärker, als die Haltung der Tremante. Ich war bis dahin stolz auf meine Wachsamkeit gewesen, glaubte, ich sei ständig auf der Hut, doch jetzt hatte sie mich überrascht und meinem Stolz und meiner Berufsehre gleichsam einen Dämpfer verpasst.

Entweder hatte sie sich angeschlichen oder Tremante hatte meine Aufmerksamkeit stärker in Beschlag genommen, als mir lieb war.

„Prego", sagte die Verkäuferin. Sie sprühte vor Selbstbewusstsein und präsentierte zwei Hosen auf ihrem Unterarm. Um ihre Lippen kräuselte sich ein Schmunzeln, das in der ausgereiften Form niederträchtig ausgesehen hätte, und in ihren Augen lag eisige Kälte.

Ich wollte abwinken, mein Verlangen nach neuen Hosen war erloschen. Tremante reagierte mit klebriger Frische, nahm der jungen Dame beide Hosen ab, hielt das eine, dann das andere Paar an meine Seite und rief: „Diese hier wird

Ihnen stehen! Kommen Sie, ich zeige Ihnen die Kabinen. Bitte, wir möchten Ihnen eine Hose schenken, wir sind froh über Ihr Eingreifen, wissen Sie."

Sie nötigte mir das Paar auf, führte mich nach vorn in den Laden und warf der Verkäuferin im Flur im Vorbeigehen drei, vier Worte zu. Was sie sagte, konnte ich nicht verstehen, sie sprach schnell und mit einer scheinbar gebotenen Notwendigkeit. Aus dem Mienenspiel der Verkäuferin schloss ich, dass Ilaria Tremante mich zum Held des Monats erklärt hatte.

Die Hose passte, selbst in der Länge. Tremante suchte in der Zeit, in der ich im Spiegel der engen, unterkühlten Kabine den Sitz an Bauch und Hintern prüfte, ein passendes Poloshirt für mich heraus. Sie hielt es hoch, als ich zur Kasse zurückkehrte, und fragte: „Gefällt es Ihnen?"

„Ja", sagte ich. Es war in blassblauer Farbe.

Sie hielt es mir vor die Brust und fragte: „Tragen Sie normalerweise XL?"

Wieder dieses Parfum. „Ja", sagte ich.

„Gut."

Sie nahm mir die Hose ab, strich sie auf dem Tisch neben der Kasse glatt, gewieft und flink, zupfte die Falten zurecht, schob das Poloshirt daneben, schaute sich das Ergebnis an, schnalzte mit der Zunge, schob Hose und Shirt in eine Papiertasche und gab sie mir in die Hand.

Ich nahm sie entgegen und bedankte mich.

Beim Verlassen des Geschäfts fiel mir der Grund wieder ein, weswegen ich hergekommen war: der Schlüssel. Ich ging zur Kasse zurück und sagte ihr, mein Hotelschlüssel müsse hier irgendwo sein, ich vermisste ihn seit der Begegnung mit Angelo.

„Oh", rief sie mit großen Augen und schlug mit der flachen Hand auf meinen Unterarm. „Warten Sie, ich werde die Frauen fragen."

Sie verschwand. Die Verkäuferin beriet derweil eine Kundin und ich stibitzte bei der Gelegenheit von einem blauen Möbel im Schaufenster einen Leinengürtel.

Nach kurzer Zeit war sie zurück, mit leeren Händen, und berichtete, eine der Frauen habe heute Morgen einen Schlüssel erwähnt. Leider sei die Frau gegangen, vor einer Stunde, und niemand wisse, wo sie ihn hingetan hätte. Möglicherweise habe sie ihn mitgenommen, um ihn persönlich im Hotel abzugeben. Die Schlüssel seien gekennzeichnet, deutlich, wie die meisten Hotelschlüssel, fügte sie hinzu. Dann entschuldigte sie sich noch einmal und versicherte mir aufs Neue, die Frau würde ihn bestimmt noch heute ins Hotel bringen.

Tremante begleitete mich diesmal bis zum Vordereingang, blieb nun unter der automatischen Schiebetür stehen, hielt eine Hand oben vor den

Sensor und stellte mir die Frage, die sie mir im Büro hatte stellen wollen: „Sind Sie ein Schweizer Polizist?"

„Nein", sagte ich. „Ein Feuerwehrmann."

Sie lachte und nickte, ihr Blick aber zerschnitt mir die scherzhafte Lüge auf den Lippen.

Ich begab mich auf direktem Weg ins Hotel und traf im Empfang auf die Frau des Hoteldirektors. Sie stöberte hinter dem Tresen in irgendwelchen Schubladen herum und ließ erkennen, dass kein Gast der Welt sie von ihrer Tätigkeit würde abbringen können. Erst nachdem ich sie zum zweiten Mal ansprach, wandte sie sich mir zu. Sie erkannte mich und schenkte mir augenblicklich ihre volle Aufmerksamkeit. Sie stützte sich mit den Unterarmen auf dem Tresen ab, was unbequem aussah, legte ihre Hände gebetsartig ineinander und fragte: „Can I help you?"

Unsere Blicke trafen sich und ich fragte ebenfalls auf Englisch: „Wissen Sie vielleicht, ob jemand meinen Zimmerschlüssel abgegeben hat?"

Mit einem Feixen quittierte sie meine Frage und schüttelte verneinend den Kopf, ohne im Schlüsselkasten nachzusehen oder gar jemanden anzurufen.

„Ist er nicht dort?", ich deutete auf den Schlüsselkasten hinter ihr.

Ihre Lippen dehnten sich in die Breite, sie riskierte einen kurzen prüfenden Blick den Gang hinunter, zum Eingang der Bar und ins Treppenhaus, legte sich weit vor, so dass ich die Note ihres Shampoos riechen konnte (Grüner Apfel), und meinte in einem unerwartet vertraulichen Ton: „Nicht wirklich."

Sie trug eine beige Bluse und einen nussbraunen Rock. Sie war mittelgroß, an der Grenze zu drahtig, und hatte das Alter überschritten, in dem selbstverliebte Damen das erste Mal mit Botox liebäugelten.

„Wieso sind Sie so sicher?", fragte ich.

Sie hielt meinem Blick stand und meinte keck: „Ich habe Sie erkannt."

„Ach, ja?"

„Naturalmente!" Sie trat vom Tresen zurück, rollte mit den Augen und nahm ihre Hände zur Hilfe, um ihre Aussagen zu verdeutlichen. „Zwei Herren, sportlich, aber keine Sportler. Ohne Begleitung, wenig Gepäck, keine Kreditkarte, keine Sonderwünsche. Das bedeutet: Sie sind hier im Dienst. Habe ich recht?"

„Was meinen Sie damit?"

„Sicuro! Diese Blicke beim Eintreten, nie mit dem Rücken zur Tür, schon gar nicht zu einem anderen Mann. Sie verlieren keinen Moment die Übersicht, stimmt's? Und die Geschichte mit dem verlorenen Schlüssel. Alle Kriminalisten verlangen den Ersatzschlüssel, jeder mit einer anderen

Geschichte. Dann hängen sie das Don't-disturb-
-Schild vor, den ganzen Tag, weil Sie die Gewissheit haben wollen, dass niemand in ihrem Zimmer, äh ..."

„Putzt?"

„Nein. Spioniert!"

„Ach so."

„Si, spioniert!", sie legte die Hände auf den Rücken, senkte ihren Blick und ihre Stimme: „Mir
können Sie vertrauen."

„Danke", sagte ich. Das war nicht gelogen.

Sie sicherte sich mehrmals ab, auf dass bestimmt niemand zuhöre, und meinte leise: „Ich
bin froh, dass Sie hier sind." Es klang ebenso ehrlich.

Ich versuchte, verschwörerisch zu nicken,
obschon ich das nie vor dem Spiegel geübt hatte,
und überlegte, was Ralph an meiner Stelle gesagt
oder getan hätte.

Mein konspirativer Gesichtsausdruck und mein
Schweigen schienen sie in ihrer Annahme zu be-
stärken. Sie schritt um den Tresen herum, legte
den rechten Ellbogen auf die Kante, suchte erneut Augenkontakt und wisperte: „Falls Sie Hilfe
brauchen, Sie können auf mich zählen. Jederzeit."

Im Zimmer angelangt warf ich die Tasche mit der
Hose und dem Poloshirt aufs Bett. Darin befand
sich auch der Leinengurt, den ich hatte haben

müssen, ohne den ich die Insel nicht verlassen konnte.

Ich holte mir ein Bier aus der Minibar, stellte mich mit der beschlagenen Flasche in der einen und dem Schneckengehäuse in der anderen Hand auf den Balkon, trank, hielt die Schnecke ans Ohr, sah aufs Meer hinaus, genoss mit zugekniffenen Augen das Glitzern auf den Wellen, lauschte dem Rauschen des Schneckengehäuses, witterte schwefelartige Gerüche, die wohl vom Vulkan stammten, trank wieder und wartete auf die innere Ferienstimmung.

Das Bier blieb den erhofften Geschmack schuldig – es schmeckte schal – und das Rauschen der Schnecke war genauso enttäuschend. Mit anderen Worten: Die gewünschte Stimmung traf nicht ein.

Meine Gedanken kreisten um die Möglichkeiten, die mir blieben: Was konnte ich tun? Wofür sollte ich mich entscheiden? Blieb mir eine Wahl?

Ich fand keine Antworten. Mitten im Grübeln vernahm ich ein Geräusch, ein Räuspern oder Hüsteln, und mir wurde sofort bewusst: Sie war gekommen! Ich ließ meinen Blick zur Seite gleiten und sah ihre Hand mit meinem Zimmerschlüssel. Sie streckte den Arm durch die offene Balkontür.

Ich trat zurück ins Zimmer und fragte: „Ist das mein Schlüssel?" Mir fiel keine bessere Frage ein.

Tremante nickte und fragte mit samtiger Stimme: „Hast du nur Bier da?"

„Steht Prosecco in deiner Gunst?", fragte ich.

Ich hatte in der Minibar eine kleine Flasche Prosecco gesehen, räumte Schnecke und Bier weg und holte die Flasche.

Sie hatte mich geduzt, wieso sollte ich sie nicht auch duzen?

Sie schwebte auf nackten Füssen zur Zimmertür, wo sie ihre Schuhe ausgezogen hatte, steckte meinen Schlüssel von innen ins Türschloss und drehte ihn zweimal um. Ich öffnete die Flasche und verteilte den Inhalt in zwei gewöhnliche Trinkgläser. Vornehme Kelche gehörten nicht zur Standardausrüstung dieses Zimmers. Doch darauf kam es ihr nicht an.

„Ilaria", sagte sie und erwartete, meinen Namen zu hören.

„Julian."

Sie lachte und meinte: „Ich werde dich Giulio nennen", dann trank sie das Glas in einem Zug aus und knallte es auf den Tisch. Sie trat einen Schritt zurück, entließ einen lautlosen Rülpser, ein Bäuerchen vielmehr, kicherte und kam so dicht heran, dass sich unsere Zehen berührten. Ihre Hände griffen diesmal nicht nach meinem Unterarm, sondern nach meinem Hals.

Sie zog mich herab, vorsichtig und verwegen zugleich.

Ihr Kuss war feucht und butterweich.

Ich legte meine Hand in ihren Nacken, fuhr an ihrem Hinterkopf hoch, griff ihr tief ins Haar, übte leichten Druck aus und gab ihr zu verstehen, dass ihr Kuss mir schmeckte. Meine andere Hand glitt an ihrer Seite hinab und fand ihre Hüfte. Ich versuchte zu ergründen, wie weit ihre Bereitschaft ging.

Sie ließ mich ihre Willigkeit spüren, schmiegte sich an mich, langsam, vorsichtig, und ich muss gestehen, meine Lust auf diese Frau schäumte innerhalb von zwei, drei Pulsschlägen über, und alle meine Hemmungen und Bedenken wurden von einer übermächtigen Begierde weggefegt. Sie öffnete drei, vier, fünf, alle Knöpfe an meinem Hemd, hauchte meinen Namen, biss mich in die Brust, löste sich von mir und begann sich zu entkleiden. In ihrem Blick lag diese Magie, die versprach: „Ich Eva, du Adam". Sie bewegte ihre Arme gemächlich, löste mit ungespielter Vorfreude den linken, dann den rechten Träger ihrer Latzhose, ließ sie mit einer trägen Bewegung zu Boden gleiten, stieg heraus, öffnete Knopf für Knopf an ihrem Hemd, ohne den Blick nur ein einziges Mal von mir abzuwenden, streifte es über die Schultern ab und ließ es ebenfalls zu Boden gleiten. Mit einem Griff löste sie den Büstenhalter und warf ihn über die nächste Stuhllehne. Sie kehrte sich von mir ab, schaute in den Spiegel, löste die Spange, die ihre Haare zu einem Schweif bündelte, und schwenkte den Kopf.

Ich brauchte mich bloß zu strecken, um im selben Spiegel ihre Brüste sehen zu können. Sie wippten verführerisch zu ihren Bewegungen. Zu spät erkannte ich, dass sie meine voyeuristischen Bestrebungen seitlich in der Glasscheibe der offenen Balkontür verfolgen konnte.

Die Frau war raffiniert. Sie verstand sich vortrefflich darauf, meine Sinne zu fesseln.

Sie lachte offen heraus, drehte sich um, legte ihre Arme erneut um meinen Hals und fragte versöhnlich: „Gefalle ich dir?"

Ich musste sie berühren, diese Brüste, musste sie streicheln, kneten, küssen; fühlen, wie die Knospen hart wurden. Wie oft war es einem Mann vergönnt, Brüste wie diese zu liebkosen? Sie verstummte, atmete nur noch durch den offenen Mund und schubste mich Richtung Bett.

Ich legte die Tasche mit den Sachen aus der Boutique auf den Tisch, mit Umsicht, auf dass der Gürtel nicht herausfiel, denn die meisten Leute reagieren mit Verstimmung bis hin zu offener Abneigung, wenn sie erkannten, dass man sie bestohlen hatte. Wir kraxelten aufs Bett und ich vergaß die Welt und verlor die Fassung.

5

Zwei Stunden später schwammen wir – Ralph und ich – vor dem Hotel im Meer. Wir waren in der Eingangshalle zusammengestoßen, kurz nachdem Ilaria das Hotel verlassen hatte. Wir trugen Badehosen, Sonnenbrillen und Badetücher, und wir waren gleichermaßen überrascht, den anderen in diesem Aufzug anzutreffen. Freudig überrascht.

„Wo bist du gewesen? Ich habe dich gesucht", sagte er.

„Was? Ich habe dich gesucht", sagte ich.

Er lachte: „Komm, ich will jetzt schwimmen. Ich erzähl es dir später."

Vielleicht sollte ich besser sagen: Wir planschten im Wasser herum. Wir stemmten uns im warmen, seichten Meer gegen die ungefährlichen Brecher oder tauchten mitten hinein und prusteten und lachten wie Kinder. Um richtig zu Schwimmen, hätten wir uns ein gutes Stück hinaus wagen müssen. Die beständigen Wogen wühlten den Sand auf und spülten ihn mir in die Badehose, das Salz kribbelte auf den Lippen und reizte mich in den Augenwinkeln und hin und wieder mischte sich zum Geruch des Meeres der Gestank von faulen Eiern – jedes Mal, wenn eine Windböe die Dämpfe des Vulkans den Hang herunter und über den Strand hinweg aufs Meer hinaustrieb.

Wir befanden uns im Nordwesten der Insel, die Sonne versank vor unseren Augen am Horizont. Sie hatte ihre Farbe von einem gleißenden Gelb in ein feuriges Rot gewechselt und es in der letzten halben Stunde geschafft, den Himmel über uns zu entflammen. In wenigen Minuten würde das Blendwerk erloschen sein, von der Nacht besiegt. Im Licht der letzten Strahlen warfen unsere Körper überlange Schatten bis an den Strand, und Ralphs Körper mit dem Reservepolster um den Bauch glänzte wie eine Bronzestatue.

So oft ich meine Blicke zur Villa auf dem Hügel lenkte: Ich konnte keinerlei Aktivitäten sehen oder gar hören. Ich weiß nicht, welche Art von Lärm oder Betriebsamkeit ich wahrzunehmen erhoffte.

Auf der Treppe vor dem Tor, wo dieser Angelo gestorben war, hätte ich zumindest Gesetzeshüter erwartet, zum Beispiel Uniformierte oder Spezialisten in ziviler Kleidung, die den gesamten Aufstieg bis zum Strand hinab absperrten und untersuchten. Normalerweise würde jemand Spuren sicherstellen, den Einschusswinkel bestimmen, Fotos machen.

Doch ich sah nichts von alldem.

Wenigstens eine rote Kerze vor dem Tor, die Kund tat, dass dort etwas Schreckliches geschehen war, hätte ich als angebracht empfunden. Oder niedergelegte Blumen (Tulpen, Nelken, Rosen), ein Foto, ein Blatt Papier mit dem Namen ‚Angelo' in Kinderschrift. Entfernte, kaum wahrnehmbare Klagelaute hätte ich erwartet, das Schreien einer Mutter, ein Durcheinander von Jammern, Flehen, Heulen, Schluchzen. Gemurmelte Gebete.

Nichts von alldem.

Es herrschte Totenstille in und um die Villa. Sie lag da wie ausgestorben.

Der Felsen, die Treppe, die Mauer und die Villa, alles strahlte im blutroten Licht der sinkenden Sonne. Hatten die Bewohner das Haus verlassen? Waren sie geflüchtet, zusammen mit der Leiche? Oder trauerte die Familie in einem Hinterzimmer ohne Trauergäste? Mitten drin der Sarg mit dem Sohn?

Im Hotel, im Garten, unter den Palmen und entlang der Straße gingen die Lichter an, die Ränder des Strands verloren sich im Zwielicht.

Ein großer, hagerer Kerl mit Kurzhaarfrisur, blondem Dreitagebart und in kurzen Hosen schlenderte von Sonnenschirm zu Sonnenschirm, klappte jeden einzeln ein, schleppte die

Liegestühle vom Strand zurück zur Mauer, stapelte jeweils vier dieser Dinger übereinander. Zuletzt rasselte er umständlich mit einer dicken, langen Kette.

Ralph und ich stiegen aus dem Meer. Ich trocknete mir das Haar, lieh mir seine Zigaretten aus, fragte: „Wartest du kurz auf mich?", und ging auf den hageren Kerl zu.

„Feierabend?", fragte ich ihn auf Deutsch.

Keine Antwort.

Er legte die Kette um sämtliche Fußbügel der Liegestühle. Sie war extra lang, die Kette, und dennoch zu kurz. Am Ende fehlte ein armlanges Stück. Er wollte die letzten Glieder an beiden Enden mittels eines Vorhängeschlosses an einem dicken, eingemauerten, von Rost angefressenen Ring festmachen. Ich packte mit an, half ihm beim Heranrücken des äußersten Stapels und sagte: „Man würd's nicht glauben: Auf einer Ferieninsel werden Liegestühle geklaut?"

Er ging zum Ring zurück, legte beide Enden der Kette übereinander und auf den Ring. Diesmal klappte es. Er hängte das Schloss ein, ließ es zuschnappen und zog den Schlüssel ab.

„Verdammt schweres Schloss", sagte ich.

Er zeigte nach wie vor keine Reaktion, richtete sich auf und ließ seinen Blick über den Strand schweifen. Er schien müde, aber zufrieden.

Ohne das Rauschen des Meeres hätte man meinen können, die Finsternis habe die Welt da draußen verschluckt. Weit über uns sah ich die ersten Sterne leuchten.

Ich trat neben ihn und bot ihm eine Zigarette an. Er nahm sie mit spitzen Fingern. Ich gab ihm Feuer. Er zog den Rauch ein und blies ihn durch die Nase aus. Wir standen nebeneinander an der Mauer und sahen dem letzten Badegast zu: Ralph. Er hockte am Boden, untersuchte seine Fußsohlen und fluchte, weil er offensichtlich in etwas hineingetreten war und in der fortgeschrittenen Dämmerung die Ursache seines Schmerzes nicht finden konnte.

„Imposante Villa", sagte ich und wies mit dem Daumen auf den Felsen.

„Die Villa Tre Rose", sagte er auf Deutsch, streifte die Asche an der Mauer ab und fragte, ohne den Blick zu heben: „Was wollen Sie wissen?" Er nuschelte wie jemand, der eine Flasche Bier mit den Zähnen geöffnet und vergessen hatte, den Deckel auszuspucken.

„Wer wohnt dort oben?"

„Die Signora Sempre."

„Filmbraut?"

„Nein", er lachte auf. „Eher Fürstin."

Ich sah ihn mir näher an: Er hatte einen schmalen Mund, neben dem hellen Bart auch helle Augenbrauen und tiefe Augenhöhlen. Weit hinten in diesen Höhlen funkelten zwei kleine kugelrunde Augen, deren Farbe ich jedoch nicht erkennen konnte.

„Kennen Sie sie? Ich meine, Sie sehen zwar nicht aus, wie hier geboren, aber Sie sind bestimmt vor langer Zeit auf die Insel gekommen und einfach hier geblieben, stimmt's?"

Er lachte: „So ist es. Fünfzehn Jahre ist es her und einen Monat."

„Was hat Sie hiergehalten? Das italienische Bier kann es nicht gewesen sein", sagte ich.

Zum ersten Mal blickte er mich an, grinste, rauchte, scharrte mit den Sandalen und murmelte: „Hören Sie, ich weiß so gut wie nichts über die Villa oder die Signora Sempre."

Ich hätte ihn gern gefragt, wer mir da weiterhelfen könnte, doch er kam mir zuvor, deutete mit der Zigarette zum Fischerhafen hinüber und sagte: „Sehen Sie den Fischkutter dort am Pier? Den mit dem hellen Scheinwerfer am Mast? Das ist Luigi, der so spät noch seine Netze ordnet. Signora Sempre besitzt die meisten Fischerboote. Luigi, der gerade in der Kabine verschwindet, er weiß Bescheid. Fragen Sie ihn. Er nimmt mit seinem Boot auch Touristen mit hinaus aufs Meer und verkauft alles Mögliche – wenn's sein muss sogar Informationen." Diese letzte Bemerkung hatte er in einem leisen, aber klaren Ton geäußert.

„Danke", sagte ich.

Er zerrieb die Glut der Zigarette zwischen Daumen und Mittelfinger, steckte den gelöschten Stummel in die Gesäßtasche, ließ ein: „Ich hab zu danken", hören und schlenderte hinauf zum Hotel.

Ich wollte sofort zum Fischerhafen hinüber und bat Ralph, den Dolmetscher zu spielen. Er weigerte sich. Er trug beide Sandalen in der Hand und jammerte, sein rechter Fuß schmerze so, dass er nur mit der Ferse auftreten könne. Ich spürte, wie mir der Zorn ins Gesicht schoss.

„Heute Morgen", zischte ich, „heute in der Früh ist ein junger Mann erschossen worden. Vor meinen Augen. Verdammt Ralph, spiel jetzt nicht den Obermelker, komm, ich brauche dich!"

„Was ist passiert?", fuhr er auf.

Ich packte ihn am Arm und versprach, ihm alles zu erzählen und auch die Stelle an seinem Fuß zu untersuchen und notfalls zu verbinden, sobald wir im Hotel wären. „Aber jetzt brauche ich deine Hilfe", zischte ich.

Er humpelte neben mir her, nicht ohne Seufzer.

Wir blieben auf der sonnendurchwärmten Kaimauer vor dem Kutter stehen, auf dem der dicke Luigi seine Netze ordnete. Es war das dritte Boot in der Reihe von vielleicht fünfzehn Booten. Sie waren bunt, in unterschiedlicher Größe und Kontur, wenn auch alle zum selben Zweck gebaut.

Wir sahen dem Mann eine Weile zu. In der einen Hand hielt er ein Messer, dessen Klinge im Licht des Schweinwerfers hin und wieder aufblitzte. Mit der anderen Hand zupfte er etwas Größeres aus dem Netz, etwas, das aussah wie ein Stück eines zerfransten Segels. Er schnitt es nach und nach mit dem Messer heraus.

Er bemerkte uns, rieb sich mit einem Lappen den Schweiß von der Stirn und japste nach Luft wie ein junger Hund, offensichtlich da ihm sein Wanst bei jedem Bücken in die Quere kam.

Die anderen Boote lagen verlassen da und bis auf das Geräusch der Wellen, die leise gegen die Außenwände klatschten, war es ruhig; und weit, unermesslich weit weg glänzten Millionen von Sternen. Noch fehlte der Mond.

Mir wurde rasch klar, dass uns der Mann hier am Hafen, wo unsere Stimmen ungedämpft über das Wasser hallten, niemals Auskünfte erteilen würde. Allein schon die Frage nach Auskünften brächte uns alle in Verlegenheit. In der Nacht klang ein Räuspern bekanntlich wie ein Knurren, ein Rufen wie ein Schreien und das Platzen eines Ballons wie ein Schuss. Ich bat Ralph, ihn zu fragen, ob ich ihn auf seiner nächsten Fahrt zum Fischen begleiten dürfte.

Von Ralph angesprochen richtete er sich erneut auf, drehte sich in unsere Richtung, stand breitbeinig da, stopfte den Lappen in die Gesäßtasche und fragte: „Una persona?"

„Er", sagte Ralph und deutete auf mich.

Ich fragte: „Sprechen Sie Deutsch?"

Er machte ein dummes Gesicht, wartete auf eine Erklärung.

Ralph stellte ihm dieselbe Frage, diesmal auf Italienisch.

Er winkte ab und schnurrte: „Tedesco? No, no tedesco."

Er beugte sich wieder über seine Arbeit.

„Allora: Due personi", rief Ralph und fügte hinzu, er komme mit, um zu übersetzen.

Der Mann hielt inne, schielte herüber, und da sagte Ralph noch etwas mit leiser Stimme.

Der Mann dachte nach, brauchte lange, bis er begriff, holte zwei, drei Mal Luft, blickte sich um, nickte und sagte: „Okay." Er tippte mit dem Zeigefinger auf seine Armbanduhr und ergänzte (Ralph übersetzte): „Um vier Uhr fahre ich raus, am Morgen, nicht am Nachmittag. Wenn ihr da seid, nehme ich euch mit."

„Du musst mir ein paar Punkte erklären!", schimpfte Ralph auf dem Weg zum Hotel.

Wir gingen in sein Zimmer. Er hatte einen Schnitt im Fußballen, in der Hornhaut, daher war kaum Blut ausgetreten. Ich säuberte die Verletzung, desinfizierte sie und erzählte ihm in kurzen Zügen, was ich erlebt hatte. Danach begab ich mich in mein eigenes Zimmer und legte mich ins Bett.

Um drei Uhr in der Früh standen wir wieder auf und ließen das Hotel im Tiefschlaf zurück. Im Fischerhafen herrschte eine schweigsame Emsigkeit. Sämtliche Kutter waren besetzt, auf allen brannten Positionslichter, einer nach dem anderen lief aus und trug die Lichter hinaus in die Weite des Meeres unter einem kolossalen Sternenhimmel. Die Laderäume der Schiffe waren leer und die Kutter lagen leicht im Wasser, dafür steckten die Männer voll schwerer Hoffnung auf einen guten Fang.

Auch unser Mann war bereit; er gab uns die Hand, die prankig und rau war wie die Hand eines Hufschmieds. Er half uns beim Hinübersteigen.

„Luigi", sagte er. Jetzt erst realisierte ich, wie klein er war, sein Scheitel befand sich auf der Höhe meines Herzens.

„Julian", sagte ich. „Julian Berger."

Ralph nannte seinen Namen.

Wir stolperten über allerlei Gerätschaften und hockten uns nah der winzigen Kabine auf eine Kiste.

Luigi startete den Motor, legte den Rückwärtsgang ein, arretierte das Steuer und löste die Leinen. Langsam glitten wir weg vom Steg. Luigi rollte indes die Taue ein, baute sich hinter dem

Steuer auf, entfernte die Arretierung, drehte den Oberkörper mal hierhin, mal dorthin, winkte einem Kumpel, legte den Antriebsschieber auf die Position „vorwärts", kurbelte das Steuer mit Schwung nach links und drückte den Schieber weiter nach vorn auf halbe Kraft voraus. Der Dieselmotor begann zu tuckern, die Schraube schob uns an, der Kutter erzitterte bis in die innersten Verstrebungen, tanzte eine halbe Schlaufe, nahm Fahrt auf und stampfte aus dem Hafen.

Luigi, den Mund zu einem breiten Lächeln verzogen, die Augen zugekniffen, den Blick starr durchs Fenster auf den Horizont gerichtet, lenkte sein Boot in die Fahrrinne eines vorausfahrenden Kollegen. Die Lichter der anderen, die sich in alle Richtungen davonmachten, spiegelten sich zu tausend Widerscheinen versprengt auf den Wellen.

Ich spürte das Hämmern des Motors durch die Kiste, auf der ich saß, fühlte das regelmäßige Wippen und roch die aufdringlichen Gerüche der nassen Seile, des Tangs, des Dieselmotors und der Seilwinde mit ihrem Schmierfett und dem Rost. Draußen vor der Bucht fegte eine kühle Brise quer über uns hinweg und riss die Abgase mit sich fort. Ich rutschte tiefer, schlug den Kragen hoch, legte meinen Hinterkopf gegen die Bordwand, schob die Hände in die Taschen und bekam gerade noch mit, dass Luigi die Drehzahl des

Motors weiter hoch schraubte, bis sich das Hämmern zu einem Nageln steigerte. Die Schraube trieb uns stärker an, die Bugspitze hob sich aus dem Wasser und klatschte zurück, hob sich heraus und klatschte zurück, worauf jedes Mal Gischt an meinem Hinterkopf vorbei segelte. Gelegentlich traf mich ein Spritzer im Nacken und der Wind fuhr mir durchs Haar. Irgendwann schlief ich ein.

Ralph kniff mich in den Arm.

Es war hell geworden. Die See war ruhig und die Sonne ein gutes Stück den Horizont hinaufgestiegen. Sie wärmte meinen Nacken und beteuerte mit ihrer strahlenden Kraft die Unschuld des neuen Tages.

Ralph reichte mir einen Becher. Ich stand auf, um das Kribbeln in den Beinen zu vertreiben und senkte meine Nase in den Behälter, um den Duft aufzunehmen: Kaffee.

Ich nahm einen Schluck. Er hatte einen Beigeschmack, der von zerquetschter Eichenrinde hätte stammen können.

Luigi saß auf einem umgestülpten Eimer und goss etwas von der Brühe aus einer Thermosflasche in einen zweiten Becher. Seine Stirn blieb gerunzelt, seine Augenbrauen standen schräg und verschafften ihm ein leidendes Aussehen. Sein Gesicht, sein weinerliches Antlitz, passte ganz und gar nicht zu seinem kräftigen Körper, seinen rauen Händen und seinem bunten Boot.

Den zweiten Becher hielt er Ralph hin.

Er lehnte ab. Er klammerte sich mit einer Hand

an der Bordwand fest und fragte mich: „Na, aus-
geschlafen?"

Ich hatte ihm erzählt, was sich auf der Treppe
abgespielt hatte. Jetzt stand er da, bleich und säu-
erlich dreinblickend, sich krampfhaft festhal-
tend, und zeigte trotz seiner Übelkeit Nachsicht
und Toleranz. Er war nicht umsonst mein bester
Freund.

Wir befanden uns allein draußen auf dem
Meer. Da trieb weder ein anderes Boot in der Nähe noch winkte ein Kirchturm oder ein Leuchtturm am Horizont, nicht einmal Spuren des
Qualms aus dem Vulkan konnte ich ausmachen.
Der Himmel war wolkenlos blau und das Wasser
glatt, wie von einer durchsichtigen Haut oder Fo-
lie überzogen. Etwas Bewegung steckte in dieser
Wölbung, ein unmerkliches, unaufhaltsames Auf
und Ab, das unser Boot in ein sanftes Wiegen
versetzte.

Möwen, zwei, drei Dutzend, schwammen zwischen den Korkbällen, die das ausgelegte Netz an
der Oberfläche hielten, ein Dutzend gaukelte
über uns im Wind und zwei verliebte turtelten
auf der Querstange des Mastes und bekleckerten
das Kabinendach.

Unter dem Einfluss der Sonne wechselte das
Wasser fast unmerklich seine Farbe. Ich hätte nie
geglaubt, dass Wasser derlei differenzierte und
tiefschimmernde Varianten von Grün und Blau

hervorbringen konnte. Ich schlürfte den Kaffee und spähte über die Bordkante in die Tiefe. Die Farbe glich zuerst dem Grün einer leeren Bierflasche und gegen Osten hin funkelte es ähnlich wie junges Buchenlaub im Gegenlicht. Gleichzeitig änderte sich das Grün, wurde zu einem Grünblau unreifer Heidelbeeren, wandelte sich weiter zu Türkis und noch weiter bis zu einem vollkommenen Blau. Und je höher die Sonne aufstieg, desto stärker wurde die Intensität dieses Blaus, bis es satt und durchdringend funkelte. Damit lockte das Wasser zum Baden und die Wärme von oben bestärkte die Idee.

Ich hatte meine Jacke ausgezogen und spürte, wie Ralph mich beobachtete. Er verzog seinen Mund und versuchte entgegen seiner Verfassung heiter auszusehen.

Luigi zog ein Stangenbrot aus einer Tasche, brach es entzwei, gab jedem von uns eine Hälfte, öffnete mit weiser Vorsicht eine Vorratsdose aus Kunststoff und hielt sie uns hin.

Sardinen, übersetzte Ralph, Luigis Frau habe sie in Öl eingelegt.

Die Dose war randvoll. Die Fische schwammen im Öl, immerhin ausgenommen und ohne Kopf und Schwanz. Ralph biss in das Brot und schaute weg.

Ich verspürte Hunger, nahm einen Fisch, legte ihn in das Brot und beobachtete Luigi.

Er packte einen Fisch, ließ ihn über der Dose abtropfen, dann in seinem Mund verschwinden, kaute, zwinkerte mir zu, legte einen zweiten Fisch nach und genoss die Bissen mit vollen Backen und öligen Lippen. Das war, nebenbei erwähnt, der Moment, in dem sein Gesicht fröhliche, fast glückliche Züge annahm.

Ich lehnte mich an die Kabinenwand, die mit grüner Farbe gestrichen war, und biss von meinem Brot ab. Kaum überschwemmte das Öl meine Zunge, begann mein Magen zu rebellieren. Ich musste gewaltsam ein Hochwürgen unterdrücken. Ich heftete meinen Blick auf den Horizont und atmete tief durch die Nase. Mit dem Kauen beruhigte sich mein Magen. Langsam verbreitete sich im Mund der Geschmack des Fisches in Harmonie mit der Würze des Öls und dem knusprigen Weißbrot. Der Bissen schmeckte köstlich und überzeugte mich vom Können der Fischersfrau.

Luigi bot mir einen zweiten Fisch an. Ich winkte dankend ab, das wäre mir dann doch zu viel gewesen.

Ralph knabberte an seinem Brot und wandte sich ab, um uns nicht beim Schlemmen zusehen zu müssen.

Nach dem Essen verstaute Luigi die Thermosflasche und die Sardinenbüchse in einer Tasche, kniete sich hin, öffnete eine Luke im Boden, griff

tief hinunter und holte zwischen allerlei Werk-
zeugen, quasi aus dem Keller des Bootes, eine
Flasche ohne Etikett ans Licht. Er entkorkte die
Flasche mit den Zähnen und goss etwas von der
gelben Flüssigkeit großzügig in die drei Becher.

Wir stießen an und tranken auf den Fang. Es
war ein Limonenlikör, der in der Kehle glühte
und den Magen besänftigte.

Ralph kostete vorsichtig, trank dann seinen Becher mit einer einzigen schnellen Bewegung aus
und verlangte nach mehr.

Luigi goss nach, stellte die Flasche weg, wischte
sich die Hände an einem Tuch ab und holte nach
und nach zwei neue volle Flaschen, mehrere Dosen mit Sardinen und diverse Einmachgläser mit
eingelegtem Tintenfisch, Gurken, und mit
Frischkäse gefüllte Peperoni aus der Versenkung.
Er breitete die Produkte auf den Planken aus und
grinste verwegen, lobte die italienische Haus-
mannskost, schenkte uns Likör nach und nannte
unverschämte Preise.

Ralph hob entschuldigend die Schultern und
erwiderte zwei Worte auf Italienisch, die ich
nicht verstand.

Luigi sah erwartungsvoll zu mir auf. Ich versuchte freundlich auszusehen und sagte auf
Deutsch, ich würde nichts kaufen.

Mit versteinerter Miene sammelte er die Becher
ein, spülte sie aus, räumte alles weg, ließ die Fall-

tür zuklappen, setzte sich auf seinen Eimer, steckte sich eine Zigarette an, tat zwei, drei Züge, suchte meinen Blick und fragte knapp auf Italienisch, was wir von ihm wissen wollten.

7

Er hatte mich angesehen, aber zu Ralph gesprochen. Wir setzten uns nebeneinander auf die Kiste, ich stellte die erste Frage.

Ralph, das Gesicht weiß wie Luigis Unterhemd,
übersetzte: „Kennst du Signora Sempre?"

Luigi tat einen Zug, ließ den Rauch ausströmen
und besah sich seine Stiefel. Ich stand auf, ging
zu ihm hin und drückte ihm einen Zwanzig-Euro-
Schein in die Hand.

Er steckte ihn unbesehen weg und sagte: „Jeder
auf der Insel kennt Signora Sempre."

„Gehört dieses Schiff der Signora?"

Er senkte sein Haupt und rauchte.

„Sie besitzt Schiffe, das ist kein Geheimnis."

Er ließ sich Zeit, kratzte sich hinter dem Ohr
und sagte nach einer Viertel Ewigkeit: „Ja. Die
Boote gehören ihr und allerlei andere Geschäfte
dazu. In unserem Hafen besitzt sie alle Boote.
Drüben, in Porto Bello gehören ihr auch alle. Bis
auf zwei. Deren Besitzer sind aber keine echten
Fischer mehr."

Er warf einen Blick auf die Korkbälle, sie hingen schwer im Wasser, über die Hälfte trieb gar

eine Armlänge unter der Oberfläche.

„Was meinst du mit: andere Geschäfte?"

Er zählte auf: „Ein Hotel. Die Autovermietung. Die Drogerie. Ein Friseursalon. Ein paar Ferienwohnungen, ach, was weiß ich."

„Wie kommt das?"

Er legte seine Stirn in Falten, lachte eigentümlich, suchte eine Antwort auf die Frage, fand aber keine. Er wippte mit der Hand, die Fingerspitzen auf einem Punkt zusammengelegt und fragte Ralph: „Was meint er mit: Wie kommt das?"

Ich wunderte mich: Spielte der Kerl den Einfältigen nur oder war er wirklich so dumm? Bei meiner nächsten Frage: „Wohnt sie allein in der Villa?", zog er die Schultern hoch und schaute zu mir, zu Ralph, zu mir und wieder zu Ralph und sagte: „In Italien?", und drehte dazu die Handflächen nach oben. „In Italien wohnt doch niemand allein."

„Ist sie reich, die Signora?"

Er murrte ein „Si", nahm einen letzten Zug vom Stummel, zerquetschte die Glut unter dem Absatz seines Stiefels, ohne den Filter loszulassen, stopfte ihn in eine Blechbüchse und erwartete die nächste Frage.

„Wie ist sie zu ihrem Geld gekommen? Wo kommt es her, das viele Geld?"

„Schon immer gehabt."

„Soll das heißen, sie hat es geerbt?"

„Keine Ahnung."

„Ist sie in der Villa aufgewachsen?"

„Nein, sie hat sie gekauft."

„Ist sie auf der Insel aufgewachsen?"

„Nein, sie ist nicht auf der Insel aufgewachsen."

„Sie ist nicht auf der Insel aufgewachsen?"

„Nein, sie ist nicht auf der Insel aufgewachsen."

Er lehnte sich zurück, verschränkte seine Arme und verlieh damit seiner aufkommenden Abneigung gegen uns und unsere Fragen Ausdruck. Er gab sich keine Mühe, lange würde er das Spiel nicht mehr mitspielen.

Auch ich hatte ihn über, ihn und den Lärm des Motors im Leerlauf, dieses pausenlose Schaukeln, die Enge auf dem Boot, die grimmige Hitze, den Gestank, die Vogelkacke überall, einfach alles, trotzdem fragte ich weiter: „Sie ist keine Insulanerin?"

„Nein. Sie ist von Neapel rübergekommen. Ist schon Jahre her. Sie ist Neapolitanerin."

„Ist sie allein gekommen?"

„Mamma mia, du stellst Fragen." Er stand auf. „Nein, natürlich ist sie nicht allein gekommen."

„Wieso reden denn alle immer nur von der Signora?"

„Weil sie ohne Mann gekommen ist, darum. Am Anfang, hoho, da haben alle den Kavalier gespielt, haben sie besucht, haben Rosen gebracht oder Schweizer Schokolade, oder haben ihr angeboten, sie zum Essen auszuführen. Dabei sieht man sie nie im Ort, höchstens mal in der Banca d'Italia. Alle haben bloß eines gewollt: zwischen ihre Beine!" Er machte ein unanständiges Zeichen mit der Hand, blies die Backen auf und bekam winzige Äuglein. Ohne auf die nächste Frage zu warten, zog er sein Oberhemd aus, warf es in die Kabine und griff nach einem Paar Lederhandschuhen.

„Du hast gesagt, sie sei nicht allein gekommen. Wer war denn noch dabei?"

„Sie hat einen Sohn und zwei Neffen." Er überlegte. „Und ihre Mutter hat sie mitgebracht, die ist vor zwei oder drei Jahren gestorben."

„Ihr Sohn, wie heißt er?"

Er zog sich die Handschuhe über, schaute nach den Netzen, kratzte sich am Hintern und schwieg. Die zwanzig Euro waren aufgebraucht.

Ich starrte auf seine sonnengebräunte Glatze. Ich konnte nicht wegsehen. Was ging in diesem Mann, diesem Dickschädel vor? Jeder andere an seiner Stelle hätte sich rückversichert, hätte sich Gedanken gemacht über unsere Fragerei, hätte Gegenfragen gestellt: Wer seid ihr? Was wollt ihr? Wozu diese Fragen? Was wisst ihr über ihren Sohn? Und so weiter.

Er dagegen sah sich nach uns um, nicht verwundert, eher unsicher, spuckte über Bord, überließ die Arbeit mit der Winde ganz seinen Händen und verfolgte mit den Augen das Auftauchen des Fangnetzes.

Da er uns keine Anweisungen gab, stellten wir uns an die Kabinenwand und schauten zu.

Mit einem Mal wimmelte es an Deck. Das Netz erbrach ein übers andere Mal einen Schwall zappelnden, sich windenden, glitschigen Getiers auf einen Metalltisch mit Rändern.

Luigi trug inzwischen Gummihandschuhe und eine Gummischürze vor seinem Bauch. Er sortierte den Fang mit gezielten, schnellen Handgriffen; separierte die Fische, Tintenfische und das, was sie Beifang nannten; beförderte die Kreaturen in verschiedene Kunststoffbehälter. Bis jetzt war ich der Meinung, frischer Fisch rieche angenehm. Als ob! Was er da Schub für Schub an Bord hievte, sonderte an der Luft einen unflätigen Gestank ab, eine alles durchdringende Mischung aus Pferdeschweiß und Katzenpisse auf feuchtem Torf.

Ein Fisch, armlang mit bläulich-weißem Bauch, rutschte jäh über die Tischborte hinaus, landete auf den Planken, schlug mit dem Schwanz, sperrte den Mund auf und glotzte zu mir hoch. Scheinbar erhoffte er sich von mir lebensrettenden Beistand. Ich packte ihn an der schmalsten Stelle vor dem Schwanz, schob die andere Hand unter seinen Bauch, hob ihn hoch und schleuderte ihn mit der Kraft meiner angestauten Wut über Bord. Mit einem satten Patsch tauchte er ein und war weg.

Ich hätte Luigi, diesen Gummischürzenzwerg, liebend gern hinterhergeschmissen.

Er hatte etwas gesehen, einen Schatten vielleicht, jedenfalls glotzte er genau zu der Stelle, an der der Fisch abgetaucht war. Er starrte lange ins Zentrum der Wellenringe und fuhr schließlich herum. Seine Augen sendeten Blitze aus, sein Mund schnappte nach Luft, ähnlich wie der Mund des Fisches zuvor.

„Angelo", rief ich. „Heißt der Sohn Angelo?"

„Si!", brüllte er. „Angelo, loro figlio e Angelo!", und das, was folgte, das, was er dann durch seine angeschwollene Kehle presste und uns entgegenschmetterte, war alles andere als ein Flötenkonzert.

8

Gegen ein Uhr saßen wir im Hotel an einem Tisch mit blütenweißen Tischtüchern. Es gab hausgemachte Ravioli an Salbeibutter, gegrillte, mit Rohschinken umwickelte Auberginenstreifen, überbackenen Fisch und Risotto. Dazu Salat.

Draußen kringelte sich die Luft über dem Asphalt. Ich schwitzte wie ein Fassadenmaler in der Abendsonne, obwohl hier drinnen der Deckenventilator für Strömung und Wirbel sorgte, wenn auch bescheidene. Es war nicht ungemütlich und die Gerüche des Schinkens, des Fischs und des Risottos taten alles, um mich nach der morgendlichen Bootsfahrt versöhnlich zu stimmen. Trotzdem schob ich den Teller nach ein, zwei Bissen von mir weg, mir fehlte der Appetit.

Weshalb hatte Luigi bis zuletzt getan, als wisse er von nichts, als wäre die Nachricht von Angelos Tod nie bis zu ihm durchgedrungen? Das wollte ich von Ralph wissen.

Er gab sich hungrig, seine Übelkeit schien verflogen. Er strich sich eine Haarsträhne aus der Stirn, stierte auf den Rohschinken auf meinem Teller und raunte kauend: „Der Mann ist aufrichtig. Zwar keine Leuchte, aber aufrichtig."

„Aufrichtig? Pah!"

„Doch, ich finde, der Mann ist aufrichtig. Woher hätte er wissen sollen, dass dich Angelos Tod umtreibt?"

„Vierundzwanzig Stunden nach dem Mord an einem jungen Mann, den hier alle gekannt haben, fahren zwei Typen mit ihm hinaus und stellen ihm Fragen über die Villa auf der Klippe, und der Kerl spielt den Ahnungslosen! Erzähl mir nicht, der Mann sei aufrichtig. Er ist ein Tropf! Ein Trampel! Wir befinden uns auf einer Insel, verflucht nochmal. Es geht hier nicht um einen Großstadt-Ghettomord, der niemanden kratzt. Auf einer kleinen Insel wie dieser verbreitet sich eine solche Nachricht wie ein Lauffeuer bis ins hinterste Möwennest. Der hat von Anfang an geahnt, auf was wir aus sind, so dumm kann er gar nicht sein."

„Eben."

„Was soll das wieder heißen?"

„Du hättest ihm die Wahrheit sagen, ihn zu Beginn darauf ansprechen sollen."

„Ihm sagen, dass ich dabei war? Dass ich gesehen habe, wie der junge Mann gestorben ist? Damit er es weiter erzählt und morgen die ganze Insel darüber Bescheid weiß, dass ich ein unliebsamer Zeuge bin?"

„Und jetzt? Glaubst du, er erzählt es nicht herum?"

Er las den Verdruss in meinem Gesicht, sonst hätte er nicht gefragt: „Bist du enttäuscht?"

„Enttäuscht? Du fragst, ob ich enttäuscht bin?", rief ich. „Der Typ hat uns für dumm verkauft!"

„Ach woher. Seine Reaktion war typisch für einen Fischer."

„Was meinst du damit?"

„Ganz einfach: Der Kerl fischt nicht, um sich zu entspannen. Er ist ein echter Fischer. Fischer sind nun mal die langweiligsten Menschen. Noch langweiliger als die Bäcker."

„So ein Quatsch."

„Nein, im Ernst, Julian. Stell dir vor, du bist tagelang allein, gehst früh ins Bett, stehst früh wieder auf, lange vor den anderen, und verbringst den lieben langen Tag auf diesem kleinen Kutter. Allein. Nein, Julian, Fischer sind die letzten, die erfahren, was in ihrem Dorf oder in ihrem Haus passiert. Sie sind einsam, erfahren wenig und das Wenige zu spät und daher schweigen sie. Überleg mal: Mit Hunden, mit Katzen kannst du reden, auch mit Pferden, sogar mit einer Kuh. Ich kenne Jäger, die flüstern dem Hirsch was zu, bevor sie ihn erschießen. Mit Fischen geht das nicht. Hast du jemals gesehen, dass ein Mensch vor einem Aquarium steht und zu den bunten Geschöpfen spricht, die da hin und her schwänzeln?"

„Halt! Kapitän Ahab hat zu Moby Dick gesprochen."

„Falsch, Julian, erstens ist Moby Dick kein Fisch, sondern ein Wal, zweitens hat Ahab ihn gehasst und gejagt, nur geredet hat er nicht mit ihm, kein einziges Wort. Darum ist es ja soweit gekommen mit den beiden."

„So? Und der alte Mann und das Meer von Ernest Hemingway? Der Alte hat mit dem Schwertfisch geredet."

Er verneinte: „Zu sich selbst hat er geredet, nicht mit seinem Fang. Sieh mal, Julian, die Leute reden mit sich, mit Blumen, mit Bäumen, mit allem, bloß nicht mit Fischen. Fische sind entweder im Wasser oder tot, wie willst du da mit ihnen reden?"

Ein Kellner kam an den Tisch, um abzuräumen. Wir bestellten Kaffee.

„Und auch Luigis Vater war Fischer, was sonst? Der Vater seines Vaters war fraglos auch Fischer und so weiter. Was meinst du, was Fischer über Generationen an ihre Söhne weitergeben? Welches Vorbild geben sie ab? Ein Fischer wie Luigi ist es nicht gewohnt, über komplizierte Dinge zu reden. Für ihn ist ein Gespräch über ein Gefühl so zwecklos wie ein Gespräch mit Immanuel Kant über ein Gebet."

„Gut", sagte ich. „Dann bleibt mir nur ein Besuch in der Villa."

„Du willst hinauf zur Villa?"

„Ja. Ich muss das klären. Ich werde die Dame besuchen."

Ralph wischte sich den Mund ab, trank einen Schluck Wasser, lehnte sich zurück und machte eine großzügige Geste in Richtung Strand: „Julian, warum legst du dich nicht in die Sonne und vergisst die Sache? Bleib friedlich und überlass den Fall den Carabinieri. Wir sind hier in den Ferien."

„Ein junger Mann wird vor meinen Augen erschossen, glaubst du, das lässt mich kalt? Ich will wissen, warum er sterben musste."

„Nicht, wer in getötet hat?"

„O ja, das auch."

Der Kellner brachte den Kaffee und fragte, ob wir ein Dessert wünschten. Wir verneinten und verhinderten damit ein Aufzählen der hausgemachten Spezialitäten.

Ralph wartete, bis er weg war, dann beugte er sich vor und sagte ruhig: „Du fühlst dich mitschuldig, stimmt's?"

Er war der geborene Seelenkneifer. Schon immer gewesen. Gut möglich, dass ich nickte.

Darauf ließen wir ein längeres Schweigen folgen, das er mit einem geseufzten „Schade" beendete.

„Schade um was?", fragte ich.

„In deinem Herzen bist du Polizist geblieben und wirst es immer sein. Wie lange sind wir zusammen im Team gewesen?"

„Sieben Jahre."

„Weißt du eigentlich, dass du uns allen fehlst?"

„Sicher, in erster Linie vermisst mich Norbert Riedli, unser Chef. Ich sende ihm eine Ansichtskarte."

„Sei nicht albern! Wann reihst du dich wieder bei uns ein?"

„Es hat eine Zeit gegeben, da habe ich Polizist werden wollen – um alles in der Welt. Ich habe in meiner Kindheit nie Ritter gespielt oder Indianer oder Pirat, immer nur Polizist. Das weißt du."

„Klar weiß ich das, wir haben zusammen Verbrecher gejagt, fast jeden Tag. Wen haben wir alles verhaftet und eingelocht. Dann sind wir zusammen in die Polizeischule. Hat es dir denn nie gefallen?"

„Nein. Der Alltag im Dienst, die Realität, die mir zu schaffen gemacht hat. Diese Flut an Gesetzen und die vielen internen Vorschriften, da ist so viel wirres Zeug darunter. Wie soll man da seine Arbeit machen? Und dann die Wirkung auf die Leute, ich meine die Ausstrahlung der Uniform, wer ist schon ehrlich zu einem Polizisten? Dann diese komplizierten Einsatzpläne. Nein, Ralph, ich habe mich nie wohlgefühlt in diesem System, ich habe mich nie an die Arbeit gewöhnt. Im Dienst bin ich bei der Sache gewesen und zu Hause in Gedanken trotzdem beim nächsten Einsatz. Ich war allzeit auf Draht. Nein danke, sieben Jahre haben mir gereicht."

Er lachte: „Du hast nie was gesagt."

„Es liegt an mir."

„Vielleicht siehst du das alles zu eng."

„Das ist das richtige Wort: eng! Glaube mir, ich habe mich bemüht. Ich bin immer pünktlich zum Dienst erschienen, immer geduscht, rasiert und in guter Gesinnung. Das Gefühl der Enge ist von Anfang an da gewesen. Man wird sofort in eine Rolle gepresst. Man kann sich nichts erlauben in der Uniform. Gib es zu, ein Polizist hat keinen Spielraum, keine Freiheiten, nur Pflichten. Es wird erwartet, dass ein Polizist nicht lügt, nicht flucht, nicht trinkt, nicht weibert. Diese Erwartungen, diese Norm strahlt weit über seine Arbeitszeit und weit über seine Person hinaus, sie erfasst seine ganze Familie. Die Kinder eines Polizisten sind die Kinder eines Polizisten."

„Das Team, Julian, vermisst du nicht wenigstens unser Team? Wir haben doch auch gute Zeiten erlebt."

„Ich achte deine Arbeit. Es liegt nicht an der Polizei, auch nicht am Team, es liegt an mir. Ich passe da nicht rein. Das musst du akzeptieren. Seit ich mein eigener Chef bin, geht es mir besser."

„Und jetzt trägst du die Kanone nicht mehr am Gurt, sondern in einem Halfter beim Herzen?

Und am Schienbein einen Dolch?"

„Lach nur. Es kommen Frauen und Männer mit ihren Sorgen in mein Büro, ich tu, was ich kann, werde dafür bezahlt, bekomme hier und da ein Dankeschön und fühle mich gut dabei."

Er beugte sich vor und sagte: „Kannst du mir dann erklären, weshalb du die Leute immer so vor den Kopf schlägst? Das mit dem Fisch vorhin auf dem Boot, war das wirklich nötig? Weißt du, dass du einen Fischer damit schwer beleidigst?"

„Na und? Er hatte es nicht anders verdient."

„Was? Ja, glaubst du denn, der behält das für sich? Er wird seine Version rumerzählen. Und dann? Die Leute werden keinen Unterschied machen zwischen mir und dir. Wie sollen wir weiterermitteln, wenn uns jeder misstraut?"

9

Gemeinsam stiegen wir am Nachmittag unter brütender Sonne die Steintreppe zur Villa hinauf. Je höher wir kamen, desto stärker befiel mich ein Kribbeln. Es begann auf der Kopfhaut, lief über Nacken und Rücken bis hinab zum Ansatz meiner Pobacken und endete damit, dass ich meinte, auf dem Punkt zwischen den Schulterblättern deutlich zu spüren, wie uns jemand beobachtete. Durch ein Fernglas? Oder mittels Zielfernrohr? Ich dachte an jemanden, der unsere Erkundungen missbilligte. Jemand, der von meinem Besuch bei den Carabinieri gehört hatte und sich an meinem Einmischen in die Angelegenheiten auf dieser Insel störte. Vielleicht hatte dieser Jemand etwas zu verlieren.

Das Gefühl verstärkte sich mit jedem Tritt, bis ich kapitulierte und zwei Meter unterhalb des Tors stehen bleiben musste. Ich schöpfte Atem und sah mich um.

Zu meinen Füssen präsentierte sich der Strand, von Badegästen bevölkert. Das Wasser blendete mit seiner glatten Oberfläche, und ein Dutzend Badegäste planschte oder schwamm im Meer. Die

Mehrheit der Leute räkelte sich unter den roten Werbeschirmen. Schirme, Abfalleimer und Liegestühle konnte ich sehen, von den Badegästen meist nur einen nackten Fuß, ein Knie, einen Arm oder eine Hand. Dieses träge und gleichgültige Faulenzen der Menschen trug zu meiner Beruhigung kaum bei.

Links, vom Felsen zu drei Vierteln verdeckt, befand sich der Fischerhafen und in der Mitte der Bucht behauptete sich unser Hotel, ein vielfenstriger Klotz mit Flachdach und schneeweißer Fassade. Die Einfahrt lag in der Allee der Palmen endete an der Straße ins Städtchen, und vom Hotel fast vollständig verdeckt, gegen den Strand hin, lag der hoteleigene Gartensitzplatz mit den Tischen.

Weiter rechts im Bild sah ich die Boutique. Auf der Dachterrasse standen ein Tisch und sechs verlassene Stühle und in der äußersten Ecke ein Sonnenschirm, dem Stand der Sonne zugeneigt.

Weiter rechts lag die Stadt mit den verwinkelten Gassen, dem Festplatz und dem Hafen für die Fähre. Ich konnte nichts Auffälliges entdecken. Falls uns jemand im Auge behielt: Sie oder er wusste sich zu tarnen.

Oder bildete ich mir das alles nur ein? Täuschten mich meine Sinne unter dem Eindruck der Erinnerung an das schreckliche Ereignis? Stammte dieses Kribbeln im Nacken allein von den Bildern in meinem Kopf?

Es gab eine Mörderin oder einen Mörder, soviel stand fest. Ob sie oder er mich kannte und überwachte oder überwachen ließ, das war eine andere Frage. Ich beschloss, das herauszufinden.

Ralph hatte seine Pfunde inzwischen bis ganz nach oben geschafft. Er stand vor dem Tor, wischte sich den Schweiß von Stirn und Schläfe und besah sich die Spuren. Ich stieg zu ihm auf.

Für ihn war der Aufstieg eine Leibesübung gewesen, ich konnte hören, wie sein Atem in Fahrt gekommen war. Er stützte sich an der Steinsäule ab und sagte: „Siehst du das?"

Ich trat näher.

Er zeigte mir dunkle Spritzer an der Steinsäule und auf dem Treppenabsatz einen bräunlichen Fleck, der sich über die Kante hinweg bis auf den zweitobersten Tritt erstreckte. Zum Schluss wies er auf ein trichterförmiges Loch im Torblech hin. Es war auf Brusthöhe unmittelbar neben dem oberen Scharnier.

„Der Mann hatte keine Chance", kommentierte er. „Die Kugel hat seine Brust durchschlagen, beim Austritt seinen Rücken aufgerissen, und dann noch so viel Energie gehabt, um ein Loch in dieses Blech zu sprengen. Was sagt uns das?"

„Jagdgewehr", gab ich zur Antwort. „Eine Büchse der Extraklasse und Munition von der Kategorie, mit der Großwildjäger auf Elefanten, Büffel oder Alligatoren schießen."

„Und über eine große Entfernung treffen." Er nickte und wirkte auf eine verhaltene Weise bestürzt.

Er sah sich um und füllte einmal mehr seine Lungen, entweder wollte er mir seine neuesten Schlüsse erklären oder mich zur Umkehr bewegen.

Er kam nicht dazu: Das Tor bewegte sich. Es tat sich eine Lücke auf, zwei Fingerbreit, ein Auge glupschte hindurch, und wie von einer Windbö angestoßen schwang das Tor auf. Wir hatten das helle Klicken des Schlosses gehört, das Tor selbst öffnete jedoch absolut geräuschlos. Jemand hatte die Angeln geölt.

Zwei Männer standen im Torbogen. Sie taxierten uns kalt, fast grimmig, und zeigten sich über unsere Ankunft trotz allem nicht überrascht.

Man stelle sich ein Bruderpaar vor, keine Zwillinge, bloß ähnliche Gesichter: schwulstiger Mund, stumpfe Nase, extrem dunkle Sonnenbrillen, den Kopf geschoren. Der Statur nach zu urteilen, waren sie keine Marathonläufer, eher der Typ Ringkämpfer in Hawaiihemd. Man kennt diese Typen aus Filmen, in denen oft und viel geschossen und wenig geredet wird. Ihre Hosen saßen schlecht: oben zu eng, unten zu lang, die Aufschläge schmutzig. Die Hemden waren ihnen zu groß und sie hatten sie nur bis über den Bauchnabel zugeknöpft. Viel Offenheit für einen beengten Geist. Null Brusthaare.

Wir schenkten ihnen das Lächeln von Touristen beim Anblick der Eingeborenen.

Der Kleinere, Dickere kaute einen Kaugummi und linste über den Rand seiner Sonnenbrille hinweg. Seine Augenbrauen waren in der Mitte zusammengewachsen. Der Größere hakte die Daumen in seinen Gürtel und ließ die Schultern hängen.

Ralph musste zu ihm aufsehen, er fragte auf Italienisch: „Wohnt hier Signora Sempre? Da ist kein Schild am Tor."

Ihre Haltung änderte sich von gelassen zu frostig und sie verhielten sich im freundlichsten Sinne abweisend. Der Mann schnauzte von oben herab: „Privato!"

„Si, si", sagte Ralph, er präzisierte, dass wir extra gekommen seien, um Signora Sempre zu sprechen. Er tat einen Schritt auf ihn zu, nahm die Hände zu Hilfe und redete, soweit ich ihn verstand, von Dringlichkeit und Eile, man habe uns hierher, zu diesem Haus gewiesen.

Die beiden wichen keinen Millimeter zurück, sie standen breitbeinig, nun beide mit ihren Daumen im Gürtel, und warteten auf unseren Abgang.

Ich stellte mich neben Ralph und sagte: „Angelo", und nochmals: „A n g e l o", um kein Missverständnis aufkommen zu lassen. Ich trat an den Torflügel, deutete auf das Loch im Blech und steckte meinen Zeigefinger hinein.

Das sprengte ihren Widerstand. Sie sahen einander an, ließen die Arme sinken und tauschten ein paar Wörter aus, die ich nicht verstand. Wir wurden hereinbeordert und zu einem Gartentisch geleitet. Auf dem Tisch stand ein Aschenbecher, daneben lagen zwei Zigarettenschachteln mit Ultra-Light-Zigaretten (ihre Arbeit war schließlich hart genug).

Der Kleine deutete auf die beiden Stühle, der Große schloss hinter uns das Tor und marschierte Richtung Villa und daran vorbei, in den hinteren Bereich, den wir nicht einsehen konnten.

Es war ein herrschaftliches Haus, gewiss hundert Jahre alt und mit einer langen Tradition. Drei abgewetzte Steinstufen führten zum Eingang, links und rechts standen zwei hohe Marmorsäulen, die einen Balkon stützten. Die Form der Fenster, die Tonziegel auf dem Dach und die minimalen Dachtraufen zu jeder Seite gaben dem Gebäude den Charme einer alten römischen Villa.

Wir waren von der Treppe aus durch das Eisentor in den Garten getreten. Schräg gegenüber lag ein breites, schmiedeeisernes Schiebetor, das die Zufahrtsstraße abriegelte.

Auf dem Kiesplatz vor der Eingangstreppe

stand ein roter Wagen. Ein Wagen, ein BMW der Reihe X, der gebaut worden war, um Neuland zu erobern.

Wir warteten im Vorgarten, der aus einer harten trockenen Rasenfläche bestand. Zwei Sonnenschirme spendeten Schatten, eine kaum spürbare Brise erfrischte unsere Körper und schmeichelte uns mit dem Harzgeruch der Pinien. Es war ein lauschiges Plätzchen. Hier hätte sogar meine Ferienstimmung neu belebt werden können. Ich streckte die Beine, lehnte mich zurück, so gut das auf dem billigen Stuhl ging, und dachte daran, den ganzen langen Nachmittag hier zu verbringen. Die Signora Sempre ließ sich Zeit, der Dicke uns nicht aus den Augen.

Der Rasen war sehr mager. Die rötliche Erde auf dem Felsen schien nährstoffarm, der Untergrund war felsig. Der Rasen endete auf Höhe der Treppe.

An der Mauer entlang zog sich ein Blumenbeet, vermutlich bis hinters Haus. Es war von faustgroßen Steinen begrenzt. In dem Beet reckten Lilien ihre Hälse, vereinzelt blühten magere Rosen; Agaven oder Sukkulenten vermochten sich besser zu behaupten. Überall wucherte niederes Unkraut, deren winzige Blüten Insekten anzogen.

Hier wohnte jemand, der seinen Garten selbst bestellte, keine Düngemittel, kaum Wasser und wenig Zeit dafür aufwendete.

Die Mauer um das Grundstück bestand aus Beton und war neu, höchstens zwei, drei Jahre alt. Soweit ich sehen konnte, umschloss sie das ganze Gut und versperrte die Aussicht in alle Richtungen. Außerhalb der Mauer wuchsen Palmen.

Und dann stand sie da, unverhofft, an der Hausecke: Sie trug einen Filzhut mit breiter Krempe, das Gesicht blieb im Schatten. Die Hände steckten in hellen Lederhandschuhen, in der Linken hielt sie eine Gartenschere.

Sie war groß, schlank, trug Arbeitshosen und eine bis oben hin zugeknöpfte dunkle Bluse. Ihre Kluft, ihre ganze Haltung drückten aus, dass sie keinen Besuch erwartet hatte.

Sie vergeudete keine Sekunde. Sie kam nicht heran, grüßte nicht, blieb an der Hausecke stehen und stellte dem großen Kerl leise Fragen.

Er kratzte sich am Arm und lauschte mit gesenktem Blick, fragte zurück, versicherte sich vielleicht, ob er richtig verstanden hatte, und verneinte ihre Frage.

Ich sagte zu Ralph: „Los komm, sag ihr, wer wir sind.“

Wir traten auf sie zu und Ralph stellte uns vor.

Sie sah unsäglich müde aus, ihre Augen waren gerötet, ihre Lippen ohne jede Farbe. Sie schaute uns nur kurz ins Gesicht, dann zu Boden und wartete.

Ich sagte zu Ralph: „Sag ihr, ich hätte gesehen,

wie Angelo gestorben ist."

Sie ließ ihn nicht übersetzen, sie hörte den Namen ihres Sohnes und das genügte. Sie heulte auf, schüttelte heftig den Kopf, legte sich eine Hand auf die Brust, wie jemand, der Schwierigkeiten hat, zu atmen, und gab den beiden Typen eine knappe Anweisung.

Der Große scheuchte uns mit ausgebreiteten Armen von ihr weg.

Die Signora wandte sich um, ohne weiter auf uns zu achten, und verschwand wieder hinter dem Haus. Ging sie zu ihren Blumen zurück? Schnitt sie Rosen als Beigabe für den Sarg? Bei dem Gedanken daran zog sich alles in mir zusammen.

Der Kleine half dem Großen dabei, uns ins Haus zu treiben, in das erste Zimmer rechts, wenige Schritte hinter der Eingangstür. Der Kleine hielt die Tür auf, der Große schubste uns hinein, und ehe wir eine Frage an sie richten konnten, warfen sie die Tür ins Schloss und drehten den Schlüssel.

Ich wandte mich zum Fenster und sah vier senkrechte Eisenstangen. Ralph hatte sie auch gesehen. „Na super", hörte ich ihn sagen, es klang wie ein Fluch.

Neben der Tür standen ein Holztisch und ein Kühlschrank, an den Wänden entlang waren leere Gemüsekisten nachlässig aufgestapelt worden.

Leere Weinflaschen, fleckige Eierkartons, Konservendosen, stapelweise Zeitungen, alles Mögliche wurde hier gesammelt. Ein Haufen Pizzaschachteln und drei prallvolle Abfallsäcke lagen herum. Es gab keinen Stuhl, keinen Schrank, kein Bild an der Wand, nur eine Neonröhre an der Decke, die unnötigerweise brannte. Der Gestank in der Luft lag auf einer Skala von Eins bis Zehn bei Fünf, wobei die Zehn einer ungekühlten Kadaversammelstelle vorbehalten war.

„Wenigstens haben wir Licht", sagte ich.

„Verhungern müssen wir auch nicht", sagte Ralph.

Wir sahen uns an und grinsten. Ich schob den Fuß unter den Deckel einer Pizzaschachtel, hob ihn an und erschrak! Kakerlaken stoben auseinander, sie hatten sich über die Reste einer Pizza hergemacht.

Wir lachten.

In einem Raum wie diesem festgehalten zu werden, schien in der Tat eine ernste Angelegenheit. Abgesehen von der Gefahr einer Lebensmittelvergiftung hielten wir die Lage jedoch für harmlos. Ich drehte zwei Gemüsekisten um, klopfte sie aus und stellte sie an die Wand neben dem Fenster. Wir setzten uns nebeneinander hin. Wir hockten da wie Brüder und ließen die Zeit verstreichen. Und sie verstrich, wie üblich in unliebsamen Situationen, endlos langsam.

Bald wurde mir das Warten zu lang, überdies wurde mir übel vom Mief der Abfälle, ich erhob mich, trat ans Fenster und versuchte es zu öffnen. Es gelang, ich riss beide Flügel auf. Hier an der Seite der Villa führte die Gartenmauer eine Armlänge am Haus vorbei – zwei Meter hoher Beton, grau, hart, unerbittlich.

Wie konnte man sich die Sicht auf die Bucht, die Boote, den Strand, das Meer und die Nachbarinsel mit so viel hässlichem Grau versperren? Wie konnte man sich nur so einmauern? Von der Welt abschotten, sich selbst verwahren? War die Furcht vor der Umgebung, die Angst vor den Mitmenschen so überwältigend?

Signora Sempre musste eine ernsthafte Bedrohung gespürt haben, anders war dieses Zuhause, eingemauert wie ein Gefängnis, nicht zu erklären. Hatte sie hier auf der Insel Zuflucht gesucht und sich hinter der Mauer verschanzt? Und wenn dies so war – vor wem versuchte sie sich zu verstecken?

Jetzt war trotz aller vermeintlichen Sicherheitsmaßnahmen der schlimmste Fall eingetroffen: Jemand hatte ihren einzigen Sohn getötet. Nur ... warum? Hatte Angelo es mit seinen Streichen zu weit getrieben und war dabei jemandem auf den Schlips getreten? Hatte sich jemand an ihm gerächt?

Ralph stand auf und begann im Zimmer umherzugehen. Mir wurde schnell klar, dass ihn weniger der Gestank, als vielmehr ein Bedürfnis plagte. Er trommelte abwechselnd an die Tür und an die Wände, rief mit seiner kräftigen Stimme aus dem Fenster und verlangte nach der Signora.

Ohne Erfolg.

Während er horchte, blieb es still im Haus, niemand gab ihm Antwort. Sie mussten ihn gehört haben, das Zimmer war nicht schallgedämmt. Diese Verweigerung, diese kalte Abweisung machte mich wütend.

Ich hatte den Jungen sterben sehen, konnte es aber nicht beweisen. Umso wichtiger wäre es, wenn sie mich anhören würde. Vielleicht könnte ich es ihr erklären, wenn sie sich wieder beruhigt hatte. Dass wir nichts Böses von ihr wollten. Dass wir nur herausfinden wollten, wer für den Tod ihres Sohnes verantwortlich war. Obwohl die Zeit verstrich, ohne dass sich im Haus etwas regte, gab ich die Hoffnung noch nicht auf.

Ralph tigerte im Zimmer umher, bis ihn der Drang zu einer unschicklichen Handlung nötigte: Er schob seine Kiste direkt unters Fenster, stieg darauf, erprobte die Stabilität, stützte sich mit der linken Hand am Fenstersturz ab, beugte seine Hüften so weit nach vorn, wie die Situation es erlaubte und gewährte der Notwendigkeit zwischen den Gitterstäben hindurch freien Lauf.

Der Strahl traf auf trockene Erde. Das Plätschern wurde gehört, vermutlich auch gesehen, jedenfalls löste Ralphs Handlung irgendwo draußen helles Geschrei aus. Die empörte, sich überschlagende Stimme wandelte sich rasch zu einer Befehlsausgabe.

Die beiden Kerle dürften in Kürze auftauchen, nahm ich an, und schwang mich auf den Tisch neben der Tür. Sollen sie nur kommen, dachte ich, schmiegte mich an die Wand, presste mein Ohr an die Tapete und horchte.

10

Dumpfes Getrampel kündigte sie an. Ralph schaffte es in letzter Sekunde, seinen gesellschaftsfähigen Zustand wiederherzustellen und sich der Tür zuzuwenden. Sie sprengte auf und die beiden Kerle platzten herein. Der Große voran. Ich sah entschlossene Gesichter. Geballte Fäuste. Keine Waffen.

Ich musste mich sputen, um den Kleinen zu erwischen. Ich stieß mich von der Wand ab und schwang mich in seinen Nacken. Er ging zu Boden; möglicherweise war es eher der Schreck, als mein Gewicht, der ihm in die Glieder fuhr und ihn zu Fall brachte.

Ich schlang meinen linken Arm wie eine Schlinge um seinen Hals, setzte meinen rechten Arm als Hebel ein und drückte zu. Er quietschte wie ein aufgespießtes Wildschwein und strampelte wie ein tollwütiger Esel – kurz: Er machte viel Lärm und unnütze Bewegungen. Ich setzte meinen ganzen angestauten Zorn dagegen und drangsalierte ihn kräftig. Er röchelte. Zwei Mal versuchte er mich abzuschütteln und wieder auf die Beine zu kommen, und er kratzte an meinem Arm, um sich Luft zu verschaffen. Es brachte ihm keine Erleichterung, im Gegenteil: Ich quetschte seine Gurgel und riskierte einen Seitenblick auf den Großen. Der lieferte sich mit Ralph einen halbwegs ausgeglichenen Faustkampf.

Letztlich schaffte es der Lump unter mir mit der Energie der Panik hochzukommen und sich rückwärts an die Wand zu werfen.

Ich ließ ihn los. Er keuchte, und ich hob die nächste Gemüsekiste auf und zerschmetterte sie auf seinem Scheitel.

Das reichte.

Den Holzrahmen wie einen Stützkragen im Nacken stürzte er auf die Pizzaschachteln und blieb reglos liegen.

Der Große hatte Ralph mit seiner Linken an der Kehle gepackt, presste ihn gegen die Wand und drosch mit seiner Rechten auf Lippen und Nase meines Freundes ein. Erste Blutstropfen waren zu sehen.

Ich hängte mich an den schwingenden Arm und Ralph nutzte mein Eingreifen, um sich zu befreien.

Er atmete durch und boxte mit einer sehenswerten Rechts-links-rechts-Kombination auf den Mann ein. Ich ließ den Arm los und trat zur Seite. Ralph bekam einen rohen, wilden Blick, setzte nach, zwei, drei Schläge prallten wirkungslos an den Unterarmen des Großen ab. Der vierte, ein Heber wie der Hufschlag eines Gauls, sprengte die Deckung seines Gegenübers und traf ihn aufs Kinn. Der Mann taumelte, sein Oberkörper kippte nach hinten, die Arme erschlafften. Ralph schlug weiter zu. Er setzte eine gepfefferte Gerade auf den Backenknochen, einen Schmiedehammer in den Magen und wiederholte den Hufschlag ans Kinn. Diesmal hörte ich ein Knacken.

Ralph und ich waren eine Zeit lang zusammen in Bern zum Boxen gegangen. Ralph war mit siebzehn Schweizer Juniorenmeister geworden. Ich hatte in der ersten Reihe gesessen und war unsagbar stolz auf ihn gewesen.

Er ließ nicht locker, feuerte seine Fäuste ab, wie in seinen besten Zeiten und boxte auf den Großen ein. Der war im Begriff, zu Boden zu gehen. Ralph wartete, bis er aufschaute, und schlug mit der Rechten ein letztes Mal zu.

Der Kerl hatte genug. Er sank in die Knie, kippte vornüber und schlug hin.

Ich packte ihn am Kragen und zerrte ihn aus dem Weg, legte ihn neben seinen Kumpel. Er lag halb aufgerichtet da, blinzelte zu mir auf, flügellahm und derangiert wie ein Pelikan, der in das Schaufelrad eines Flussdampfers geraten war. Ich glaubte, er wolle etwas sagen, doch ich nahm mir keine Zeit, ihn anzuhören, es klang ohnehin nur nach einer Verwünschung.

„Los, hauen wir ab!", rief ich Ralph zu.

Er stand bei der Tür, stützte sich mit der einen

Hand am Türgriff ab und wischte sich mit der anderen das Blut, den Rotz und den Schweiß aus dem Gesicht.

Ich berührte ihn an der Schulter, schob meine Hand unter seinen Arm und versuchte ihn aufzurichten und mitzunehmen. Er keuchte und japste, dass man Mitleid bekommen konnte, rieb sich nun auch noch den Hals, schluckte leer, nickte mir endlich zu und begann ohne Energie hinter mir her zu humpeln, durch den Flur und ins Freie.

Ich plante, der Signora Sempre hinter dem Haus einen Besuch abzustatten, und überlegte, wie ich ihn dazu überreden könnte. Mein Plan war wertlos, noch bevor ich Ralph fragen konnte, denn die Signora erwartete uns vor dem Haus. Sie stand auf dem Platz vor der Treppe neben dem BMW und stoppte uns auf eine höchst unerfreuliche Weise: Sie hatte die Carabinieri gerufen. Ein älterer Carabinieri stand an ihrer Seite, ein Stück dahinter wartete sein Fahrer neben dem Wagen. Der Uniformierte und seine verschränkten Arme passten zu ihrem vernichtenden Blick. Soweit ich das beurteilen konnte, wollte er uns verhaften.

Ihre Entrüstung war offensichtlich und die Entschlossenheit wirkte bei beiden verteufelt echt, sie hätten vermutlich eine ganze Kompanie überzeugt, stehen zu bleiben und jeden Gedanken an

Flucht aufzugeben. Wir sparten uns lange Erwägungen und stoppten oben an der Treppe.

Sie wedelte mit der Hand, unverkennbar eine Aufforderung an uns, zu ihr auf den Platz hinunterzutreten.

Der Carabinieri neben ihr trug eine schicke Uniform mit einem silbernen Stern an Arm und Revers. Er versteifte sich und führte seine gestreckte Hand zur Mütze, um uns in einer formellen – hier jedoch völlig deplatzierten Weise – zu grüßen. Er nickte der Signora Sempre zu, trat an den Wagen und öffnete die hintere Tür. Sein Gesicht war das eines Mannes, der gezwungen worden war, sein Golfspiel wegen einer Lappalie abzubrechen. Seine einladende Handbewegung war taktlos, aber unmissverständlich.

Wir bewegten uns langsam an der Signora vorbei. Sie trat einen Schritt zur Seite, obwohl mehr als genug Platz war.

Sie sah kurz zu mir auf, ihre Augen waren ohne jeden Glanz. Jetzt erst, aus nächster Nähe konnte ich erkennen, dass ihre Trauer unsagbar groß war, größer als ihr Hass auf den Mörder oder ihre Verachtung auf uns. Hängende Schultern, mattes Haar, schlaffe Wangen und Furchen um die Lippen, eine käsige Blässe um ihre Nase und gerötete Augen: alles Zeichen ihrer gegenwärtigen Trauer, ihres Schwermuts.

Hass und Trauer konnten dieselben Ursachen

haben, doch vermochten sie kaum je in einem Menschen nebeneinander zu bestehen. Mir schien, bei ihr überschattete die Trauer alle anderen Gefühle.

Ich wäre zu gern vor ihr stehen geblieben, um ihr mit Ralphs Hilfe als Dolmetscher zu kondolieren und um ihr zu erklären, dass ich ihren Sohn zuletzt lebend gesehen hatte. Wie gern hätte ich ihr erzählt, dass ich ihn aus der Boutique verjagt und am Ende hatte ansehen müssen, wie er starb.

Ich fühlte – Ralph hatte das richtig und lange vor mir erkannt – eine erhebliche Mitschuld an seinem Tod. Das hätte ich ihr gesagt und ihr versichert, dass es mir leid tat und dass ich es als meine Pflicht erachtete, ihr beizustehen, bis der Mörder ihres Sohnes gefasst sei.

Der Polizeichef bemerkte mein Zögern, doch er ließ mir weder Zeit noch Wahl, wedelte mit der Hand und schnarrte: „Vieni! Vieni!"

Wir drückten uns nebeneinander im Polizeiauto auf die Rückbank. Der Polizeichef warf die Tür zu, gab der Signora zum Abschied die Hand, recht freundschaftlich, gemessen an der Situation, setzte sich auf den Beifahrersitz und herrschte den Kollegen an, der sich ans Steuer gesetzt hatte, loszufahren.

Der Mann wendete, fuhr bis wenige Zentimeter vors Tor und durchbrach damit eine Lichtschranke. Das eiserne Gestell setzte sich in Bewegung, es ruckte und fauchte und begann seitwärts gefährlich wankend wegzurollen.

Ich war der Einzige, der beim Warten nicht zurückblickte. Der Polizeichef musterte mich bei der Gelegenheit eiskalt.

Der Fahrer fuhr durchs halboffene Tor, gab auf der asphaltierten Zufahrt ordentlich Gas, brauste mit uns durch eine Allee und um drei scharfe, abschüssige Kurven hinunter in die Ebene. Er kroch mit schleifender Kupplung über eine Kreuzung, bog nach den ersten Häusern rechts in eine Sackgasse und stoppte in angemessener Distanz vor einem ansehnlichen Bungalow.

Gelbe Schwertlilien in Tontöpfen bewachten den Eingang. Die Fassade war in einem hellen Grün gehalten, die Fenster in Übergröße, das Dach vermutlich eine Terrasse. Rechts stand eine Doppelgarage mit einem Holztor, hinter der Garage, seitlich freistehend, ein Pizzaofen mit weißgekalkten Wänden und einem schlanken Kamin aus Kupfer.

Mit der Mütze unter dem Arm befahl uns der Polizeichef auszusteigen. Er hieß uns auf dem Granitplattenweg, der zum Haus führte, vorauszugehen.

Der Fahrer blieb im Wagen und fuhr gleich wieder weg.

Auf unserem langen Gang bis zur Haustür sah

ich links einen Kiesweg abgehen – er führte ums Haus –, und halb verdeckt unter Palmen blitzte das Wasser eines Schwimmbeckens, dahinter erstreckte sich eine Liegewiese unter niederen Palmen.

„Lass mich raten", sagte Ralph. „Das alles ist nur zur Tarnung. Das Gefängnis befindet sich zwei Stockwerke unter der Erde."

11

Der Polizeichef führte uns ins Wohnzimmer. Es war groß und hell und das Licht, das draußen über dem Meer tanzte, flutete durch die Vorhänge und ließ die Wände pastellfarben scheinen. Hier drin gab es weder düstere Ecken noch Staub noch klebrige Rückstände von Trinkgläsern, auch keine unerledigten Arbeiten, abgegriffene Zeitschriften oder zerknautschte Kissen. Ich wusste, dass dies sein privates Zuhause sein musste, noch ehe er uns seiner Frau vorstellte.

Ich wunderte mich darüber. Warum hatte er uns nicht auf die Polizeistation gebracht? Weil wir Touristen waren? Weil er uns nicht ernst nahm?

Er legte seine Mütze auf das Beistelltischchen mit dem Telefon, deponierte den Autoschlüssel und das Handy darin, löste den Gurt, platzierte die Dienstwaffe neben der Mütze, zog die Jacke aus und warf sie über einen Stuhl. Ich sah, wie er die Krawattennadel abzog sie in die Mütze legte, den Krawattenknoten lockerte, den obersten Knopf des Hemdes öffnete und sich mit einem Taschentuch Stirn und Nacken trocknete.

Seine Uniform, Hemd wie Hose, war übrigens messerscharf gebügelt und saß perfekt.

Er trat aus der Verandatür auf die Terrasse und rief seine Frau. Sie kam über den Rasen geeilt und nahm beim Eintreten ihre Sonnenbrille ab. Sie trug lederne Sandaletten und einen kurzen Bademantel, schicklich gegürtet.

Er strahlte und empfing sie mit offenen Armen: „Mia Micetta."

Sie streckte sich und begrüßte ihn mit einem spitzen Kuss auf den Mund. Er legte den Arm um sie, drehte sie zu uns um und sagte: „Questi sono gli uomini Näf e Berger della Svizzera. Si prega di sedere. Prega, sedere.„

Sie war in seinem Alter. Ihre grauen Haare waren burschikos geschnitten und gleichmäßig meliert, ihre Lippen geschminkt, ihre Figur wie vom Tennisspiel oder Yoga gestärkt. Sie zwirbelte die Sonnenbrille in der linken Hand und fragte: „Caffè?"

„Ma, no!", er antwortete an unserer Stelle und behauptete mit gehobener Stimme, dass wir durstig wären und eine Stärkung bräuchten. Soweit vermochte ich zu folgen. Weiter redete er von Eis und Verbandszeug und deutete auf Ralphs Gesicht.

Sein Auftritt war sicher und beschwingt, hier war er zu Hause.

Ralph sah mich an und wir setzten uns ohne

Kommentar in die roten Ledersessel. Sie waren flauschig und schwer und behaglich und die Frau kam heran und beugte sich mitleidig über Ralphs Gesicht. Ich konnte riechen, dass sie geraucht hatte.

Sie besah sich seine Blessuren, blickte beiläufig an ihm hinunter und entdeckte seine geschundenen, blutverschmierten und anschwellenden Fingerknöchel. Ihre Augen wurden groß und rund, dann trotzig und schmal. Sie schnellte herum und kreischte: „Che ti piglia?"

Ihr Gesichtsausdruck veränderte sich jäh. Ihre Stimme platzte in die sich vorsichtig entspannende Stimmung, ihr Gesicht mutierte bis zur Fratze und ihre Wut sprengte jede Lässigkeit. Mit der Zielstrebigkeit einer Dschungelkatze bewegte sie sich auf ihren Mann zu und wies nacheinander auf Ralph, mich und die Tür. Vor ihm stampfte sie mit dem Fuß auf, dass die Sandalette klatschte und der Bademantel ihr einseitig von der Schulter rutschte.

Beherrscht, er blieb auf seine Weise beherrscht. Er machte ihr verständlich, dass er mit uns was zu besprechen hätte, und redete über sie hinweg. Er zeigte sich erhaben und machte klar, dass ihm jegliches Verständnis für ihre Reaktion fehlte. Sie schnitt ihm in deutlich härterem Ton das Wort ab und zerkratzte mit ihren roten Krallen die Luft vor seinem Gesicht. Ich verstand der Spur nach, dass sie ihn, anscheinend zum zehntausendsten Mal, daran erinnern musste, dass sie gewalttätige Leute, wie wir es angeblich waren, nicht in „mia casa" haben wollte. Dass er die Differenzen unter gewalttätigen Leuten dort bereden solle, wo er die Macht dazu habe und Gewaltausbrüche kontrollieren könne, nämlich im Gefängnis oder auf der „Comunale", bloß nie und nimmer in „mia casa".

Er legte beide Hände an ihre Seite, versuchte sie zu besänftigen, schaffte es aber bloß, sie zu vertreiben. Immerhin.

Kaum war sie aus unseren Augen, fiel eine Tür donnernd ins Schloss. Ralph und ich brauchten uns nicht anzusehen, wir standen beide gleichzeitig auf.

Der Alte tat, als wäre ihm die Sache weder peinlich noch lästig, er schien weder bestürzt noch beschämt, er hatte beim Knallen der Tür nicht einmal mit der Wimper gezuckt. Er hielt uns zurück, ziemlich ergeben, mit schier ausufernden Gebärden, sagte, wir sollten uns wieder setzen, und holte einen Servierwagen in unsere Mitte, auf dem ein ganzes Depot von Flaschen klirrte. Er streckte sich, leckte sich die Lippen, strich sich über das gelichtete Haar und sagte einen Satz, den ich nicht verstand.

Ralph übersetzte: „Er meint, seine Frau sehe manchmal Gespenster."

Seine Vorstellung konnte mich nicht täuschen, ich hatte den Eindruck, der raue Unterton in seiner Stimme hätte Kratzer bekommen und seine Augen einen quälerischen Ausdruck; jedenfalls wich er meinem Blick aus und das war neu.

Ralph legte den Kopf schräg, befeuchtete sein Taschentuch mit Speichel und betupfte damit die Knöchel seiner Fäuste. Das Blut und die wunden Stellen waren auch mir eben erst aufgefallen. Ich ließ mich zurück in den Sessel fallen, aber Ralph rief harsch: „He, Julian, komm, steh auf, wir gehen!"

„Signore Näf", der Alte ignorierte Ralphs Zeichen zum Aufbruch. „Cognac? Gin? Whisky? Limoncello?"

„No!", Ralph zog eine Schnute und wandte sich mit einem Handzeig zum Ausgang in meine Richtung, er wollte wohl, dass ich seinem Beispiel folgte.

„Signore Berger?", der Alte begriff, dass ich beabsichtigte, zu bleiben.

Er kannte unsere Namen und er hatte uns mit zu sich nach Hause genommen. Er bewies damit, dass er sehr wohl wusste, mit wem er es zu tun hatte. Blieb noch die Frage, warum er uns hierher statt auf die Polizeistation gebracht hatte. Dies bewog mich, zu bleiben, ihm mit dem gebührenden Respekt zu begegnen und ihm die Gelegenheit zu geben, sich zu erklären. Er realisierte sicherlich, dass wir sein Handeln in mancher Hinsicht anzweifelten. Er blähte seine Brust auf und ließ sie räuspernd und hüstelnd abflachen, leckte die Fingerbeeren seiner Mittelfinger und strich damit seine Augenbrauen glatt. Er bemühte sich vergebens um Ralph. Der ertrug sein Betragen nicht länger und war bereits bei der Tür angelangt. „Ich gehe!", rief er und trat hinaus in die Sonne.

„Limoncello hatten wir gestern", sagte ich. „Von dem Whisky dort nehme ich gern einen Fingerhut voll, mit drei Tropfen Wasser, wenn möglich."

Er ging auf meinen Wunsch ein, verschwand in der Küche, kam mit einem Tablett zurück, darauf eine Karaffe Wasser und Gläser. Er stellte das Tablett auf den Salontisch, schenkte mir ein Glas Wasser und einen Whisky, sich selbst einen Cognac ein, setzte sich mir gegenüber aufs Sofa und stopfte sich ein zweites Kissen ins Kreuz.

Ich ließ Wasser in den Whisky tröpfeln, schwenkte das Glas und hielt es unter meine Nase. Das Bukett, das aus dem Getränk aufstieg, erinnerte an Karamell, das in einem Kupfergefäß über einem Feuer aus Eichenholz gerührt und erwärmt worden war. Ich konnte kaum erwarten, davon zu kosten.

Er hob sein Glas, hielt es richtig hoch, rief „Prosito!" und trank den Cognac in einem Zug aus. Er schnaufte zufrieden und sagte entspannt: „Oh, scusi! Sono Roberto Alconi." Dazu wies er auf seine Jacke, die über der Stuhllehne hing, und ergänzte: „Sottotenente."

„Der Polizeichef?", fragte ich.

„Si, sottotenente, äh, chef di Isola." Er nickte, zog die Augenbrauen hoch und fügte an: „Di diciotto anni!"

Ich goss die Hälfte des schottischen Gebräus auf meine Zunge, behielt den Schluck so lange wie möglich im Mund und das Glas in der Hand und war immer noch hin- und hergerissen: Sollte ich aufstehen und verschwinden oder bleiben, weiter am Glas nippen und mir anhören, was der Polizeichef zu sagen hatte?

Damals in Bern in der Polizeischule hatten wir gelernt, dass Reden grundsätzlich gut war und in jedem Streit oder Verfahren so lange wie möglich gepflegt werden sollte. Was immer passiert, wurde uns gesagt, sucht das Gespräch.

Mein Instinkt riet mir hier und jetzt davon ab. Er meldete: Unterhaltung abbrechen. Der Alte würde nicht auf mich eingehen. Es würde kein Austausch stattfinden. Die Sitzung würde ohne Ergebnis enden.

Ich blieb trotzdem sitzen.

Alconi war offenbar unsicher. Ahnte er, was ich gesehen hatte? Wollte er herausfinden, was wir bereits wussten? Wollte er von mir hören, was wir beabsichtigten, ohne dass es seine Kollegen auf der Station erfuhren? Vielleicht wollte er bloß keine Einmischung in seine Angelegenheiten. War das der Grund, weshalb er uns hierher gebracht hatte? Würde er versuchen, mich zum Schweigen zu bringen? Ralph und mich unter Umständen sogar zur Abreise mahnen? Ich war gespannt.

Der Whisky half mir weder, mich zu entspannen, noch zu einer Entscheidung zu gelangen, im Gegenteil: Mein Magen muckte auf, und mir fiel Rosa ein, eine Wirtin in der Schweiz, die unten im Mattequartier in der Stadt Bern ein Restaurant führte. Sie hatte einst zu mir gesagt: „Trink Whisky, Julian, aber trink ihn nur, wenn du in guter Verfassung bist. Für alles andere ist er zu schade."

Ich sah den Alten an: „Wer wir sind, scheint Ihnen ja bekannt."

„Si", er schenkte sich nach, nicht zu knapp, hielt sein Glas gegen das Fenster und bewertete die Farbe, den Glanz und die Reinheit des Cognac, trank wieder, hing dem Geschmack nach, stellte das Glas ab und schwieg.

„Angelo ist tot", sagte ich.

Diesmal erwiderte er meinen Blick.

„Si, lo so„, er nickte.

„Sie wissen Bescheid?"

Wieder hob er die Arme, seufzte und legte die

Hände auf die Knie.

„Und wer hat ihn erschossen?"

Die Frage behagte ihm nicht und doch gehörte sie hierher.

Ich erhöhte: „Warum ist er erschossen worden?"

Er zog seine Augenbrauen zusammen und sagte: „Non lo so."

„Auf unsere Zusammenarbeit", sagte ich, hob das Glas und trank.

Er schaute sich um, flüchtig, sich irgendwie vergewissernd, doch da war niemand, vor dem er sich hätte rechtfertigen müssen. Er beugte sich vor, hob eine Hand, möglicherweise um eine Sache richtigzustellen.

Ich ließ ihn nicht dazu kommen. „Brauchen Sie Unterstützung?", warf ich dazwischen. „Kriminaltechnische Hilfe, vielleicht?"

„Assistenza? No, no, no!", er spuckte die Worte aus und in seinen Zügen spiegelte sich Haltlosigkeit wider.

„Wir verstehen was davon."

„No!", sagte er entschieden, streckte die Hände abwehrend vor und schaute zur Decke.

„Was dann? Was schlagen Sie vor?", fragte ich und täuschte den Willen zum Kompromiss vor.

Jetzt glaubte er mich da, wo er mich haben wollte. „Vacanze, Signor Berger. Sie machen Ferien. Sie und Ihr Kollege. Vulcano schöne Insel. Prima für Ferien. Großer Strand. Sonne. Gut essen."

„Und weiter?"

„Niente."

Ich trank aus, schwieg und ließ ihn keinen Moment aus den Augen.

Sein Gesichtsausdruck wurde immer undurchsichtiger. Ich hätte zu gern gewusst, was er dachte.

Er trank, schüttete den Cognac in sich rein, behielt sein Glas in der Hand und beugte sich weit vor.

Ich kam ihm erneut zuvor, bevor er etwas sagen konnte, und sagte: „Ich habe gesehen, wie Angelo gestorben ist."

Da riss ihm der letzte Geduldsfaden: „Adesso basta! Dimenticare Angelo!", rief er eiskalt. „Vergessen Sie Angelo!" Er schnaufte laut und einen Augenblick fürchtete ich, er würde mir sein Glas ins Gesicht schmeißen.

„Vergessen?"

„Si", es klang abschließend, endgültig, und sein Gesicht wurde zur feindlichen Maske.

Der Whisky bescherte mir einen Schluckauf. Oder war es der Ärger? Es wurde so heftig, dass ich aufstehen musste. Ich trank das Glas Wasser aus, zwang mich eine gefühlte Minute lang, den Atem anzuhalten, gab es auf, entschuldigte mich und schritt zur Haustür. Auf halbem Weg hörte ich, wie er rief: „Signora Sempre, sie ist traurig. Molto, molto, molto. Signora Sempre will nicht … sie will nicht …"

„Was will sie nicht?"

„Keine Einmischung. Macht Angelo nicht lebendig, sagt sie."

Ich wandte mich um, unsere Blicke trafen sich, etwas in seinen Augen brannte.

„Was werden Sie tun?"

Er reagierte unerbittlich wie ein Polizist, der eine Straße absperrt: „Ich finde Mörder, Sie machen Ferien! Lassen Sie sein mein Job."

„Ich habe ansehen müssen, wie Angelo gestorben ist!", wiederholte ich.

„Signor", schnauzte er. „Haben Sie Familie? Bambini?"

„Was hat das damit zu tun?"

„Angelo ist Signora Sempres figlio, einziger figlio; er hat keine fratelli, keine sorelli", seine Stimme wurde sanft und die Bewegungen seiner Arme schlossen das ganze Universum ein.

Allein die Art, wie er die Namen Angelo und Sempre aussprach, machte deutlich, wie viel Achtung er vor ihr hatte. Ich begann langsam zu begreifen.

„Aha", sagte ich. „Ich verstehe."

Es schien, als fühlte er sich ihr verpflichtet. Vielleicht hatte Signora Sempre den Sottotenente zu dem gemacht, was er war. Hatte ihm zu diesem Haus und dem ganzen Kram drum herum verholfen. Er musste ganz und gar in ihrer Schuld stehen; warum sonst würde er so harsch reagieren? Er war ihr verbunden und hatte wohl stets getan, was sie von ihm erwartete.

Dennoch: So wie er hier vor mir saß, schien er ziemlich unentschlossen. Vermutlich hatte er ihr versprochen, er würde nicht ruhen, bis er den Mörder gefasst hatte, er würde es für sie tun, nicht für seinen Arbeitgeber, nicht für den Rechtsstaat, schon gar nicht für die Gesellschaft. Er würde den Mörder jagen und fangen und vielleicht sogar ihr ausliefern.

Vielleicht hatte er ihr zu viel versprochen und wusste insgeheim nicht, wie er sein Versprechen einlösen sollte. Und genau dies, seine Unsicherheit, konnte und wollte er uns gegenüber nicht zugestehen.

Nur so konnte ich mir seine Haltung erklären. Weshalb sonst verbat er sich jede Einmischung?

Ich weiß nicht, ob er meine Vermutungen aus meinem Gesicht las, er entließ mich mit einem Knurren und einer energischen wegwerfenden Handbewegung.

In der Haustür stieß ich mit einer jungen Dame zusammen. Sie ignorierte mich, drängte zur Tür herein, rief: „Dad! Dad!", und schoss auf Italienisch irgendwelche drängenden Fragen ab. Sie trug ein dunkles T-Shirt, mondsilberne kurze Jeans, dazu halbhohe Schnürstiefel mit dicken Gummisohlen. Sie schwang ihre Arme wie ein

Bulldozerfahrer, und ich blickte ihr nach, um zu prüfen, ob vielleicht Arbeitshandschuhe in ihren Gesäßtaschen steckten, aber da wäre nicht einmal Platz für zwei Briefmarken gewesen.

—

12

Alconis Krawattennadel war der reinste Kitsch. Ich hatte sie während unseres kurzen Besuchs in seiner Villa an mich genommen, war ins Hotel gegangen und konnte es kaum erwarten, diese winzige Trophäe zu begutachten. Ich wog sie in der Hand, kratzte mit der Nagelfeile an der Rückseite, polierte die Vorderseite und befühlte die abgerundeten Kannten. Für ihn mochte sie bedeutsam gewesen sein, vielleicht hatte er sie geschenkt bekommen, weil er an sein Horoskop glaubte – sie stellte einen Skorpion dar. Sie sah aus der Distanz betrachtet edel aus und glänzte golden. Aus der Nähe besehen offenbarte sich die billige Machart: Trompetengold. Simpel gepresst und leicht wie eine Kunststoffgabel.

Ich traf Ralph in der Hotelbar. Er saß auf einem Hocker am Tresen, die Ellbogen ausgefahren, die Nase eine Handbreit über der spiegelglatten Fläche, den Blick wie ein Stier auf sein Bierglas gerichtet. Er hörte mich kommen und schaute sich um. Jemand hatte eine dicke weiße Gaze über seine Nase geklebt, und an seinem Kinn und auf seinen Knöcheln zählte ich zehn Heftpflaster.

„Bist du einem Pfleger in die Hände gelaufen?"

„Die Hotelchefin hat mich persönlich verarztet", sagte er mit verstopfter Nase. „Sie hat sogar mit einer Spritze herumgefuchtelt."

Seine Nase war verstopft und seine Stimme klang dumpf und trocken. So musste es sich anhören, wenn jemand in einem Schrank steckte und durch die Tür antwortete.

„Ist sie nett gewesen? Hat sie Mitleid gezeigt?"

„Sie hat nach dir gefragt. Zweimal. Sie hat besorgt getan und wollte wissen, wo du bleibst und ob du auch was abgekriegt hättest. Man könnte meinen, sie fühlt sich verantwortlich für die ganze Insel. Sie hat sich in aller Form entschuldigt, ohne zu wissen, was passiert ist oder wen wir verprügelt haben. Dir soll ich ausrichten, sie werde heute an der Rezeption sein, den ganzen Abend über, falls du sie sehen möchtest."

„Das hat sie gesagt?"

„Mein Gefühl sagt mir, dass ihr deine Nase besser gefällt als meine. Vielleicht hofft sie, ihr Gesicht könnte dir auch gefallen."

Er nippte an seinem Bier mit abgespreiztem Finger und zwinkerte.

Ich kletterte auf den Hocker neben ihm, bestellte ebenfalls ein Bier und überhörte seine Neckerei.

Er hatte eine Panorama-Postkarte vor sich liegen. Ich zog sie zu mir rüber und entzifferte, was auf der Rückseite stand.

Liebe Klara,

die Insel ist fantastisch! Wir liegen am Strand, vor uns das Meer, über uns die Sonne und im Nacken ein Vulkan! Aus seinen Rändern dampft es wie zu Urzeiten. Wenn der Wind die Gase über den Strand weht, kannst du zwischen Badegästen liegen und einen fahren lassen, ohne dass es auffällt.

Liebe Grüße an alle
Götti Ralph

Auf der Vorderseite zeigte die Postkarte eine Luftaufnahme der Insel mit dem Bilderbuchvulkan. An einigen Stellen auf den Rändern des Kraters und an seiner Außenkante zeigten sich Risse im Gestein – gelb verkleisterte Schlunde –, aus denen Nebelschwaden quollen.

Die Bar bot Platz für ein Bataillon, doch außer uns waren keine Gäste da – mit dem Barmann waren wir zu dritt. Er kauerte vor der Eiswürfelmaschine, stocherte mit einer kleinen silbernen Schaufel in den halb geschmolzenen Eiswürfeln herum und presste sich mit der anderen Hand ein Handy aufs Ohr. Zwischen seinen Zähnen klemmte eine Taschenlampe, mit dessen Licht er den Würfeln, die im Wasser schwammen, einen bläulichen Glanz verlieh. Ich fragte mich, wie jemand seine verstümmelten Worte verstehen sollte.

„Und? Hat dir der Sheriff noch was geflüstert?", fragte Ralph.

Ich musste mein Bier abstellen und wegsehen, um nicht laut loszulachen: Seine Stimme klang aufgrund seiner verstopften Nase einfach nur ulkig.

Ich atmete zweimal tief durch und sagte so gelassen wie möglich: „Er verbietet sich jede Einmischung."

„Von uns?"

„Von uns. Von außen. Von allen."

Er starrte mich über die Nasengaze hinweg an und meinte: „Die Dame besitzt die halbe Insel, kein Wunder, dass er auf sie hört. Trotzdem kann ich eins nicht verstehen: Wieso drückt sich dieser Sheriff zu Hause rum, statt den Mörder zu jagen?"

„Vielleicht lässt er ihn suchen. Ich vermute, er hofft ihn so zu fangen, dass niemand es merkt."

Der Barmann schloss die Klappe der Eismaschine, schaltete die Taschenlampe aus, stand auf, beendete das Telefongespräch und schaute zu uns herüber. Er wartete, bis wir zu ihm hinsahen, lächelte, hob die Schultern und seufzte theatralisch. Mittlerweile breitete sich auf den Fliesen vor dem defekten Gerät eine Lache aus, in der sich die Deckenlampen spiegelten. Der Barmann sah darauf nieder, schaute wieder zu uns, deutete auf die Lache, rollte mit den Augen, warf die Hände in die Luft und tat entsetzt. Er wollte darüber steigen, rutschte aus, stürzte wie vom Blitz getroffen – und zog sich grinsend am Tresen wieder hoch. Wie der unsere besorgten Gesichter genoss! Ich war bereits vom Hocker gesprungen, um ihm aufzuhelfen, doch da eilte er schon durch die rückwärtige Tür und ließ uns allein, entweder um einen Mopp zu holen oder jemanden, der mit einem Mopp umgehen konnte.

Ralph fragte: „Ist es möglich, dass das Haus des Polizeichefs mit diesem ganzen Schnick-Schnack und dem riesigen Umschwung, dass das alles ihr gehört?"

„Auf dem Papier dürfte es sein Haus sein. Wer es finanziert hat, ist eine andere Frage. Mit dem Gehalt eines Sottotenente kann sich niemand eine solche Villa leisten."

„Vielleicht ist seine Frau wohlhabend."

„Schon möglich."

„Trotzdem: Du meinst, die Dame in der Villa oben erwartet von ihm, dass er den Mörder ihres Sohnes fängt, ohne dass es jemand mitbekommt? Hat er das gesagt?"

„Natürlich hat er das nicht gesagt, aber ich habe ihn so verstanden. Er hat nur gesagt, er wird den Mörder fangen, ohne dass es die ganze Insel erfährt."

„Warum? Es gehört zur Aufgabe der Polizei, die Leute zu informieren. Was haben wir in der Polizeischule gelernt? Die Information soll offen, redlich, gründlich sein und vor allem zur rechten Zeit kommen. Das ist das beste Mittel gegen Gerüchte und Verleumdung."

„Wir sind hier in Italien."

„Na und? Sieht das irgendwie nach Mafia aus?"

„Nein, aber vielleicht will Signora Sempre auf ihre Weise mit dem Mörder abrechnen."

Er brauchte eine Ewigkeit, um den Sinn meiner Aussage zu begreifen.

„Er will die Signora über den Mörder richten lassen?"

Ich nickte: „Es ist schwierig, sich an jemandem zu rächen, der im Gefängnis sitzt."

Er blickte auf: „Rache? Komm, Julian, so denken Männer. Frauen sind nicht rachsüchtig."

„Du hast sie gesehen."

„Sie hat uns respektlos behandelt, da hast du recht. Sie hat uns gezeigt, wie wenig sie von uns hält. Doch das heißt noch lange nicht, dass sie ein Racheengel ist."

„Kennst du eine Frau, die ihr nahe kommt?"

Er hob die Augenbrauen, was mit der Gaze und der Pflästerei närrisch aussah.

„Glaubst du wirklich, der Polizeichef macht da mit?", fragte er.

„Ich würd's ihm zutrauen. Du nicht?"

Er trank einen Schluck Bier und ließ sich meine Frage durch den Kopf gehen.

„Ja", sagte er dann. „Ehrlich gesagt: Ich traue ihm das auch zu. Ich kann mir denken, dass er ein paar Leute auf den Mörder angesetzt hat, dass er alles unternimmt, um den Kerl zu fassen. Und dann wird er die Sempre fragen, was er mit ihm tun soll."

„Genau."

„Weißt du, was das Gute daran ist? Egal, was mit dem Kerl geschieht, je schneller er erwischt wird, desto früher kannst du die Sache abhaken, die schöne Insel genießen und Ferien machen."

Der Barmann kam zurück, im Schlepptau eine Dame mit einer blauen Schürze und einer weißen Haube auf dem Kopf. Ihre Hände steckten in zu großen Gummihandschuhen, in der einen Hand trug sie einen Mopp und in der anderen einen Eimer. Er zeigte ihr die Pfütze. Sie machte sich sofort an die Arbeit, er bereitete ihr derzeit einen Kaffee zu.

„Hast du auf der Insel zufällig eine Kirche gesehen? Ich möchte mir den Friedhof mal ansehen. Da wird bestimmt gerade ein neues Grab ausgehoben."

Ralph beugte sich über die Ansichtskarte und legte den Finger auf einen Punkt: „Hier, das sieht nach einer Kapelle aus."

Er zeigte auf einen Ort mit fünf Häusern in der Mitte der Insel, etwas abseits stand eine kleine Kirche. Neben der Kirche befand sich eine eingezäunte Grünanlage mit grauen Tupfen.

„Das sieht nach Friedhof aus."

„Den sehe ich mir mal an. Morgen Vormittag, kommst du mit?"

„Keine Lust. Kein Bedarf. Keine Zeit."

„Keine Lust?"

„Ich schwör's, Mann, ich bin in den Ferien."

„Ein kultureller Ausflug bringt Abwechslung."

„Abwechslung? Du suchst Ärger."

„Ach, komm, wir besichtigen die Kapelle und machen einen Gang über den Friedhof. Der Ort gehört zur Insel."

„Ich habe meine große Liebe gefunden und werde die Zeit mit ihr verbringen. Du gehst da besser auch nicht hin, Julian. Wenn dich die Signora nicht erschießt, wird es Angelos Mörder tun."

„Auf dem Friedhof? Im Schatten einer Kirche? Spinnst du?" Fast hätte ich behauptet, das sei eine friedliche Insel. Ich besann mich rechtzeitig und sagte: „Signora Sempre mag Macht und Einfluss haben und es ist denkbar, dass sie den Sottotenente korrumpiert hat. Trotzdem, nenne mir ein Volk, das vor der Kirche mehr Respekt hat als die Italiener?"

„Ich kenne dich, Julian. Wenn du dort so auffällig herumschnüffelst, wie du es immer tust, wird sie dich umbringen. Sie wird jemanden beauftragen, das Grab einen halben Meter tiefer auszuheben, und dich dann hineinwerfen, Erde über dich schütten und am nächsten Tag Angelo in seinem Sarg auf dich hinablassen. Dann schaufeln sie das Grab zu und unter dem Sarg, Julian, wird dich garantiert nie jemand finden. Nein, ich rate dir, geh nicht auf den Friedhof. Lass die Mutter ihren Sohn in Ruhe beerdigen. Warum gibst du es nicht auf? Du magst recht haben, sie wird sich auf die eine oder andere Weise rächen wollen, wieso kümmert dich das? Du bist hier auf fremdem Terrain. Du bist zufällig in eine Fehde zwischen zwei verfeindeten Parteien geraten. Was wissen wir schon über die Verhältnisse hier? Von deren Sitten? Die werden ihren Krieg auf ihre Weise austragen. Sie hat zufällig den Sottotenente auf ihrer Seite, na und? Die Welt ist kein Kindergarten. Nie gewesen. Denk einfach nicht mehr daran."

„Geht nicht. Nein, ich kann den jungen Mann nicht vergessen. Er ist vor meinen Augen gestorben. Ich will wissen, wieso.„

„Versuch wenigstens, den Fall den Carabinieri zu überlassen. Hab Vertrauen und geh schwimmen oder am Strand spazieren. Hast du gesehen, wie sauber es hier ist?"

Wir tranken aus und bezahlten.

Er sagte, er gehe zum Essen in die Pizzeria am Hafen, sein Mädchen arbeite dort als Kellnerin.

Ich begleitete ihn, was hätte ich sonst tun sollen?

Vor dem Verlassen des Hotels machten wir beim Empfang Halt. Die Direktorin war da, sie saß in einer unbequemen Haltung vor einem veralteten Bildschirm und erledigte irgendwelche Buchungen oder E-Mails.

Ich tippte auf die Glocke.

Sie schreckte auf, erhob sich, wirkte übermüdet, rieb sich die Schläfen und kam mit kleinen Schritten aus ihrer Nische. Sie trat auf mich zu, so nahe, dass mir der Duft ihres Gesichtspuders auffiel. Sie richtete sich in ihrer ganzen Größe auf, strich sich eine Strähne aus der Stirn und studierte die alte Narbe, die meine rechte Augenbraue durchkreuzte; ich wusste, in meinem Gesicht waren keine neuen Kratzer oder Prellungen. Sah sie leicht enttäuscht aus. Offenbar hätte sie auch mein Gesicht gern verarztet.

Sie spielte trotzdem die Fürsorgliche, aber ich versicherte ihr, dass es mir gut ginge und ich weder Verbandszeug noch Spritze benötigte. Ich zog meine Hände aus den Taschen, ballte sie zu Fäusten und streckte sie vor, wie um sie von meinen Worten zu überzeugen, doch ich tat es in erster Linie, um Abstand zu gewinnen.

Sie kam nahe genug, um einen Blick auf meine

Knöchel zu werfen, entspannte sich und wandte sich Ralph zu. Er bedankte sich für ihre Hilfe, zeigte ihr, wie die Schwellungen an seinen Lippen abgeklungen waren, und sagte, er fühle sich formidabel, bereit für neue Abenteuer.

Ihre Haltung verriet, dass sie seine Lässigkeit nicht verstand. Sein lockeres Auftreten stand im Widerspruch zu seinen Kratzern und Prellungen. Sie legte ihre Stirn in Falten und ihre kräftigen sehnigen Hände verkrallten sich ineinander. Was denn genau passiert sei, fragte sie nun wieder mich.

„Wie gesagt, ich bin vom Bootssteg gestürzt", fuhr Ralph dazwischen.

Sie wusste längst, dass dies nicht stimmen konnte. Vermutlich hoffte sie, ich würde die Wahrheit sagen. Sie sah verärgert auf seine Würgemale am Hals und wischte mit dem rechten Arm durch die Luft, um seine Aussage wie eine Wespe zu verscheuchen, schritt kämpferisch um uns herum, vergewisserte sich, dass niemand zuhörte, und wisperte dann: mit diesen Leuten sei nicht zu spaßen. Sie stieß dabei ihre Handflächen nach vorn wie zwei Schutzschilde, um Ärger und Unheil von sich abzuhalten.

Ich fragte mich, wen sie wohl unter „diesen Leuten" verstand. Ralph drehte sich unterdessen um die eigene Achse, legte die Hände auf seinen Rücken und setzte die Miene eines Teppichverkäufers auf: „Das ist uns bekannt, Signora. Stellen Sie sich vor, die haben uns gedroht."

„Gedroht?", sie verschluckte sich beinahe.

„Ja. Sie haben gesagt, nächstes Mal gießen sie unsere Füße in Beton und versenken uns im Hafen."

Das war Ralph, wie ich ihn kannte. Selbstbewusste Frauen reizten ihn, da gewann sein Hang zur Stichelei gerne die Oberhand. Bei ihr hatte er es sich damit jedoch gründlich verscherzt. Sie war nicht gewillt, von einem Hotelgast aus der Schweiz eine Anspielung auf eine Verbrecherorganisation in Italien zu dulden, geschweige denn diese Mischung aus Ironie, Spott und Sarkasmus lustig zu finden. Sie durchbohrte ihn mit ihren Blicken, marschierte los und geleitete uns stumm mit steifem Rückgrat und hängenden Armen Richtung Glastür.

Wir gingen an ihr vorbei, und nach einigen Schritten – auf der Höhe der ersten Palme etwa – riskierte ich einen Blick zurück. Sie stand in der Tür, immer noch steif, die Arme eng am Körper, den Blick in unsere Richtung geheftet. Ich hätte schwören können, dass ich sah, wie ihre Lippen ein Schimpfwort formten.

13

Ralph betrat die Pizzeria und schon wirbelte Chiara-Sophie in seine Arme.

Sie hatte sich hübsch gemacht, die Wimpern mit Tusche aufgebauscht, die Lippen mit glänzendem Rot angefärbt, auf Wangen, Kinn und Nase einen Hauch getönter Hautcreme aufgetragen und die Haare hochgesteckt. Nachlässig hochgesteckt, denn drei, vier vergessene Locken zappelten vor und hinter ihren Ohren.

Wie die sich freute!

Wie er sie auffing und in die Luft stemmte!

Sie küsste ihn zur Begrüßung auf den Mund, seiner Liebe gewiss, und fragte erst hinterher, was mit seiner Nase passiert sei.

Er tischte ihr dieselbe Lüge auf und behauptete, er sei vom Bootssteg gestürzt.

Es war schwer, zu sagen, ob sie seiner vorgeschützten Erklärung Glauben schenkte. Sie langte nach seinen Händen, drehte die Handrücken nach oben, zählte die Heftpflaster, berührte mit ihren Fingerspitzen die Pflaster an seinem Kiefer und starrte zum wiederholten Mal auf die Mullbinde über seinem Nasenbein.

Bestürzt. Ich fand, sie sah bestürzt aus. Zu Beginn jedenfalls, dann lotste sie uns zögerlich an den Tisch, den sie für uns reserviert hatte.

Der Tisch bot kaum Platz für zwei Teller, Besteck und Gläser und befand sich im Schnittpunkt zwischen Eingang, Küche und Pizzastation. Das kam für uns nicht in Frage. Wir waren zeitig da, das Lokal spärlich besetzt, und so entschieden wir uns für einen größeren Tisch in der Ecke neben dem Pizzaofen. Auch wenn der Tisch auf einen anderen Namen reserviert war, die Lage entsprach unseren Vorstellungen.

Chiara-Sophie zeigte wenig Verständnis. Die Bestürzung über seine Verletzungen zusammen mit unserer Entscheidung, an einem anderen Tisch Platz zu nehmen, quittierte sie mit einem Schmollmund. In der Mitte des Gastraumes hätte sie ihren Liebsten den ganzen Abend im Blickfeld gehabt, nun musste sie ganz hinter das Buffet oder bis zur Ecke der Pizzaausgabe laufen, um ihn zu sehen.

Sie räumte das Täfelchen mit der Aufschrift Riservato und den dahingekritzelten Namen weg, kehrte mit zwei Speisekarten zu uns zurück, empfahl uns die Pizza des Hauses und schielte verstohlen auf mein Gesicht und meine Hände. Später entkorkte sie an unserem Tisch eine Flasche Rotwein, einen Barbera d'Asti aus Cassinasco, und schon nach einem halben Glas Wein brachte sie uns die bestellten Pizzen.

Das Lokal füllte sich, gegen neun Uhr war der letzte Platz besetzt. Hafenarbeiter, Fischer, Angestellte, Zeitungsverkäufer. Auffallend viele Männer. Drei Familien. Kaum Touristen.

Chiara-Sophie wurde gefordert. Sie nahm Bestellungen auf, übergab sie der Küche und segelte bald mit gebratenem Fisch, halbiertem Hummer, Risotto, Spaghetti und Pizza zu den Tischen zurück. Mitunter streifte uns der Duft der Speisen. Meist stammte er von Muscheln, Knoblauch, Olivenöl, Steinpilzen und natürlich von dem angebräunten und Blasen werfenden Mozzarella auf den Pizzen.

Um den Ansturm zu bewältigen half eine Dame aus, die wohl hauptsächlich in der Küche beschäftigt war. Sie war beleibt und wackelte hinter Chiara-Sophie her, in beiden Händen einen Teller, regelmäßig einen Schritt verspätet und meistens auf der falschen Tischseite ankommend.

Chiara-Sophie war bewundernswert. Sie behielt die Übersicht, vergaß nie nachzufragen, ob alles in Ordnung sei, scherzte tapfer, schenkte Wein nach und brachte eine russische Großfamilie – vom geschwätzigen Oligarchen und seiner mürrischen Frau bis zum verwöhnten Enkel – zum Lachen.

Allmählich ebbten die Bestellungen ab, die Gäste waren versorgt und beschäftigt, sie verstummten, beugten sich übers Essen, sägten an den Pizzen herum, drehten Spaghetti auf die Gabeln, schlürften Muscheln, schnipselten an einem Steak, brachen Brot, reichten die Pfeffermühle weiter oder nippten an ihrem Wein.

Uns gegenüber gab Chiara-Sophie sich eine Zeit lang unnahbar. Erst dachte ich, das sei durch die viele Arbeit begründet, und beachtete ihr distanziertes Verhalten kaum. Es ging mich ohnehin nichts an, sie war Ralphs Augapfel, bis ich entdeckte, wie ihre Lippen bebten, jedes Mal wenn sie zu uns herüberschaute. Ihre Augen suchten wiederholt auch meinen Blick. Woran mochte das liegen? Es schien, als hätte sie etwas aufgeschreckt, als machte ihr etwas Angst. Ralph hatte ihr über die Prügelei eine weitgehend erfundene Geschichte aufgetischt. Hatte sie von anderer Seite die Wahrheit erfahren? Oder zweifelte sie ganz grundsätzlich an seiner Ehrlichkeit?

Gut, wir hatten den Tisch, den sie ausgesucht hatte, nicht angenommen. Dies allein würde eine kompetente Kellnerin wie sie nie derart aus der Fassung bringen, das hätte mir eigentlich von Anfang an klar sein sollen. Die Gründe für ihre Furcht mussten woanders liegen.

Ich beobachtete sie. Sie litt unter der Angst. Die Angst hemmte den Klang ihrer Stimme, schwächte ihr Lachen, drosselte ihren Schneid, lähmte den Schwung ihrer Hüfte. Jetzt, wo ich sie eindringlicher beobachtete, fiel es mir wie Schuppen von den Augen: Sie war von Angst durchdrungen.

Unverhofft sah ich sie hinter dem Buffet verweilen, sah, wie sie sich mit einem Frottiertuch den Schweiß aus dem Nacken, der Stirn und aus ihrem Dekolleté tupfte, wie sie ein Glas Wasser trank, in einem winzigen Spiegel Frisur und Gesicht prüfte, die Farbe auf den Lippen auffrischte, den Kragen der Bluse zurechtzupfte, die Schürze glatt strich, sich die Hände wusch, die Fingernägel prüfte und, bevor sie sich wieder zwischen die Tische wagte, zu uns herübersah. Ralph lächelte ihr zu. Sie seufzte zurück, ein zartes Lächeln schlich sich in ihre Mundwinkel und der Ausdruck in ihren Augen wurde weich wie Lindenholz.

Ich fragte ihn: „Was weißt du von ihr?"

„Dass sie mich liebt."

„Ja, das sehe ich, was sonst?"

Er schob den Teller von sich weg, schaute mir ins Gesicht und sagte diplomatisch: „Amor kündigt sich nicht an. Er schießt einen Pfeil und wenn der dich ins Herz trifft, was willst du da machen? Sie gefällt mir, Julian, über alle Maßen, wieso soll ich mich dagegen sträuben?"

Er sah ihr nach. „Ich könnte mir vorstellen, den Rest meines Lebens hier auf dieser Insel zu verbringen."

„Zusammen mit ihr?"

„Zusammen mit ihr."

„Klar. Gut. In Ordnung. Ich habe verstanden. Entschuldige."

Der Boden meiner Pizza war knusprig gewesen, die Auflage aus Tomaten und Mozzarella lecker und der Wein eine harmonische Wucht; es gab keinen Grund, mich wie ein Idiot aufzuführen. Ich sagte: „Nun dann: Ich wünsche euch alles Glück der Welt!"

Er nahm sein Glas und dankte.

Wir tranken beide und ich erinnerte mich an frühere Zeiten. Fünf Jahre waren wir gemeinsam auf Streife gewesen. Wir hatten ein paar üble Gauner aufgespürt und einen Mordfall zur Aufklärung gebracht. Das waren Ereignisse, über die niemand gerne sprach, der dabei gewesen ist. Glücklicherweise hatten wir auch gute Zeiten gehabt, amüsante Zwischenfälle und kuriose Begebenheiten erlebt und Gestalten kennengelernt, die einem lange in Erinnerung blieben. Davon wollte ich reden.

„Weißt du noch?", fragte ich. „Dieser Notruf aus Ostermundigen?"

„Von der Lebensmittelinspektorin, die von einem Metzger im seinem Tiefkühlraum eingesperrt worden war?"

„Nein, das ist nicht in Ostermundigen passiert.

Ich meine die Geschichte mit dem besoffenen Lümmel in dem noblen Lokal."

„Ah, der Kerl mit dem tätowierten Totenkopf im Nacken?"

„Richtig. Wir sind auf Streife gewesen und waren zufällig in der Nähe. Du bist gefahren. Ich habe den Notruf angenommen, und dann sind wir schleunigst hin."

„Und rein in das Lokal."

„Ja, wir sind rein, und niemand hat ein Wort gesagt, nicht mal die Wirtin. Wir haben den Speiseraum betreten und alle sind verstummt. Du hast gerufen: Polizei!"

„Allerdings. Ich sehe alles vor mir. Weiße Tischtücher, Kerzen, eine Menge Geschirr, riesige Gläser, viel Glanz, sogar Blumen. Sieben oder acht Tische sind besetzt gewesen. Etwa dreißig Leute. Ich glaube, die meisten Teller waren schon leer."

„Ja, und lauter böse Gesichter."

„Stimmt. Sogar die Frauen haben zornig geblickt, ohne Ausnahme. An den Wänden gedimmtes Licht, richtig angenehm."

„Genau. Dann haben sich alle zu dir hin gedreht und du hast gefragt: Wer von Ihnen macht hier Rabatz?"

„Radau habe ich gesagt."

„Nein, Rabatz hast du gesagt."

„Radau. Das Wort Rabatz kenne ich gar nicht."

„Dann halt Radau, von mir aus. Vielleicht hat

die Zentrale im Notruf von Rabatz gesprochen. Egal, du hast gefragt und die Wirtin hat auf den Lümmel gedeutet und gesagt: ‚Der da'. Da hast du dich nicht lange umgeschaut, bist direkt hinter ihn getreten, hast den Stuhl gepackt und ihn weggezogen. Ratsch – und der Lümmel hat am Boden gelegen."

„Stimmt." Ralph lachte laut und einige Köpfe drehten sich zu unserem Tisch um.

„Dann der Tumult, wie aufs Kommando. Alle sind aufgesprungen, haben die Servietten hingeschmissen, durcheinandergerufen und sind abgehauen."

„Der Kerl hat sich überschätzt. Er war jung, keine zwanzig."

„Ziemlich überschätzt, so besoffen wie der war. Seine Kumpels haben ihn heiß gemacht. Die sind alle hagelvoll gewesen. Keiner hat sich gewehrt."

„Stimmt."

„Die Wirtin hat gekocht vor Zorn. Die ist außer sich gewesen."

„Verständlich. Die meisten Gäste sind abgehauen, ohne zu bezahlen. Geblieben sind die drei Dumpfbacken an seinem Tisch."

„Die haben sich dann auch noch verdrückt. Glaubst du, dass die Gäste ihre Rechnungen später noch bezahlt haben?"

„Nein, haben sie nicht. Weißt du nicht mehr? Das hat die Wirtin vor Gericht ausgesagt. Sie hat sogar Belege mitgebracht. Über die Hälfte der Gäste sind abgeschlichen und nie mehr zurückgekommen."

„Vielleicht haben sie angenommen, Journalisten wären uns gefolgt. Sie haben befürchtet, sie würden mit der falschen Braut fotografiert."

„Oder gefilmt."

Wir grinsten.

„Hast du jemals erfahren, warum der Kerl sich so aufgespielt hat?"

„Vor Gericht hat er gesagt, er hätte Pommes frites bestellt und sie hätten ihm zweimal frittierte Pommes serviert. Der Koch habe sie in der Küche herumliegen lassen und dann nochmals frittiert. Er habe in einer Pommes-Fabrik gearbeitet, hat er vor Gericht erklärt. Er könne frittierte Pommes frites von zweimal frittierten unterscheiden. Er habe nur eine Preisreduktion verlangt."

Das Klackern der Messer und Gabeln auf den Tellern wurde schwächer, dafür wurde vermehrt wieder geredet, gespottet, geprahlt und gelacht, und bald herrschte ein Kommen und Gehen und ein Stühlerücken und Tellerschieben und niemand schien uns zu beobachten, weder verdeckt noch offensichtlich.

„Kurz darauf ist eine Patrouille zu uns gestoßen", sagte ich. „Weißt du noch? Die beiden haben angegeben, sie seien vorgefahren, weil sie einen Kaffee trinken wollten. Wer ist das gewesen?"

„Cornelia und Hubertus sind das gewesen, erinnerst du dich nicht mehr?"

„Ah, jetzt fällt es mir wieder ein. Was machen die beiden? Gehören sie noch zum Team?"

„Nein. Beide haben quittiert. Cornelia hat wenig später einen Fahrlehrer geheiratet und ein Kind bekommen, und Hubertus hat vor fünf Monaten gekündigt. Er hat in den privaten Sicherheitsdienst gewechselt."

„Wirklich? Die haben ihn eingestellt?"

„Also dumm ist der nicht."

„Das habe ich nicht gesagt. Ich konnte ihn einfach nie ausstehen."

„Eines sage ich dir: Sollte ich den Polizeidienst je quittieren, gründe ich auch eher einen Sicherheitsdienst als eine Detektei."

Plötzlich hörten wir aus der Küche ein lautes Wort. Jemand rief zornig: „No!" Und gleich nochmals: „Noo!"

Alle Gäste hörten es, denn sie verstummten beinahe gleichzeitig.

Chiara-Sophie hatte es auch gehört, sie eilte sofort hinter das Buffet und verschwand in der Küche.

Ich hörte zwei, drei eindringliche Sätze, jemand antwortete stimmgewaltig mit harten Ausdrücken, vermutlich italienischen Schimpfwörtern. Anscheinend lagen zwei, vielleicht drei Männer im Streit, dazwischen hörte ich Chiara-Sophies helle Stimme. Es wurde hitziger, Geschirr fiel zu Boden und zersplitterte, eine Tür schlug zu. Danach blieb es still und eine Minute später kam Chiara-Sophie zurück, schaute in den Spiegel, setzte ihr Lächeln auf, ging zwischen den Tischen umher und tat, als wäre nichts geschehen. Die Stimmung im Lokal war schnell wieder wie zuvor, der Vorfall vergessen.

Ich hatte den Eindruck, Chiara-Sophie fand sich nur schwer wieder zurecht. Sie verteilte Cassata, Zitronentorte, Kaffee mit Amaretto und Grappa in beschlagenen Gläsern, eilte mit dem Geldbeutel da- und dorthin und kassierte, strich sich öfter als nötig eine Haarsträhne hinters Ohr.

Sie bekam stattliche Trinkgelder, bedankte sich jedes Mal freundlich, steckte den Geldbeutel ein und schleppte Berge von schmutzigem Geschirr in die Küche.

Es dauerte eine ganze Weile, bis ich realisierte, dass Chiara-Sophie sich echte Sorgen machte. Ich überlegte, ob ich Ralph darauf ansprechen sollte. Oder würde ich mich lächerlich machen?

Ich brauchte nicht länger abzuwägen. Sie brachte uns Kaffee und Ralph hielt sie zurück und fragte, was in der Küche los gewesen war. Sie berichtete ihm aufgeregt, beantwortete sogar seine Fragen, wenn auch meist nur mit „Si" oder „No". Sie redete leise und hielt die ganze Zeit die

Hand vor den Mund, damit niemand hören oder sehen konnte, was sie sagte. Ihr Blick huschte immer wieder Richtung Küchentür; als sie aufschwang und die Küchenhilfe heraustrat, verabschiedete sie sich rasch und wandte sich wieder ihrer Arbeit zu.

„Was hat sie gesagt?", wollte ich wissen.

„Sie hat gesagt, es seien zwei Typen in die Küche gekommen und hätten Schutzgeld gefordert."

„Was?", fragte ich. „Schutzgeld? Hast du sie auch richtig verstanden?"

„Ja, Schutzgeld, sie hat mir den Begriff erklärt. Die Pizzeria gehört ihrem Vater. Er ist abends oft in der Küche, hat sie gesagt. Das hätten die Männer anscheinend gewusst und seien durch den Hintereingang direkt zu ihm gegangen."

„Ich dachte, in Pizzerien werde Geld nur gewaschen. Hat sie gesagt, wie viel Geld sie verlangen?"

„Das habe ich sie auch gefragt. Sie hat gesagt, es spiele keine Rolle. Es gehe ums Prinzip."

„Da hat sie recht."

„Sie sagte, das sei das erste Mal, dass jemand Schutzgeld von ihnen verlange. Die Betriebe würden sich gegenseitig mit Geld oder Einrichtungen oder Gefälligkeiten aushelfen. Das geschehe auch nicht immer freiwillig, aber bis jetzt habe auf der Insel niemand Schutzgelder erpresst. Man sei sich immer anders einig geworden."

„Dem Gebrüll nach ist ihr Vater auf die Forderung nicht eingegangen?"

Ralph schüttelte den Kopf. „Sie haben die beiden Typen rausgeworfen."

„Die werden wiederkommen."

„Das befürchtet sie auch."

„Stammen diese Typen von der Insel?"

„Sie hat gesagt, niemand in der Küche habe die beiden erkannt. Und sie hätten außer dem Wort ‚Schutzgeld' kaum etwas gesprochen."

Wir tranken den Kaffee und ich dachte darüber nach, wie dürftig mein Wissen über die Insel war. Was wusste ich schon über die Menschen, die hier lebten? So gut wie nichts. Ich hatte weder Informationen über die Machtverhältnisse noch über mögliche Spannungen unter den Leuten. Wovon lebten die Familien hier? Ausschließlich vom Fischfang und vom Tourismus?

„Ist Chiara-Sophie auf der Insel aufgewachsen?", fragte ich Ralph.

„Warum fragst du?"

„Sie könnte mir weiterhelfen."

„Im Fall Angelo? Sei bitte kein Spielverderber. Aber ja, sie ist hier aufgewachsen."

„Hast du ihr erzählt, dass du Polizist bist?", fragte ich.

„Das hat Zeit", meinte er.

Ich fragte ihn, ob er glaubte, dass Gerüchte über

uns in Umlauf wären. Wenn es welche gab, wäre dies ein Ort, an dem sie verbreitet würden. Er lachte nur.

Er hatte gemogelt und damit versucht, Chiara-Sophie zu vertrösten. Er hatte geglaubt, bei ihr damit durchzukommen, aber sie war nicht dumm. Er war vermutlich nicht der erste Feriengast, der ihr Märchen erzählte.

Er aber ließ sich nichts anmerken. Er war verrückt nach ihr und konnte seine Augen kaum von ihr abwenden. Was sie mit den Gästen redete, konnte er nicht hören, aber was sie tat, saugte er auf, jede Bewegung, jedes Lächeln, jedes Nicken zu den Gästen an den Tischen, ihre schnellen Drehungen, ihre erlesene Höflichkeit trotz Zeitdruck und ihr aufmerksames Zuhören, wenn Kinder ihre Wünsche äußerten. Und immer wenn sie mit geschürzten Lippen aus der Küche schoss, mit drei vollen, heißen Tellern in den Händen, litt er mit, bis sie den Tisch erreichte. Er sah ihr nach, wann immer er sie sehen konnte, und vernachlässigte gleichzeitig die Unterhaltung mit mir kaum, was mich verblüffte.

Später am Abend wirkte ihr Auftreten wieder entspannter. Vielleicht war sie aber auch einfach nur müde und erschöpft. Sie gab sich zugänglicher, nachsichtiger und freimütiger und zeigte beim Lachen wieder öfter – für meinen Geschmack zu viel – Zahnfleisch.

Kurz vor Mitternacht verließ ich die beiden. Ihr Vater war kurz zu ihr getreten und hatte sich verabschiedet. Im Gastraum war nur mehr unser Tisch besetzt.

Ich verschwand in der Toilette und ein paar Augenblicke später auf meinem Weg zum Ausgang wandte ich mich ihnen ein letztes Mal zu.

Ralph zwinkerte triumphierend. Chiara-Sophie saß quer auf seinen Oberschenkeln. Sie hatte ihre Schuhe abgestreift und himmelte ihn an. Hier und jetzt klebten zwei Vernarrte aneinander, beschwingt vor Wonne, Hoffnung und Liebe. Ich winkte ihnen zu und ging.

Es hätte ein Bild aus dem Abspann eines Liebesfilms sein können. Das Paar, bei dem es seit der ersten Begegnung gefunkt, das wegen gehäufter Komplikationen durch sämtliche Szenen hindurch nie zueinander gefunden hatte, lag sich endlich in den Armen. Es war ihnen anzusehen, dass sie von einer gemeinsamen Zukunft träumten.

Auf dem Weg ins Hotel versuchte ich mir ihre Zukunft vorzustellen. Wo würde das Paar in einem Jahr stehen? Würde sie zu ihm nach Bern ziehen? Würde er Polizist bleiben und mit ihr in einem Berner Stadtquartier fern ihrer Verwandten zwei, drei Kinder aufziehen, wo sie jeden Abend auf ihn wartete? Oder würde er hier auf die Insel ziehen, einen Sicherheitsdienst aufbau-

en und ihr und ihrem Vater helfen, die Schutzgelderpresser zu verjagen? Nebenbei die Speise-
karte ins Deutsche übersetzen und mit den Kindern Schweizerdeutsch reden?

In diesem Fall würde ich meinen besten Freund
mit der Zeit wohl aus den Augen verlieren. Beim
Gedanken daran erfasste mich Wehmut.

14

Am nächsten Morgen saßen wir beim Frühstück auf der Hotel-Terrasse. Junge verliebte Paare lümmelten verschlafen an den Tischen, wirres Haar, verklebte Augen, träge Glieder und wählerische Münder. Nur die Senioren saßen gesittet und gaben sich ausgeruht, gepflegt, rasiert und besonnen. Flüstern taten alle, respektvoll, fast feierlich, wenn sie nicht schweigend mampften.

Wir hockten vor der Fensterfront und blickten gemeinsam zum Strand hinunter. Frühaufsteher suchten Muscheln im Sand, Wassersportler breiteten ihre Utensilien aus, Dauergäste, erkennbar an ihrer nahtlosen Bräune, belegten ihre Stammplätze; und zum Erstaunen aller trudelte die russische Großfamilie ein. Der Oligarch stolzierte in schwarzen Badehosen vorweg. Er trug eine goldene Uhr und dichten Haarwuchs an den Beinen, auf der Brust und in den Ohren. Seine Begleiterin, womöglich seine Frau, folgte ihm. Sie hatte Beine wie ein Storch und trug ein Badekleid in Altrosa, das sie wohl vor einem halben Jahrhundert für die Ferien auf der Krim erworben hatte. Damals hatten ihr Körper und Geist sicherlich noch Form, Eleganz und Lebensfreude besessen, um der Aufmachung gerecht zu werden, jetzt fehlte es ihr an allem. Ich hoffte für sie, dass sie von einem Bad absah, denn nass und schwer und zerklatscht von den Wellen hätte das plissierte Stück Textil ihren Körper sicher noch unvorteilhafter aussehen lassen.

Auf der Nase trug sie eine Sonnenbrille in Form eines Schmetterlings, das Rot auf den Lippen und das Rouge auf den Wangen sah irgendwie unpassend aus und ihre Fingernägel glänzten wie reife Tomaten. Womöglich wollte sie, dass man ihr ansah, dass sie in einem Strandbad am Schwarzen Meer auf die Welt gekommen war.

Die Dame ignorierte das Älterwerden. Sie präsentierte mit ihrer hochfahrenden Art das, was man als das unaufhaltsame Verwelken eines Flittchens hätte bezeichnen können.

Schön sein ist ein Geschenk, schön bleiben eine Kunst.

Sie und der Oligarch besetzten den aussichtsreichsten Platz und machten es sich – Seite an Seite – auf Klappstühlen bequem. Ihre Enkel, sieben oder acht an der Zahl, alberten um sie herum oder suhlten sich im nassen Sand. Zwei jüngere Paare bildeten den Schluss der Sippe. Sie schleppten Luftmatratzen, Strandtücher, Zeitschriften, Picknickkörbe, weitere Klappstühle und zwei Kühlboxen an. Zudem eine Holzkiste in der Größe eines Schuhkartons. Sie beanspruchten mit dem ganzen Krempel einen Ring um die beiden Alten so breit wie ein Karussell.

Das Wort ‚Trabanten‘ ging mir durch den Kopf. Die beiden Paare waren abhängig vom Alten, der wie ein Zentralgestirn Geld, Macht und Autorität in sich vereinte.

Die Kinder eroberten den seichten Teil im Wasser mit Kreischen und Quietschen, die Erwachsenen nutzten die Gelegenheit, um mit dem Trinken zu beginnen. Eine Frau klappte den Deckel der Holzkiste auf und verteilte daraus Gläser. Ihr Mann holte eine Flasche Wodka aus einer Kühlbox und goss jedem sein Glas voll. Sie prosteten sich gegenseitig zu und schütteten sich das Zeug in den Rachen wie Eiswasser.

Ich war drauf und dran, aufzustehen und mich ihnen anzuschließen. Wie gern hätte ich mich betrunken an diesem schönen neuen Morgen, um den Tod des jungen Mannes endlich aus meinen Gedankengängen zu spülen.

Vom Strand aus schwappte trockene Luft über die Blumenrabatte und wärmte die Steinfliesen. Noch fühlte ich die Frische der Nacht im Nacken, die Fensterfront des Hotels, an der wir saßen, strahlte die letzten Reste der Morgenkälte ab. Bis in einer etwa Stunde dürfte es auch hier im Schatten richtig heiß sein.

Ich trank Schwarztee, kaute einen trockenen

Toast und überlegte, wie ich Ralph überreden könnte, mich auf den Friedhof zu begleiten. Er kippte zwei Espressi in sich hinein, um wach zu werden, und verschlang, ohne ein einziges Mal aufzusehen, einen Teller Rührei und dazu ein Stück Weißbrot.

Die Direktorin kam auf die Terrasse heraus. Sie zeigte sich weltgewandt und in fließender Eleganz – vom Haarschnitt bis zu den Stöckelschuhen. Sie schaute sich um, gab dem Kellner einen Wink, einen verlassenen Tisch abzuräumen, wandelte von Gästetisch zu Gästetisch, erkundigte sich mit gedämpfter Stimme nach dem Befinden, nach besonderen Wünschen, den Plänen für den Tag, oder gab Auskunft zum Wetter, zu den Fahrzeiten der Fähre, zu Einkaufsmöglichkeiten auf den Nachbarinseln. Sie warnte eine Familie vor dem Besteigen des Vulkans ohne Führung, das könnte den Kindern zum Verhängnis werden, und einem jungen Paar erklärte sie den Weg zu einer abgelegenen geheimen Bucht.

Wir waren die letzten, die sie aufsuchte. Sie fragte uns auf Englisch – so dass es die anderen Gäste verstehen konnten, falls sie lauschten –, ob wir mit unseren Zimmern und der Aussicht zufrieden seien.

„Ich würde mir gerne ein Fahrrad leihen", sagte ich.

Sie erklärte, es gebe nur einen Verleiher in der

Stadt. Er befinde sich nahe dem Hafen, unweit des Anlegeplatzes der Fähre. Um ihre Neugier zu befriedigen gab ich vor, die Insel erkunden zu wollen. Ich hatte den Eindruck, sie lächelte das Lächeln einer Verstimmten. Sie nickte, sah über mich hinweg, wandte sich ab und entfernte sich mit schnellen Schritten an den Containern vorbei Richtung Lieferanteneingang zur Küche.

Ich wunderte mich, während ich ihr hinterhersah, ich hatte sie nie zusammen mit ihrem Gatten gesehen.

Ralph gähnte. Er hatte die Nacht bei Chiara-Sophie verbracht und war erst vor wenigen Minuten zu Fuß die Einfahrt hoch gekommen. Er war unrasiert und seine Haare glichen einem Krähennest. Die Mullbinde über der Nase und die Pflaster an den Händen hatte er entfernt. Die Flecken um die Nase wirkten mittlerweile grünlich.

Ich wollte nicht alleine gehen und fragte: „Begleitest du mich?"

Er streckte sich und rieb sich die Augen. Er sah zerknittert aus, aber gleichzeitig zufrieden.

„Nein", sagte er und beteuerte, er werde duschen, die Badehose anziehen und den ganzen lieben langen Tag am Strand verbringen. Wörtlich sagte er: „Geh nur. Ich werde den Tag ohne dich genießen. Ohne Prügelei, ohne von irgendwem bedroht, eingesperrt, genervt oder sonst wie belästigt zu werden."

„Wie langweilig."

„Nenne es, wie du willst, aber lass mich in Ruhe."

„Dann eben nicht."

Ich begab mich zu Fuß in die Stadt und fand den Vermieter der Fahrräder ziemlich rasch. Er döste in einem Korbsessel vor einem niedrigen, windschiefen Schuppen. Ein Senior, glatzköpfig, mit ledriger Haut, in unanständig kurzen Hosen mit gewölbten Taschen und einem feisten Bauch. Seine Oberschenkel und Waden sahen zäh aus wie die Wurzeln einer Bergkiefer. Alles andere an ihm war schlaff. Die Brust, die Arme, der Hals, die Kinnbacken, die Tränensäcke. Wenn er lachte, sah man, dass ihm die Schneidezähne fehlten, und seine Lippen hatten die Farbe von Kork. Ich schätzte ihn auf ein Alter, in dem Männer in Italien beim Boccia-Spiel trotz überhandnehmender Unzulänglichkeit nicht ausgeschimpft wurden.

Er vermietete mir ein Zweirad für die verbleibenden Tage meines Aufenthalts, ohne sich aus seinem Sessel zu erheben. Er deutete auf ein Rad, das von Rost zerfressen war, winkte mich damit heran, tröpfelte – aus dem Sitz heraus – Öl in die Schaltung und tat, als kontrolliere er den Luftdruck und die Bremsen. Er zeigte mir, wie man den Sattel auf passender Höhe fixierte, setzte eine verdreckte Lesebrille auf, nahm den Euroschein, zog ihn durch die Finger und hielt ihn gegen die Sonne. Er schien beruhigt, faltete den Schein, stopfte ihn in einen Faltbeutel und bedankte sich.

Wenn er redete, konnte man riechen, dass er billigen Rotwein getrunken hatte – und er redete viel und gern. Praktisch ununterbrochen. Er litt unter Atemnot und verschluckte daher jede zweite Silbe. Weil er alles wiederholte und auch dank dem Gewinke seiner beiden Hände verstand ich das meiste. Er verfluchte beispielsweise den Wind. Dieser Wind, behauptete er, wehe trocken von Afrika her, streiche übers Wasser, nehme Feuchtigkeit und Salz auf und befeuchte vor allem nachts alles und jeden auf dieser Insel. Das sei gut für die Haare (er selbst war freilich ein schlechtes Beispiel hierfür), jedoch tödlich für seine Fahrräder. Er lasse sie rosten und zwar schneller als eine Qualle an der Sonne vertrockne.

Er spuckte sich in die linke Hand, schimpfte weiter, stocherte mit dem Kugelschreiber in der Spucke herum, wischte die Hand an den Hosen ab, beugte sich über das Tischchen und stellte mit fahrigen Bewegungen eine Quittung aus. Er hauchte einen Stempel an, presste ihn mit beiden Händen aufs Original, setzte seine Unterschrift daneben, riss den Zettel vom Block und überreichte ihn mir.

Ich versuchte seine Schrift zu deuten. Das Wort

RICEVUTA sowie eine fortlaufende Nummer waren gedruckt und somit lesbar. Seine Unterschrift und seine Angaben hingegen waren nichts als Krakelei. Ich vermochte kein Wort zu entziffern. Beim Betrag – ich hatte zwanzig Euro bezahlt – stand die Zahl Zwei. Sein listiger Blick über die Brille hinweg und sein unterdrücktes Kichern verrieten mir seine Vorsätzlichkeit: Die Kopie der Quittung war nichts als ein Wisch für den Fiskus.

Ich schwang mich aufs Rad, radelte die Straße entlang, sauste auf die lange Kurve um den Vulkan zu, prüfte die Bremsen, stoppte an der Straßenkreuzung und warf einen Blick zurück. Er war aufgestanden, um meine Fahrt zu verfolgen. Es freute ihn, dass ich zurückschaute, er hob beide Arme und winkte wie der Sieger eines Radrennens beim Überfahren der Ziellinie.

Ich mühte mich ab und strampelte auf der Landstraße in einer kleinen Übersetzung den Hügel hinauf. Zwei Lieferwagen überholten mich an der steilsten Stelle. Zuerst ein Handwerker mit Schubkarre, Schaufel, Pickel und mehreren Säcken Zement auf der Ladefläche. Ihm folgte der Gemüsehändler. Auf seiner Ladefläche standen, soweit ich es sehen konnte, Kisten mit Salat, Auberginen, Gurken, Tomaten und Melonen. Die Kisten kamen mir bekannt vor, wir hatten lange auf solchen Dingern gesessen und viel Zeit vertrödelt, drüben in der Villa.

Die beiden Fahrzeuge dröhnten an mir vorüber und zwangen mich, Dieselabgase einzuatmen, Straßenstaub zu fressen.

Ich strampelte weiter, benötigte für den Aufstieg eine gute Stunde und erreichte die Kapelle schließlich verschwitzt und durstig. Sie stand abseits der Straße in einer Senke und war zusammen mit dem Friedhof von einer hüfthohen Steinmauer umgeben.

Ich trat durch ein Gittertor, stellte das Fahrrad an der Mauer ab und lief über den Kirchenplatz und am Glockenturm vorbei auf den Friedhof.

Die verdorrten Pflänzchen auf dem Kiesweg knisterten unter meinen Schuhen, der Kurzrasen war braun, bis auf ein paar Gräser um den Brunnentrog herum. Die Blumen und Sträucher befanden sich in der Trockenstarre.

Der vordere, weit größere Teil der Ruhestätte war in die Jahre gekommen. Ich sah verwitterte Grabsteine mit ausgebleichten Inschriften und braune schiefe Holzkreuze mit kleinen Emailfotos, dazwischen verblichene Rosen aus Kunststoff. Auf jedem dritten Grab wachte ein Engel aus Stein.

Die Luft war trocken, ein leiser Wind strich durch die Reihen und verbreitete den Duft von Thymian. Dies war ein Ort des hingehaltenen Vergessens. Die Grabsteine, die Inschriften, die Blumen halfen den Menschen, die Erinnerungen an die Verstorbenen möglichst lange wach zu halten.

Die Toten in ihren Särgen, dachte ich, die Leichen tief in der Erde dürften in ihrer Verwesung drastisch aussehen; und ich erinnerte mich an Ralphs Warnung, Signora Sempre würde mich erschießen und in der Grabstätte ihres Sohnes unter seinem Sarg versenken. Eine unschöne Vorstellung. Wer wollte, selbst als Toter, so enden?

Im hinteren, neueren Teil des Friedhofs, am Ende der vierten oder fünften Reihe, stand ein Raupenbagger aus der Gartenbauklasse. Jemand hatte begonnen, mit dem Gerät eine abgesteckte Grube auszuheben, der aufgeworfene Hügel daneben aus Gestein und Erde machte einen frischen Eindruck.

Ich sah mich um. Es war kein Mensch da, weder auf dem Friedhof noch in der Kapelle. Ich fühlte mit der Hand die Temperatur des Auspuffrohrs. Es war warm.

Doch das besagte nichts. Das Blech an der Kabinentür und die Gumminoppen an den Raupen waren auch warm von der Sonne. Ich begab mich zu der Steinmauer und stützte mich darauf ab. Auch die Steine fühlten sich sonnenwarm an.

Das Panorama war überwältigend. Die Böschung von hier bis hinab zur Stadtgrenze war von Sträuchern überwuchert, so gedrängt, dass ein Durchkommen abseits einer Schneise oder eines Pfades ausgeschlossen schien. Unten in der Ebene hatte sich die Siedlung vom Hafen her ausgebreitet. Es gab kaum mehr freie Flächen zwischen den Bauten. Links außen lag der Fischerhafen, dann kamen die Felsenkette, in der Mitte der Strand und ganz rechts der Vulkan.

Von hier oben betrachtet war alles niedlich, selbst das Hotel glich einem Puppenhaus, und über dem Meer lag eine schläfrige Ruhe. Die Möwen drückten sich auf den Klippen herum, kauerten auf den Masten der Boote oder warteten anderswo auf Abkühlung. Etwas wie Emsigkeit herrschte einzig im großen Hafen, wo in diesem Moment eine Fähre anlegte.

Ich fragte mich, warum sich niemand vor dem Vulkan zu fürchten schien? Vor einem Ausbruch mit sprühender Magma, Rauch und Ascheregen?

Glaubten die Leute, die Behörden würden sie rechtzeitig vor einem größeren Ausbruch warnen? Vor einem Ausbruch und dem möglichen Ausmaß des Unheils? Das war schwer abzuschätzen. Die letzte Eruption, bei der angeblich vierzig Häuser und mit ihnen hundert Menschen verschüttet worden waren, hatte die Region vor hundertfünfzig Jahren aufgewühlt.

Respekt hatten die Leute, keine Frage, die Flanken der imposanten Erhebung waren bis heute unberührt geblieben. Es führte ein Fußweg spiralförmig um den Vulkan herum und hinauf zum rauchenden Kraterrand, das war alles.

Blieb noch die Villa der Signora Sempre mit der Ringmauer, die über dem Ort wie ein Kastell thronte.

Die Sonne schien. Der Himmel war von Kondensstreifen der Flugzeuge überzogen und im Norden zeigte sich, schwebend im Dunst, die kleinere Nachbarinsel.

Aus der Tiefe des Horizonts rollte eine Woge nach der anderen schwerfällig und träge bis an den von Menschen überfüllten Strand, bekam kurz davor einen kleinen weißen Kamm, schäumte auf und zerfloss auf dem Sand.

Auf einmal hörte ich seitlich von mir ein Rascheln und im nächsten Moment lag ich platt auf den Kieseln. Ich hatte mich zurückgeworfen, ohne nachzudenken. Das Geraschel kam aus dem Dickicht zehn Meter außerhalb der Mauer. Ich robbte bis zur Mauerecke, spähte durch eine Ritze, horchte – und musste lachen. Drei Hasen! Oder waren es Kaninchen? Sie tummelten sich im Schutz eines Ginsters. Ausgemergelte Tiere mit struppigbraunem Fell, das jedem von ihnen mindestens eine Nummer zu groß war. Sie hoppelten herum, kratzten Erde aus einem Loch oder nagten Rinde von den Zweigen. Ich legte mein Kinn auf die Hände und blieb in der Haltung, bis sich mein Puls normalisierte. Jetzt konnte ich sie sogar riechen.

Das Tier mit den längsten Ohren wurde misstrauisch, es schnupperte, hopste bis auf drei Meter heran, richtete sich auf und schnupperte, schnupperte, schnupperte und drehte seine Lauscher nach allen Seiten. Seine schwarzen Knopfaugen blinkten.

Ich zog mich zurück und fand zwischen den Steinen vier abgeschossene Schrotpatronen. Ich hob sie auf und ließ den Sand herausrieseln. Wie konnte jemand vom Friedhof aus eine Ladung Blei auf diese niedlichen Geschöpfe abzufeuern?

Wahrlich, das war ein schießfreudiges Inselvolk!

Eine namenlose Trauer breitete sich in meinem Kopf aus, übertrug sich auf den ganzen Körper, und ich weiß nicht mehr, mit wem ich mehr Mitleid hatte, mit den Tieren oder den Jägern.

Ich hörte, wie jemand ein Lied pfiff, und richtete mich wieder auf.

Ein Mann in Jeans und verschwitztem T-Shirt kam aus der Kirche. So wie er mich sah, hörte er auf zu pfeifen, trat an den Bagger, stellte einen Fuß auf das Trittbrett und blickte dann fragend zu mir herüber.

„Kann ich Ihnen helfen?"

Ich schlenderte zu ihm hin und brachte mit knapper Not ein „Buon giorno" heraus.

„Buon giorno."

Ich deutete auf meinen Mund und Hals und fragte: „Acqua?", denn meine Kehle war völlig ausgetrocknet.

Er ging zum Brunnen und winkte mir, ihm zu folgen. Er drehte den Hahn auf, ein dünner Wasserstrahl rann heraus.

Das Wasser war warm wie das Meer. Ich wusch mir das Gesicht, spülte meinen Mund aus, nahm einen Schluck, drehte das Wasser ab und dankte ihm.

Er hatte unterdessen ein Auge auf mein Fahrrad geworfen, deutete darauf, lachte und sagte: „Mio padre."

Eine Unterhaltung würde auf diese Weise vermutlich kompliziert, daher fragte ich: „Sprechen Sie Deutsch?"

Er drehte seine Hände in der Luft und schüttelte den Kopf.

Ich zeigte auf das Grab und fragte: „Angelo?"

Er runzelte die Stirn, sah mich an, sah zum Bagger, zum Grab, auf seine Füße, dann wieder zu mir und sagte: „Si."

15

Ich kehrte ins Hotel zurück und schob das Fahrrad zwischen die Palmen am Ende der Auffahrt. Die russische Großfamilie hatte ihren Platz geräumt, sie saßen bestimmt irgendwo beim Essen, dafür errangen zwei junge Damen meine Beachtung. Sie glichen sich wie Schwestern, trugen malvefarbene Bikinis und einen dazu passenden Lack auf den Finger- und Zehennägeln. Sie langweilten sich am äußersten Rand des Strandes und signalisierten mir mit klebrigen Blicken: Dieser Platz behagt uns nicht! Hilf uns, einen strategisch besseren Liegeplatz zu finden!

Ich nickte ihnen zu, darauf versorgte mich die jüngere mit Informationen, die ich nicht wollte und nicht brauchte. Sie stammten aus Belgien, piepste sie, und müssten sich mit diesem Platz begnügen, weil sie bis tief in den Vormittag hinein geschlafen hätten. Das war Geschwätz, mehr nicht, trotzdem stieg ich auf die Unterhaltung ein.

Die junge Dame bestätigte meine Vermutung, sie waren Schwestern, und in Bezug auf den Strand stimmte ich ihr zu, er war überfüllt. Ein

Wald aus Sonnenschirmen erstreckte sich von hier bis hinüber zum Fischerhafen, Liegestuhl reihte sich an Liegestuhl, Strandtuch an Strandtuch, selbst auf der Steintreppe hatten sich Jugendliche bis weit hinauf niedergelassen und massenhaft Leute standen am oder im Wasser. Kinder kreischten aus Wonne, schubsten sich gegenseitig in die Wogen, klammerten sich an ihre Väter oder Mütter, grapschten in der Untiefe nach Steinen, Muscheln, Seeigeln, versunkenen Spielsachen oder verlorenen Halsketten, oder rangen mit der zahmen Strömung. Gegen den Strand hin war das Wasser aufgewühlt, sandig trüb, mit einem Stich ins Graue. Weit draußen übte eine Gruppe das Tauchen. Die orangen Schnorchel durchschnitten die gleißende Wasserfläche und ab und an wühlten sich Flossen ans Licht.

Das Leben auf der Insel ging seinen gewohnten Gang.

Doch nicht für mich. Ein junger Mann war vor meinen Augen erschossen worden. Die Mutter war traurig, der Polizeichef wollte den Mörder alleine finden, ein Grab wurde für den Getöteten ausgehoben. Und weiter? Dass niemand mit mir darüber reden wollte, konnte ich verstehen, dass ihn niemand vermisste, gab mir zu denken.

Ich verriet den beiden Mädels den Weg zu der geheimen Bucht, wie ihn die Direktorin am Morgen einem jungen Paar beschrieben hatte. Die ältere erhob sich und rief Richtung Wasser: „Gabriel, Gustav, venez! Gabriel!", und winkte.

Ich wartete nicht, bis sie aufbrachen, die penetrante Sonnenöl-Duftwolke und das Geschrei trieben mich ins Hotel. Bis weit in die Halle verfolgte mich der Lärm.

Der Direktor hatte Dienst. Er stand hinter dem Tresen, war aus irgendwelchen Gründen verstimmt und begrüßte mich wie einen Konkursbeamten. Dann strich er sich eine Strähne aus der Stirn und überreichte mir einen Umschlag, wortlos, versteinert, dann kümmerte er sich wieder um seine eigenen Geschäfte.

Ich bedankte mich, löschte meinen Durst im Restaurant, zog in meinem Zimmer die Vorhänge zu, schlenzte die Sandalen in eine Ecke, öffnete den Brief, las die Einladung und sank in den Fernsehsessel.

Am späten Nachmittag setzte ich mich in die Bar und wartete bei einem Bier auf Ralph. Er kam, bestellte ebenfalls Bier und zog mich ans Ende der klotzigen Theke. Hier konnten wir uns ungestört unterhalten, der Barmann telefonierte und die anderen beiden Gäste unterhielten sich leise.

„Nun? Bist du auf dem Friedhof gewesen?", fragte er.

„Na klar. Das Grab ist zur Hälfte bereit und die

Aussicht von da oben, die ist grandios! Das ist wirklich eine traumhaft schöne Insel. Es könnte paradiesisch sein, hier zu leben."

„Höre ich da einen Seufzer?"

„Ach wo, ich seufze nie. Mit einem Seufzer sprengt man keine Ketten."

„Ist das von dir?" Er schaute mich an. Er hatte sich gründlich rasiert und Farbe angesetzt von dem Tag in der Sonne. Seine Nase war abgeschwollen und sein Grinsen anständig. Wie gesagt, er sah unverschämt gut aus mit seiner hohen Stirn, den sanften Augen, breiten Lippen und weißen Zähnen.

„Ist mir eben eingefallen."

„Den kannst du aufschreiben, der ist gut. Hast du übrigens jemanden getroffen da oben?"

„Kaninchen."

„Kaninchen? Wilde? Oder verwilderte?"

„Sie leben in Höhlen unter den Büschen, den ganzen Hang haben sie durchlöchert."

Ich zeigte ihm die Schrothülsen. Er nahm sich eine, schnüffelte daran, lachte und rief: „Was sind das für Holzböcke! Mit dieser Ladung schießen die auf wilde Kaninchen? Wetten, das zerfetzt die kleinen Geschöpfe?"

„Das wenige Fleisch dürfte ohnehin zäh sein", sagte ich. „Aber es erklärt etwas anderes: Da oben liegen unzählige leere Hülsen herum. Ich weiß jetzt, wieso die Leute nicht mehr ihren Kopf heben, wenn es irgendwo knallt."

Er gab mir die Hülse zurück und sagte: „Du hast recht, gerade in der Morgendämmerung, habe ich schon mal Schüsse gehört."

Er trank sein Bier aus und bestellte ein zweites.

Ich fragte: „Wie war's bei dir?"

Er beugte sich vor und berichtete: „Chiara-Sophie hat nicht gewusst, dass Angelo tot ist."

„Hat sie ihn gekannt?"

„Sicher."

„Hast du es ihr gesagt?"

„Dass er tot ist? Freilich. Ich habe ihr nicht alles erzählt, nur dass ihn jemand erschossen hat."

„Wie hat sie reagiert?"

„Sie hat sich ganz schön erschrocken, sag ich dir, zuerst hat sie mich angestarrt und mit Sicherheit überlegt, ob meine Nase – ich meine die Schrammen und so –, ob die etwas damit zu tun haben könnten. Woher ich das weiß oder die Details zu seinem Tod haben sie gar nicht interessiert. Erst am Morgen hat sie wieder davon angefangen. Das müsse furchtbar sein für Signora Sempre, hat sie gesagt, er sei ihr einziger Sohn."

„Das wissen wir schon."

„Ja, hör zu. Sie hat gesagt, Signora Sempre sei die heimliche Regentin der Insel. Sie erscheine mürrisch und verschwiegen, sei auf ihre Art aber vielmehr nobel und von allen respektiert. Mit ihr kämen die Leute zurecht. Nie habe sie gehört,

dass sich jemand über die Dame beklagt hätte.
Sie sagte, sie würde ihre Macht keinesfalls missbrauchen, obwohl sie auf der ganzen Insel vier
Restaurants, das Grandhotel am Hafen, eine Reihe Ferienwohnungen und die Bijouterie besäße.
Die Fischerboote gehören auch ihr. Bis auf zwei
oder drei an der Südspitze. Die genaue Zahl wisse
wohl kaum jemand, da werde nie offen darüber
geredet. Sie komme einmal im Monat von ihrem
Felsen herunter, besuche die Bank, treffe sich mit
Leuten, höre sich deren Sorgen an, esse mit dem
Stadtverwalter, einem Anwalt und dem Sottotenente zu Mittag, treffe Entscheidungen und
lasse sich wieder hinauf chauffieren. Angelo sei
anders gewesen, er habe seine Stellung ausgenutzt. Lange Zeit sei er fort gewesen, angeblich in
einem Internat in England. Davor sei er scheu
gewesen und dadurch ziemlich niedlich. Er habe
sich stark verändert über die Jahre, sei zu einem
böswilligen, derben Rüpel mutiert. Jähzornig.
Rabiat. Sie habe ihn kaum wiedererkannt mit
seinem Flaum am Kinn und den blond gefärbten
Haaren. Kaum sei er wieder da gewesen, habe er
die Mutter gezwungen, eine Mauer um das
Grundstück der Villa zu bauen, diesen unsinnigen Ring aus Beton, mit Handwerkern aus Sizilien. Chiara-Sophie hat gesagt, sie habe ihn ab und
zu in der Stadt gesehen, meist sei er schon vor
dem Mittag betrunken gewesen. Er sei so gut wie

jedem Mädchen und jeder Frau nachgestiegen. Eine Freundin habe er nie gehabt. Falls er eine gehabt hätte, wäre ihr dies kaum verborgen geblieben. Er habe auch keinen Freund gehabt, im Gegenteil, mit den Gleichaltrigen habe er sich überworfen, die Jüngeren habe er verachtet und die Älteren ausgelacht oder provoziert. In den Läden am Hafen und in den Restaurants habe er sich aufgeführt wie jemand, dem jeder etwas schulde. Er habe sich einfach genommen, wonach es ihm gelüstet habe."

„Hat er die Leute erpresst?"

„Gute Frage."

„Vielleicht hat er Schutzgeld verlangt. So wie die Kerle in der Pizzeria."

Ralph trank sein Bier und überlegte.

„Von Erpressung war nie die Rede und das Wort Schutzgeld hat sie in dem Zusammenhang auch nicht erwähnt", fuhr er fort. „Nein, sie hat vielmehr erzählt, er habe sich beispielsweise von einem Fischer einen Fisch geben lassen, einen Butterfisch wenn möglich, den Fisch in ein Restaurant getragen, dort abgegeben, gewartet, ein oder zwei Biere getrunken und ihn am Ende verspeist. Meist allein. Dann habe er Kaffee getrunken oder auch schon mal eine Flasche Wein mitgehen lassen und sie unter den Palmen hier vor dem Hotel ausgetrunken. Immer allein."

„Seine Mutter wird ihm das Taschengeld verweigert haben", warf ich ein.

„Was weiß ich? Er hat getan, was ihm in den Sinn gekommen ist. Chiara-Sophie hat behauptet, er habe weder in den Restaurants noch in den Geschäften je bezahlt."

„Dummes Zeug!"

„Einmal habe er in der Auslage der Bijouterie eine Schweizer Uhr gesehen. Er sei hineingegangen, habe sie sich vom Uhrenbord geschnappt, ums Handgelenk geschnallt und anbehalten. Einfach so."

Er schnippte mit dem Finger.

„Sag bloß, es hat sich nie jemand beschwert."

Er lachte, trank sein Bier aus und fuhr fort: „Anfangs ja. Später hätten die Leute geschwiegen und Rechnungen geschrieben, hat sie gesagt. Sie hätten seine Beutezüge fein säuberlich aufgelistet und die Forderungen zur Bank getragen."

„Zur Bank?"

„Ja. Es habe sich rasch herumgesprochen, man solle die Rechnungen der Bank geben. Die Bank hätte dann immer alles bezahlt. Soviel sie wisse, habe Signora Sempre ihre Bank angewiesen, sämtliche Ansprüche abzugelten, egal, ob er nun etwas verspeist, mitgenommen, zerschlagen oder veruntreut hatte."

„Sie hat ihren Sohn wohl wahnsinnig geliebt."

„Oder sie hat sich vor ihm gefürchtet."

„Gefürchtet? Warum meinst du?"

„Eines Tages sei ihm das zugetragen worden. Diese Übereinkunft hinter seinem Rücken. Darüber sei er außer sich geraten. Er habe behauptet, die Leute würden fiktive Rechnungen schreiben und Geld für Zeugs verlangen, das er weder genommen noch gegessen oder getrunken habe. Er sei durch die Gassen gefegt, habe Scheiben eingeworfen, Touristen beleidigt, wie blöd herumgebrüllt und sei drüben bei den Fangbooten auf einen Fischer losgegangen. Die Frau des Fischers habe später erzählt, Angelo hätte gedroht, er werde seine Mutter töten, falls sie weiterhin erfundene Aufstellungen auf die Bank brächten, um seine Mutter auszunehmen. Er werde seine eigene Mutter erschiessen, um das zu stoppen. Dann, habe er geschrien, dann gehörte alles ihm: dieser verdammte Klipper und alle anderen verdammten Boote in dem verdammten Fischerhafen und auf der ganzen verdammten Insel. Sollten sie sehen, wo sie hinkämen –"

„Halt, Ralph, hör auf mit dem Unsinn. Es reicht!"

„Unsinn? Was meinst du mit Unsinn?"

„Du erfindest diesen bescheuerten Mist, um mir weiszumachen, Angelo sei ein durchgeknallter Schuft gewesen. Ich habe ihn gesehen. Du vergisst das. Ich bin ihm zweimal begegnet. Was du da erzählst, passt nicht zu dem jungen Mann, den ich getroffen habe."

Er schaute mich an, schweigend und mit trockenem Ernst in den Augen.

„Er soll auch Kokain konsumiert haben", fing er wieder an und seine Stimme blieb fest. „Die Frau des Fischers habe den Sottotenente gerufen und der hätte Angelo festgenommen und in die Villa gebracht. Bei der Festnahme sei ein junger Carabinieri, ein Mann in Chiara-Sophies Alter dabei gewesen. Der hat ihr später berichtet, was der Fischer und seine Frau zu Protokoll gegeben haben. Angelo habe von der Frau einen Fisch verlangt. Sie habe den Fisch auf die Waage gelegt, um das Gewicht und damit seinen Preis zu bestimmen. Darauf habe Angelo die Frau beschimpft und versucht, den Fisch zu klauen. Das wiederum habe der Fischer zu verhindern gewusst. Darüber sei Angelo so wütend geworden, dass er das Messer gepackt habe, mit dem die Frau diesen und davor eine Reihe anderer Fische ausgenommen hatte. Mit dem Messer habe er den Fischer angegriffen und ihn am Arm verletzt. Der Fischer habe dem Sottotenente erklärt, am liebsten hätte er diesen Hitzkopf verprügelt, aus Rücksicht vor der Signora Sempre habe er sich zurückgehalten. Das Messer habe er ihm nur entwenden können, weil seine Frau in ihrer Erregung dem Kerl den Eimer mit den Gedärmen der Fische über den Kopf gestülpt habe."

Ich trank mein Bier aus und redete ins leere

Glas: „Ich habe bei der Polizei nützliche Regeln und ein paar wichtige Grundsätze gelernt. Darunter dies: Um ein Verbrechen zu klären, musst du alles wissen und nichts glauben. Was ich weiß, ist, dass jemand Angelo erschossen hat. Der Täter muss einen Grund gehabt haben, ihn auszuschalten. Angelo hat nicht nur genervt, vielleicht hat er etwas herausgefunden? Jemanden erpresst? Oder verraten? Oder bedrängt? Was weiß ich? Es muss ein Motiv geben. Das war keine Verwechslung, kein Unfall. Das Motiv muss erdrückend, so stark gewesen sein, dass der Täter sein Gewehr holt, es lädt, entsichert, auf die Brust eines Menschen zielt, den Atem anhält und abdrückt. Ist es Kränkung? Hass? Schuld? Eifersucht? Dieses Motiv will und muss ich finden. Verstehst du? Wenn ich das Motiv kenne und verstehe, finde ich den Täter. Das geht nur mit Tatsachen, mit Fakten, mit Wissen. Ich glaube weder an Gerüchte noch an Klatsch noch an angebliche Drohungen. Das erschwert nur die Suche nach dem wahren Täter. Vermutungen sind erlaubt und manchmal nützlich. Abstruses Gefasel werde ich keinesfalls beachten, das führt auf falsche Fährten."

„Willst du behaupten, Chiara-Sophie habe gefaselt?"

„Angelo hat verwerfliche Absichten gehabt, mit Sicherheit. Vielleicht hat er von den Schutzgelderpressern gehört und versucht, selbst welches zu ergattern. Vielleicht hat er sich mit ihnen angelegt und es später teuer bezahlt? Er ist jähzornig gewesen, das bezweifle ich nicht, und ein Stilett hat er flink zur Hand gehabt, das ist richtig. Er ist mit den Schutzgelderpressern in Kontakt gekommen, das glaube ich gern. Aber diesen Quatsch mit der Drohung, er werde seine eigene Mutter erschießen, den kaufe ich dir nicht ab. Angelo war kein Vollidiot."

„Ich habe nicht behauptet, er sei ein Vollidiot gewesen. Ich berichte nur, was Chiara-Sophie mir erzählt hat."

„So? Womit hat er noch gedroht? Er werde das Trinkwasser vergiften? Die Fähre versenken? Den Vulkan sprengen?"

Ich stand auf und ließ mir vom Barmann ein zweites Bier zapfen.

Kaum war ich zurück, fragte er: „Was willst du jetzt tun?"

„Wir haben eine Einladung bekommen von Ilaria Tremante, der Besitzerin der Boutique." Ich holte den Umschlag aus der Tasche, den mir der Direktor überreicht hatte, zupfte die Karte heraus und legte sie vor ihm auf die Theke. „Hier, lies. Sie hat uns beide eingeladen. Zum Essen. Heute Abend."

„Schöne Handschrift", sagte er. „Und? Was machst du? Gehst du hin?"

Ich nickte: „Kommst du mit?"

Wieder ließ er sich Zeit für die Antwort. Ich wartete und zählte die Bläschen, die im Bier aufstiegen und im Schaum verschwanden.

Sein Entscheid kam unvermittelt und verblüffte mich. Er sagte: „Ist gut, ich komme mit, wenn du mir eins versprichst: kein Wort über Angelo."

16

Die Nacht stülpte die Finsternis des Alls über die Insel und erstickte das fahle rötliche Licht der Dämmerung.

Entlang der Straße vom Hotel zum Ilaria Store gab es in großen Abständen drei Laternen. Wir wandelten abwechselnd vom Licht ins Halbdunkel, ins Dunkel, zurück ins Halbdunkel und wieder ins Licht, und überholten auf unserem Weg zu Ilaria Tremante eine Gruppe Touristen in Badehosen, Bikinis, Badeschlappen und Badetüchern um die Hüften. Sie schleppten Schwimmhilfen, Luftmatratzen und Segeltuchtaschen, schnatterten lustig und bummelten mit trägen Bewegungen und struppigen Haaren Richtung Stadt und mischten die würzige Meeresbrise mit einem Mief aus Sonnenöl und Schweiß auf.

Ein verliebtes Paar zog es in die entgegengesetzte Richtung, ich konnte sehen, wie es auf den Strand zusteuerte. Ich stellte mir vor, wie sie wohl durch den Sand laufen, am Fischerhafen vorbeistreichen und buchstäblich über die Klippen stolpern würden, auf der Suche nach einem abgelegenen Platz für eine Nacht zu zweit unter freiem Sternenhimmel. Ich gönnte ihnen ihren

Honigmond und hoffte, sie fänden hinreichend Schwemmholz für ein Lagerfeuer gegen die Gänsehaut in den frühen Morgenstunden.

Die Boutique war geschlossen und das Kunstlicht aus dem Schaufenster zeichnete ein helles, scharf abgegrenztes Viereck auf den Asphalt.

Wir stellten uns ins Licht und guckten durch die Glasscheibe in die Auslage. Ich glaubte Rauch zu wittern, doch es war nur die Erinnerung, die mich zum Narren hielt.

Die Auslage war praktisch unverändert. Dieselben Kleider warteten auf Kundschaft und auch dieselben Leinengürtel mit den gebürsteten Stahlschnallen lagen auf der blauen Truhe (es fiel nicht auf, dass einer fehlte), und zwischen den Hosen, den Hemden und den T-Shirts lag nach wie vor derselbe inhaltslose Zierrat: Muscheln, Fische und Seesterne aus gefärbtem Kunststoff. Ferner hingen die beiden abgenutzten Ruder rechts an der Wand, festgeschraubt in der Gestalt eines X.

Mode versprach eine neue Zukunft zum Preis einer entwerteten Vergänglichkeit. War die Boutique mit ihrer Mode ein Zeichen des Aufschwungs auf der Insel? Hatte das die Schutzgelderpresser angelockt? Wer größere Mengen teurer Ware auf eine Insel holte, musste sie auch verkaufen können. Oder anders gesagt, wer eine gut gehende Modeboutique betrieb, brauchte

Schutz vor Einbrechern, Dieben, Plünderern und war leicht zu überzeugen, sich das etwas kosten zu lassen.

Das Türschloss des Seiteneingangs war durch ein neues ersetzt worden. Auf dem Namensschild unter dem Klingelknopf stand in schwarzen Lettern: Gianluca Rotolo, daneben: Ilaria Tremante. Ich presste den Daumen auf den Knopf.

Ilaria öffnete im selben Augenblick. Sie stieß die Tür auf, rief: „Ehh, buona sera!", und bat uns mit einer ausholenden Armbewegung, einzutreten.

Ich muss gestehen, ich war hingerissen von ihrem Aussehen. Sie trug Hosen im Rot der Londoner Busse, eine senfgelbe Leinenbluse und um den Hals eine silberne Kette mit einem glitzernden Stein. Eine Schleife zähmte ihre Mähne und ihre Lippen glänzten.

Sie gab Ralph die Hand und sagte: „Ilaria", mit einem viel zu langen Blick in seine Augen.

Er antwortete artig, charmant und auf Italienisch: „Ralph. Mi tanto piacere."

Sie, unverlegen, wandte sich mir zu, legte beide Hände seitlich an meine Arme, vorsichtig, ätherisch leicht, und hauchte rechts, links, rechts meiner Wangen je einen Kuss in die Luft. Ich erwiderte die Luftküsse mit geschlossenen Augen und sog lustvoll ihr körperwarmes Parfum ein, diese Mixtur aus Weidenrinde, Zitrone und Rosenöl. Ich war überzeugt, ich vermochte dieses Gemisch immer und überall und unter tausenden von Gerüchen zu erkennen und ihr zuzuordnen. Es gelangte durch meine Nase ins Gehirn und dort ins Gedächtnis, wo es, wie ich hoffte, alle Zeiten überdauern würde.

Wir drückten uns an ihr vorbei und warteten im Fahrstuhl. Sie schloss hastig die Haustür und stellte sich neben mich. Im Spiegel sah ich, wie sie Ralphs Adamsapfel fixierte und dazu mit ihren falschen schwarzen Wimpern fächerte. Zittrig. Zaudernd. So verspielt wie nervös.

Der Fahrstuhl ruckte an und beförderte uns gemächlich in den ersten Stock. Die Fahrt dauerte, weil wir uns anschwiegen; mir kam das gelegen, denn hätte sie mich angesprochen, hätte ich in meiner Euphorie dummes Zeug gequasselt.

Die Tür öffnete direkt in die Wohnung.

Ilaria schwebte seitwärts voran und geleitete uns quer durchs großzügige Wohnzimmer hinaus auf die Terrasse, wo ein Mann in einem Rollstuhl saß und rief: „Benvenuto! Benvenuto." Das musste Rotolo sein.

Ich trat zu ihm. Er ergriff meine Rechte mit beiden Händen, taxierte mich abschätzend mit seinem Blick, zog seine Hände rasch zurück und sagte leicht unterkühlt: „Sono Rotolo. Gianluca Rotolo." Die Stimme hatte im Unterton das Schnarren eines Seelöwen, es verschaffte seinen

Worten eine knotige Härte, und das Lachen in seinem Gesicht war wie gemeißelt. Ich spürte, wie seine Aufmerksamkeit, sein Lauern, ja, sein Argwohn meinem Hochgefühl einen Dämpfer versetzten. Ich sagte ernüchtert: „Berger. Julian Berger."

Gegenüber Ralph gab er sich eine Spur gelassener und nach der Begrüßung verlor er keine Zeit. Er rollte zu einem runden Balkontisch, bot uns Stühle an, griff nach einer Flasche Prosecco, entkorkte sie und schenkte ein.

Er trug schwarze Hosen mit Bügelfalten und ein weißes kragenloses Hemd, das seine klassische Bräune betonte. Die Ärmel hatte er umgekrempelt.

Das Licht kam von Kerzen; sie steckten in den vier Laternen in den Ecken der Terrasse.

Wir setzten uns, hoben die Gläser und schauten auf ihn. Er nahm auch diesmal sein Glas mit beiden Händen auf, lehnte sich zurück und sagte auf Italienisch (Ilaria übersetzte): „Schön, dass Sie gekommen sind. Auf Ihre Ferien!"

Wir lachten und tranken.

„Wir sind Ihnen dankbar", begann er, seine Augen waren klein, und er verstand es, einen damit ins Gebet zu nehmen. „Sie haben mit Ihrer Mühe und Ihrem Einsatz unser Leben gerettet!"

„Ich bitte Sie, das hätte jeder getan."

Sein Gesicht zeigte keine Milderung, im Gegenteil, seine Augen verdüsterten sich. „Nein", meinte er entschieden. „Nein, nicht jeder hier im Ort hätte uns geholfen. Umso mehr interessiert mich, warum Sie es getan haben?"

Ich musste mich ganz schön anstrengen, seinen bohrenden Blick auszuhalten, und sagte ausweichend: „Ganz einfach: Ich habe Feuer gerochen."

Er nickte lange.

Eine Hausangestellte servierte das Abendessen. Es begann mit einer Tomatensuppe gefolgt von einem kleinen Teller Spaghetti mit Trüffeln. Danach gab es ein Steak mit verschiedenen Salaten.

Rotolo konzentrierte sich aufs Essen und blieb uns jeden weiteren Kommentar schuldig. Ilaria ergänzte von sich aus: „In Neapel hatte Luca eine Alarmanlage installiert. Wir haben gehofft, hier sei sowas nicht nötig. Wir haben gedacht, dies sei eine friedliche Insel."

Sie sah wiederholt zu ihm hin, meist mit gekrauster Stirn, dann zu mir, gab sich einen Ruck, wandte sich an Ralph und fragte versöhnlich: „Wie gefällt Ihnen die Insel?"

„Gut. Ja", erwiderte er kauend. „Es ist schön am Strand ... auch am Hafen. Der Himmel, wie soll ich sagen ... ", er atmete laut aus, „immer blau, tiefblau ... fast ohne Wolken ... und dieser Vulkan. Eindrucksvoll, wirklich. Die Insel ist wunderschön, mir gefällt's hier."

Sie lächelte, ließ die Spaghetti kalt werden und

fragte stattdessen: „Sind Sie schon oben gewesen? Auf dem Krater? Man kann auf dem Grat spazieren, rundherum, und in den Schlund hinabsehen."

Wir schüttelten die Köpfe: Nein, waren wir nicht.

„Müssen Sie unbedingt!" Sie redete weiter, ungezwungen, lebhaft und mit einem Auge stets bei ihrem Mann im Rollstuhl: „Es gibt Leute, die hoffen, dass er endlos weiterdampft. Das tut er seit seinem letzten Ausbruch und das ist über hundert Jahre her. Die Touristen kommen in erster Linie seinetwegen. Die Stadt, überhaupt alle auf der Insel, leben vom Tourismus. Selbst die Fischer, non è vero, Luca?"

Er bestätigte ihre Frage, und wir mussten zugeben, dass auch wir letztlich wegen des Vulkans angereist waren.

Sie fuhr fort: „Die Experten meinen, er könne jederzeit ausbrechen. Das wäre eine Katastrophe. Das wollen wir nicht hoffen. Wenn er ausbricht, wird es schweflige Asche regnen, sagen die Leute, und flüssige Lava würde ausfließen, massenhaft. Ein glühender Strom könnte sich bilden, der zum Strand hinunterrinnt. Er würde alles niederbrennen und schließlich ins Meer fließen. Auch wenn das ein Schauspiel wäre: Glühende Lava, die auf Wasser trifft – das wäre gleichsam eine Katastrophe." Ihre Nasenflügel blähten sich und ihre Wangen bekamen Farbe, das war sogar im Kerzenlicht zu erkennen.

Von der Terrasse aus, auf der wir saßen, hatte man einen anregenden Überblick. Ich konnte den Vulkan ausmachen – oder besser seine Umrisse. Sie zeigten einen Berg, dem die Spitze fehlte. Er war bedrohlich nah, wirkte wie hingemalt vor dem sternbesetzten Himmel.

Zu sehen war auch unser Hotel: ein paar erleuchtete Fenster und die Lichterkette über dem Eingang und die Bodenstrahler rund um den Gartensitzplatz. Ein Kreuzfahrtschiff lag vor Anker, weit draußen im Meer, die Positionslichter glimmten rot und weiß, und alle Stockwerke, die seitlichen Auf- und Abgänge und das gesamte Oberdeck strotzten vor Helligkeit.

„Ein Vulkanausbruch", fuhr sie in ernsterem Ton fort, „würde noch mehr Wissenschaftler anlocken. Die, die wir kennengelernt haben, sind verdrossene, unmodische Leute. Sie schlafen tagsüber und kraxeln nachts auf dem Vulkan herum und messen mit ihren Geräten das kleinste Rumpeln."

„Die würden die Leute doch warnen, wenn ein Ausbruch droht, oder?", fragte Ralph.

„Oh, die verbreiten ständig irgendwelche Warnungen. Die machen mich richtig nervös. Sie geben monatlich einen Bericht heraus und verbreiten Prognosen mit immer neuen Warnungen. Ich

darf die schon gar nicht mehr lesen. Man be-
kommt den Eindruck, sie hofften sehnlichst darauf, endlich einen Ausbruch zu erleben und ihn
registrieren zu können. Ich bin überzeugt, sie
würden am liebsten die ganze Insel zur Sperrzo-
ne ausrufen. Dann könnten sie ungestört Löcher
in die Erde bohren und überall Sensoren anbrin-
gen. Wenn wir das alles gewusst hätten, wären
wir nicht hergekommen."

Ich konnte sie verstehen. Wie sollte jemand die
Kontrolle behalten über seine Launen, über sein
Gemüt, wenn er auf der Hüfte eines rauchenden
Vulkans wohnte und fortwährend stinkende
Dampfschwaden in der Nase hatte? Waren das
nicht Urängste? Wer schaffte es, abends beden-
kenlos einzuschlafen und morgens hoffnungsvoll
aufzustehen, wenn sein Haus in der Gefahrenzo-
ne stand und drohte, bei einer Jahrhunderterup-
tion in die Luft zu fliegen?

Die Lichter des Kreuzfahrtschiffes brachen sich
in der Glaswand, die auf der Brüstung befestigt
war und die Terrasse bis auf eine Höhe von zwei
Metern umgab. Sie schirmte den Lärm aus den
Gassen ab und hielt die Winde fern. Da wo wir
saßen, war es ruhig und mild. Die Steinplatten,
aufgeheizt durch die Sonne, sorgten für behagli-
che Wärme.

„Wie lange, sagen Sie, wollen Sie hier bleiben?"
Sie ertappte mich. Ich hatte heimlich den nacht-

blauen Horizont zwischen Vulkan und Hotel nach den Konturen des Felsens der Villa Tre Rose abgesucht. Die Villa lag im Dunkeln, deshalb hatte ich sie nicht gleich ausgemacht. Der Fels wurde vom Vulkan nicht verdeckt, er war nah, so unerwartet nah, dass sich in meinem Verstand ein Gedanke formte, ein Gedanke, der mir wie ein Schreck in die Glieder fuhr.

„Vierzehn Tage", sagte Ralph und überbrückte dadurch mein Zögern.

Ich fasste mich und stellte eine Gegenfrage: „Sie sind also beide nicht auf der Insel aufgewachsen?" Je stärker mein Verdacht wurde, desto mehr wollte ich die Unterhaltung auf der Stufe des Belanglosen halten, und so richtete ich die Frage daher an beide.

Ilaria antwortete, ohne Rotolo meine Frage übersetzt zu haben. Sie sagte: „Nein, nein. Luca und ich, wir sind beide in Neapel aufgewachsen."

„Mitten in der Stadt?"

„Ja, warum?"

„Nur so. Ich meine, Sie haben das Leben in einer Stadt wie Neapel gegen das Leben auf dieser Insel eingetauscht."

„Ja." Es folgte eine längere Pause, in der sie der Bediensteten winkte. Sie bat sie, die Teller abzuräumen.

Danach sagte sie: „Wir sind vor einem Jahr hergekommen. Wir haben dieses Haus gekauft, umgebaut und vor sechs Monaten das Geschäft eröffnet." Sie redete deutlich leiser und mit gereizter Stimme.

Ich hörte darüber hinweg und setzte nach: „Und jetzt? Abgesehen vom Vulkan: Sind Sie glücklich hier?"

Sie strich sich eine Strähne aus der Stirn, bettete sie umständlich hinters Ohr und seufzte, als drücke etwas Schweres auf ihre Brust. War sie am Ende nur Luca zuliebe auf die Insel gefolgt?

Er realisierte genau wie ich, dass sie in Verlegenheit geraten war, hob die Augenbrauen und verlangte Aufklärung. Sie neigte sich in seine Richtung und berichtete.

Er hörte zu und schwieg mit grimmiger Miene.

Dann warf ich die Frage ein, ob sie gedachten, die Boutique zu verkaufen und wieder nach Neapel zurückzukehren.

Das traf ihn wie einen Blitz. Er hatte mich anscheinend verstanden, warf Gabel und Messer hin, begann zu schimpfen, klammerte sich an den Armlehnen des Rollstuhls fest und wurde richtig laut: „Ciò che e scandalo!" Er warf, schnell und eisig, einen Stapel von Ausdrücken über den Tisch, die ich nicht verstand, die für mich aber nach Verwünschungen klangen.

Ralph stützte sich auf, er hatte kapiert, um was es ging. Ich brauchte Übersetzungs-Hilfe.

Ilaria übertrug die Gründe für seinen Wutausbruch ins Deutsche: „Sie müssen wissen: Wir werden laufend bedrängt, behindert und belästigt. Seit wir die Boutique eröffnet haben, werden wir belästigt und eingeschüchtert. Jemand hat das Stromkabel durchtrennt und sie haben fünfzehn Tage gebraucht, um es auszuwechseln. Das ist selbst für italienische Verhältnisse lang. Dann ist eine ganze Bande in den Laden gekommen, zehn Leute aufs Mal, einer hat ein T-Shirt gekauft, die anderen haben das reinste Chaos hinterlassen. Einmal ist eine Kiste mit Kleidern verschwunden, aus der Lagerhalle am Hafen. Fast fünfzig Paar Hosen und Gürtel und andere Sachen. Einfach weg. Natürlich hat keiner was gesehen. Vor vier Wochen hat uns jemand mit einem Ziegelstein das Schaufenster eingeworfen. Andere haben dann nachts Abfälle in die Auslage geschmissen. Erdbeersorbet, das bis zum Morgen ausgelaufen ist, vergammeltes Hundefutter, eine Radkette triefend voll Öl." Ihre Stimme begann zu flattern. „Oh, es könnte so friedlich sein, erholsam für mich und heilsam für Luca. Bis jetzt haben sie uns nur bedrängt, aber der Brandanschlag am Sonntagmorgen ... das ist eine gefährliche Steigerung. Ohne Sie wären wir vielleicht tot."

Es war ein komisches Gefühl, ihr in die Augen zu sehen und gesiezt zu werden. Schließlich gab es nichts an ihr, das ich noch nicht gesehen hatte.

Weshalb duzte ich sie im Gegenzug nicht einfach? Ich hatte keine Zeit, darüber nachzudenken, blieb beim Sie und sagte: „Sie haben den Jungen erkannt. Angelo. Wissen Sie warum er das getan hat? Hatte er persönlich etwas gegen die Boutique? Oder hat er vielleicht im Auftrag gehandelt? Ist Ihnen gedroht worden? Gibt es eine Konkurrenz?" Meine Fragen lösten bei ihr ein energisches Kopfschütteln aus, sie wurde richtig laut: „Wir sind die einzige Boutique auf der Insel und haben niemandem was zuleide getan!"

„Haben Sie die Carabinieri eingeschaltet?"

„Ach, die Carabinieri ..." Sie machte eine wegwerfende Handbewegung.

Ralph fragte: „Gibt es auf der Insel keine private Organisation?"

„Wie meinen Sie?"

„Eine Sicherheitsfirma. Leute, die für Ihre Sicherheit sorgen könnten."

Sie stutzte und übersetzte die Frage für Rotolo. Er nahm die Frage auf wie einen gefälschten Geldschein, legte die Hände an die Tischkante und reckte sein Kinn. Mir war sofort klar, was das bedeuten sollte.

Ralph hingegen witterte ein Geschäft. Er suchte allen Ernstes eine Gelegenheit, um auf der Insel und bei Chiara-Sophie bleiben zu können. Er fragte: „Wie viel wäre es Ihnen denn wert?"

Diese Frage verstand Rotolo auch ohne Ilarias

Übersetzungshilfe. Er lachte.

Sie stützte ihre Ellbogen auf und enthüllte uns: „Luca hat einen Freund in Palermo angerufen, der hat uns zwei Männer geschickt. Die sorgen jetzt dafür, dass wir Ruhe haben. Wenn Luca laufen könnte, bräuchten wir keine Hilfe."

Wie es schien, machten wir beide dasselbe dämliche Gesicht.

„Ein Motorradunfall", erklärte sie. „Ein Hund ist ihm vors Rad gelaufen."

Damit, dachte ich, konnte er unmöglich auf eine Stiege oder eine Leiter geklettert sein, um über diese hohe Glaswand hinweg mit einem Jagdgewehr auf einen Mann zu schießen. Doch wenn er es nicht gewesen sein konnte, wer dann?

Wir verabschiedeten uns von ihm, Ilaria begleitete uns hinunter bis vor die Haustür.

War sie die Mörderin? Ich schaute im Aufzug auf ihre Hände. Konnten diese Hände die Büchse gehalten und abgedrückt haben?

In der offenen Haustür, bevor sie uns mit Wangenküssen in die Nacht entließ, sagte sie: „Ihr müsst Gianluca entschuldigen. Wir sind nicht ganz freiwillig aus Neapel weggegangen."

Ralph sagte: „Das habe ich mir fast gedacht."

Um ein Haar hätte ich gefragt: Was hat er denn verbrochen? Doch Ralph war wieder einmal abgeklärter. Er fragte: „Können Sie uns den Grund nennen?"

„Nein", sagte sie, überlegte und wiederholte: „Nein, das kann ich nicht."

„Es war kein Unfall, das mit seinen Beinen, oder?", fragte ich.

Sie holte tief Luft, rang offenbar mit den Tränen und flüsterte: „Sie haben ihm in die Beine geschossen. Versteht ihr? Wir können nicht nach Neapel zurück."

17

Der Himmel und das Meer überboten sich gegenseitig mit ihrem Blau.

Ich schwamm eine halbe Stunde im warmen Meer, setzte mich hinterher an einen Tisch und verzehrte mein Frühstück. Allein – Ralph war schon weg. Nach kurzer Zeit spürte ich dieses Gefühl in der Brust, das vermutlich jeder kannte: Hier und jetzt könnte ich Bäume fällen. Pferde stehlen. Einen wilden Stier reiten. Oder eben einen Verbrecher jagen.

Den Vormittag verbrachte ich mit einem Spaziergang. Ich musste nachdenken und folgte dem Pfad, der über die Klippen den Strand entlang und an Gesteinsbrocken und niederem Buschwerk vorbei führte und beim Leuchtturm endete.

Ilaria, Rotolo, die Villa Tre Rose und der getötete Angelo schwirrten mir durch den Kopf. Je näher ich dem alten Turm kam, desto stärker wurde meine Überzeugung: Der Schuss auf Angelo war von der Boutique und zwar von der Terrasse aus abgefeuert worden. Auf dem Weg zurück zum Hotel beschäftigten mich vor allem zwei Fragen: Wer hatte geschossen? Und weshalb hatte dieser Jemand Angelo erschossen?

Ich überlegte, was ich als Nächstes tun sollte. Es war kaum ratsam, allein mit meiner Überzeugung, dass Angelo von der Terrasse aus erschossen worden war, den Sottotenente aufzusuchen. Ich hatte keinerlei Beweise, und ohne Beweise würde er seinen Apparat nicht in Bewegung setzen, viel eher würde er mich abkanzeln. Bestenfalls wiederholt ermahnen, mich nicht einzumischen.

Wenn ich etwas erreichen wollte, musste ich selbst nach Spuren suchen. Ich musste die Tatwaffe finden und das Motiv für die Tat ausmachen. Wenn ich belastendes Material in der Hand hatte oder wenn ich den Grund für den Mord wüsste könnte ich den Sottotenente vielleicht dazu bringen, einer Zusammenarbeit zuzustimmen. Angelo ließ mir keine Ruhe, immer wieder tauchten die Bilder von ihm, seinem Tod in mir auf.

Und noch jemand ließ mir keine Ruhe: Ilaria.

Ich kehrte gegen Mittag zurück, traf beim Hotel ein und hockte mich in die Bar. Dort trank ich eine ganze Karaffe Wasser, ließ mir einen Espresso geben, stierte ins Regal mit den Grappaflaschen und konnte mich zu nichts entschließen. Bis Ralph eintrat.

Das Weiß seiner Augen war gerötet, die Pupillen riesig, sein Haar wirr, und die Adern auf seiner Stirn und an den Schläfen pulsierten hart. Er stoppte so nah vor mir, dass ich seine Erschütterung und seinen Zorn riechen konnte.

„Ich muss mit dir reden", sagte er, machte kehrt, lief geduckt die Treppen hoch und stürzte in sein Zimmer. So hatte ich ihn noch nie gesehen. Ich musste mich sputen, um ihm auf den Fersen zu bleiben.

Er ließ mich eintreten, versicherte sich, dass uns niemand gefolgt war, verriegelte die Tür und sagte kalt: „Sie ist tot!"

„Warte", sagte ich und schaltete den Fernseher ein. „Jetzt kannst du reden. Wer ist tot?"

Er begann schwer zu atmen: „Chiara-Sophie. Sie haben sie erstochen."

Ich musste mich setzen. Vielleicht hätte ich ihn besser in die Arme genommen, aber ich war schlecht in diesen Dingen.

Im Fernsehen lief eine Quiz-Sendung, geleitet von einer Blondine mit einem Busen aus einem Katalog für Schönheits-Chirurgie.

Er durchstreifte das Zimmer wie ein Bär im Käfig, ballte die Fäuste und kämpfte gegen Weinkrampf und Raserei. Er blieb stehen, richtete sich auf und sagte: „Hier."

Er deutete mit zwei Fingerspitzen knapp unter den Rand seines linken Brustkorbes: „Hier haben sie ihr einen Dolch hineingerammt. Von unten ins Herz. Er steckt bis zum Griff in ihrer Brust."

Er schlug sich mit der Innenseite seiner rechten

Faust an die Brust, legte eine vielsagende Pause ein, fragte dann: „Weißt du, was das heißt?"

Ich nickte, ohne zu wissen, was er meinte.

Er kam einen Schritt näher. „Weißt du, was das heißt?", fragte er schärfer und wiederholte die Bewegung.

„Das heißt", sagte ich, „jemand hat sie ermordet."

„Das heißt", zischte er, „ein Profi hat sie ermordet. Das war ein Auftragsmord. Jemand hat den Auftrag erteilt, ein Profi hat ihn ausgeführt."

Seine Arme machten wilde Bewegungen.

„Das tut mir Leid, Ralph", sagte ich. Weil er schwieg fügte ich an: „Irgendetwas ist faul auf dieser verdammten Insel."

Er drehte sich weg, schnappte nach Luft, schluckte und begann auf und ab zu gehen, dann, etwas gefasster, begann er mehr oder weniger sachlich, die Fakten aufzuzählen. „Sie bewohnt zwei Zimmer im ersten Stock in einem Mehrfamilienhaus. Ein paar Häuser neben dem Hafen. Der winzige Balkon befindet sich über dem Wasser. Man geht durch eine Passage in einen Innenhof, von dort über eine schmale Aussentreppe zur Wohnungstür. Ich steige hinauf und finde die Tür angelehnt. Komisch, denke ich, rufe ihren Namen, stoße die Tür auf – und sehe sie ... sie ... in ihrem Blut."

Er fuhr sich mit der Hand über die Augen, wie

um das Bild loszuwerden, dann fuhr er fort: „Ich habe die Tür untersucht: unversehrt. Keine Spur von Gewalt. Der Schlüssel steckte innen. Sie hatte aufgeschlossen. Ihrem Mörder die Tür geöffnet. Ihn selbst reingelassen."

Wieder gab seine Stimme nach, er schämte sich für seine Tränen und flüchtete kurzerhand ins Bad.

Ich hörte ihn schniefen, dann das Plätschern von Wasser.

Ich wartete und überlegte. Warum Chiara-Sophie? Hatte sie auf eigene Faust ermittelt und Tatsachen in Erfahrung gebracht, die uns geholfen, die uns auf die richtige Spur hätten bringen können? Hatte sie der falschen Person die richtigen Fragen gestellt und war durch ihre Verbindung zu Ralph für Angelos Mörder zur Gefahr geworden?

Oder waren es die Schutzgelderpresser? Würden sie wirklich so weit gehen und die Tochter des Eigentümers der Pizzeria erstechen, um ihn zum Zahlen zu zwingen?

Es war alles so verwirrend, ich konnte keinen Sinn in Chiara-Sophies Tod erkennen.

Halt! Vielleicht suchte ich viel zu weit. Vielleicht bestand gar kein Zusammenhang zu Angelos Tod. Vielleicht hatte sie wegen Ralph ihren Freund versetzt oder war das Opfer einer Beziehungstat geworden.

Er kam zurück mit nassem Haar und wächserner Haut im Gesicht.

Jetzt trat ich an ihn heran und drückte ihn an meine Brust. Ich bekam das Gefühl, er klammere sich an mir fest.

Nach einer Weile sah er mich an, starrte gründlich und länger als mir lieb war in meine Augen, und fragte: „Was ist?"

Seine Gabe, bei seinen Mitmenschen Widersprüche zwischen Gedanken und Körperhaltung zu erraten, war mir schon in der Grundschule aufgefallen. Das schätzte ich an ihm, den anderen war er deshalb nie ganz geheuer.

„Was, wenn es ein Zufall ist?"

„Zufall?"

„Könnte auch ihr Exfreund getan haben."

„Ihr Exfreund?"

„Aus Eifersucht."

„Da liegst du falsch, Julian. Ihr Exfreund hat sie sitzen lassen, schon vor einem Jahr. Er ist nach Rom gezogen und hat sich nie mehr gemeldet. Nein, Julian, für mich steht fest: Ihr Tod hängt mit Angelos Tod zusammen. Vielleicht hat sie herausgefunden, wer Angelo ermordet hat. Oder sie hat herausgefunden, wer es weiss. Es kann kein Zufall sein, dass die beiden Morde mit dem Auftauchen der Schutzgelderpresser zusammenfallen. Verstehst du? Wer auch immer es gewesen ist, sie haben Chiara-Sophie aus dem Weg geschafft, weil sie ihnen gefährlich wurde ... oder um ihrem Vater einen Denkzettel zu verpassen. Egal, welches Motiv derjenige hatte, ich bin überzeugt, da steckt derselbe Verbrecher hinter. Es muss früh am Morgen passiert sein. Ich habe die Tür untersucht. Wie gesagt: Das Schloss ist unbeschädigt. Entweder hat sie ihm geöffnet oder hat vergessen die Tür zu schließen."

Er tappte wieder im Kreis herum und redete vor sich hin: „Vielleicht sind es zwei gewesen. Nein, ich bin mir sogar sicher, sie müssen zu zweit gekommen sein."

Er legte eine Pause ein, überdachte vermutlich die Gründe, die ihn zu diesem Schluss brachten.

Ich dachte derweil wieder an Signora Sempre. Wären ihre beiden Wachmänner im Stande, so etwas zu tun?

Ralph begann laut nachzudenken: „Sie gehen die Treppe hoch. Der eine läutet, der zweite verbirgt sich neben der Tür. Sie äugt durchs Guckloch, sieht den einen, erkennt ihn, schließt auf und lässt ihn rein. Er lenkt sie ab oder hält sie fest. Der zweite, der Profi, tritt ein und sticht zu. Zusammen legen sie sie hin. Dann hauen sie ab. Niemand hat was gesehen, niemand hat was gehört."

Er drehte sich zu mir um: „Sie haben die Wohnung kaum betreten, nichts durchsucht, alles sieht aus wie in meiner Erinnerung: Aufgeräumt.

Ordentlich. Sauber. Sie sind nur aus dem einen Grund gekommen: Chiara-Sophie zu töten. Es liegen keine Sachen herum, keine Kleider, keine Bilder, keine geknackte Schatulle, keine Fotos, Geldkassette oder so. Auch kein Müll. Der Schrank ist geschlossen, die Kissen sind ganz, kein einziges Polster aufgeschlitzt. Sie haben nichts gesucht und vermutlich auch nichts geraubt. Ihr Auftrag hat gelautet: Tötet Chiara-Sophie. Sie haben den Auftrag ausgeführt, lautlos, schnell und gründlich."

Er verstummte. Aus dem Fernseher tönte stürmischer Applaus.

Angewidert öffnete er die Balkontür, atmete die warme Luft ein, fing sich allmählich wieder, schloss den Flügel und sagte gegen die Scheibe: „Sie trägt ihren Morgenrock. Darunter ihr rosa Nachthemd."

Ich ließ Zeit verstreichen, respektvoll, mitfühlend, bis ich ihn fragte: „Und du? Was hast du gemacht? Bist du zu den Carabinieri gegangen, auf die Wache?"

Er schwenkte den ganzen Oberkörper hin und her, sachte, zögerlich und winselte: „Nein."

Ich legte ihm die Hand auf die Schulter. „Hast du den Hausmeister geholt?"

Er blieb beim Winseln: „Nein." Er schluckte und fügte hinzu: „Die werden sie schon finden."

„Wie soll ich das verstehen?"

„Ich habe nichts angerührt."

„Melden, Ralph, du musst es melden!"

Er sah mich an: „Du bist der Erste, dem ich es erzähle."

Das konnte ich nicht gutheißen. Ich trat von ihm weg und sagte scharf: „Mann, Ralph, du bist Polizist, du weißt genau, was zu tun ist."

Er wischte sich mit den Handflächen über die Augen. „Sie hat gesagt, wir machen eine Bootsfahrt rund um die Insel. Ich sollte sie um zehn abholen. Wer weiß, vielleicht hat sie mir was zeigen wollen?" Er legte sich die Hände auf den Hinterkopf und blickte gegen die Decke.

Ich herrschte ihn an: „Das kannst du nicht machen, verdammt nochmal! Stell dir vor, die Mörder haben dich kommen sehen. Sie sind dir gefolgt, haben dich beobachtet und gesehen, dass du sie erkannt hast. Dann bist du der Nächste."

„Ach was!"

„Oder jemand aus dem Haus hat dich dabei beobachtet, wie du in Chiara-Sophies Wohnung herumgeschnüffelt hast. Sie werden es den Carabinieri melden. Die werden dich holen und für den Rest deines Lebens ins Zuchthaus stecken. In Neapel oder Palermo. Ich versteh dich nicht, mit deinem Kneifen bringst du dich nur in Schwierigkeiten."

Ich brauchte eine Atempause, danach sagte ich: „Sieh es ein, du hast einen Fehler gemacht. Dich

209

werden sie einlochen und die Mörder machen weiter."

„Nein!", er erstarrte. „Nein! Diese Schweine dürfen nicht davonkommen. Niemals! Ich muss, nein, ich werde sie finden."

Ehrlich gesagt: Ich konnte ihn verstehen, ich wäre auch nicht zum Sottotenente gelaufen.

„Schlag ein", sagte ich und hielt ihm meine Hand hin, bereit für den Kameradenhandschlag auf Augenhöhe. „Tun wir uns zusammen. Du und ich, wir stoppen diesen Mörder und bringen ihn hinter Gitter. Wer immer es ist – und wenn es zwei sind, dann eben alle beide."

Er schlug ein.

Ich holte zwei Bier aus seiner Minibar, um den Pakt zu besiegeln. Er stand wieder vor der geöffneten Balkontür, die Hände im Nacken; erst lehnte er das Bier ab, dann nahm er die Flasche und trank sie in einem Zug leer.

Kaum hatte ich mein Bier ausgetrunken, fragte er: „Was schlägst du jetzt vor? Willst du, dass ich zum Sottotenente gehe?"

Ich versuchte Ilarias Tonfall nachzuahmen: „Ach, die Carabinieri ..."

Die Erschütterung war aus seinem Gesicht gewichen, aber für einen Scherz war es trotzdem noch zu früh. Trauer und Wut beherrschten nach wie vor sein Inneres.

Ich sagte: „Komm, setz dich."

Er sank in den Fernsehsessel.

Ich nahm einen Stuhl, hockte mich ihm gegenüber und sagte: „Es macht keinen Sinn mehr, zum Sottotenente zu gehen, jemand wird sie gefunden haben. Ich schlage vor, wir gehen zu Ilaria und Rotolo. Ich habe den Verdacht, dass jemand von Rotolos Terrasse aus auf Angelo geschossen hat. Wenn die beiden Morde zusammenhängen, fangen wir am besten dort an: In der Höhle des Löwen."

„Du meinst da, wo wir gestern Abend gegessen haben?"

„Ja. Von Rotolos Terrasse aus gesehen liegt das Haupttor der Villa oben an der Steintreppe innerhalb der Reichweite einer guten Büchse, und der Winkel könnte auch stimmen. Ich frage mich nur, wer geschossen hat und warum. Rotolo kann es schwerlich gewesen sein."

„Wieso meinst du?", fragte er.

„Die Vorstellung, wie der Mann den Rollstuhl verlässt, zum Gewehr greift, auf eine Leiter oder Stiege klettert, sich auf der hohen Glaswand aufstützt und Angelo ins Fadenkreuz nimmt – diese Vorstellung bereitet mir Mühe."

„Wegen der Glaswand?"

„Ja, vor allem."

„Die Wand besteht aus Elementen. Vielleicht lassen sie sich verschieben oder absenken. Hast du nicht erzählt, Ilaria habe sich über die Brüstung gebeugt am Sonntagmorgen? Sie habe Angelo erkannt, hast du gesagt, sie habe seinen Namen gerufen."

Er hatte recht. „Mann", sagte ich. „Du bist gut. Sie hat sich über die Brüstung gebeugt, und da habe ich keine Glaswand gesehen. Die Elemente müssen sich versenken oder schieben lassen."

„Oder aufklappen lassen wie ein Fenster. Gehen wir, sehen wir uns die Terrasse mal genauer an. Wenn wir Glück haben, finden wir auch die Büchse. Du weißt, ich habe ein Auge für Waffenverstecke."

Er griff nach der Fernbedienung und schaltete den Fernseher aus.

Es entstand eine feierliche Stille und in dieser Stille zeigte sich in seinem Gesicht eine furchteinflössende Unerschrockenheit. Er fragte: „Hast du auch einen Plan B?"

„Wozu?"

„Falls sie uns nicht reinlassen."

„Ach so. Nein. Lass uns einfach hingehen", schlug ich vor. „Wenn sie uns den Zutritt verweigern, wird uns gewiss was Neues einfallen."

Unten in der Halle sprach mich die Direktorin an. Sie wollte wissen, ob das Fahrrad mir gehöre, das in der Auffahrt bei der Palme stünde. Ich bejahte ihre Frage und erklärte, ich hätte es bis Ende der Woche gemietet, worauf sie meinte, hinter dem Hotel befinde sich ein Unterstand, sie werde veranlassen, dass es dort untergebracht werde, sonst sei es womöglich plötzlich weg. Zu Ralph sagte sie, der Unterstand sei so gut wie leer, falls er sich für die Woche auch ein Fahrrad mieten wolle.

Er reagierte verzögert, gezwungen freundlich und wies die Vorstellung mit beiden Händen von sich.

Wir verließen das Hotel und sie begleitete uns ins Freie. Sie folgte uns bis zum Ende des Gartens – wahrscheinlich aus Neugier, immerhin wortlos –, blieb neben dem Fahrrad stehen und wollte danach greifen. Ich kam ihr zuvor, schob es hinters Haus und wie ich zurückkam, stand sie immer noch da, offensichtlich immun gegenüber dem Gequassel der Strandgäste.

Ich sagte, ich hätte den Unterstand gefunden und marschierte mit Ralph Richtung Stadt. Ich drehte mich nach ihr um und bekam den Eindruck, dass sie auf der Stelle verharrte, um zu sehen, ob wir zum Ilaria Store einschwenken oder daran vorbei gehen würden. Sie interessierte sich für uns mehr, als mir lieb war.

18

Die Insel wurde von der Sonne gemartert. Die Palmen welkten, ihre Wedel hingen schlaff herab, das Unkraut im Brachland neben der Strasse sah verdorrt und verstaubt aus, Kakteen standen verloren herum, schrumpelig und gelb. Über dem Asphalt flimmerte die Luft.

Meine Sandalen wirbelten bei jedem Schritt Vulkanstaub auf. Das Zeug blieb an meinen verschwitzten Waden kleben und begann sich von den Knöcheln an aufwärts zu verkrusten und zu jucken.

Doch es störte mich kaum. Die Aussicht auf ein Wiedersehen mit Ilaria einerseits und das Durchsuchen ihrer Wohnung zusammen mit Ralph andererseits versetzte mich in eine kühne Unruhe.

Wir wollten die beiden privat besuchen und begaben uns daher gleich zum Seiteneingang. Ralph klingelte.

Diesmal öffnete Rotolo die Tür. „Hallo!", rief er, lachte aufgesetzt, hieß uns willkommen und übersah unsere finsteren Absichten dank seines kategorischen Stolzes. Dieser Stolz, den ich am ersten Abend für beispielhafte Würde gehalten hatte, und seine Geschliffenheit nahmen meinem

Antrieb fast den gesamten Schwung.

Er griff in die Handläufe seines Rollstuhls, balancierte sich über die Schwelle, behände und leicht, rollte zwischen uns durch, glitt die Rampe hinab und rumpelte auf dem Betonweg durch den Garten zur Gestade. Ohne anzuhalten oder sich nach uns umzudrehen, rief er: „Vendite! Vendite!"

Er trug kurze, sandfarbene Hosen und ein kurzärmliges Safarihemd und sein Haar hatte im Licht der Nachmittagssonne den silbernen Glanz von Quecksilber.

Ilaria erschien in der Tür. Sie trug ein ärmelloses Sommerkleid, tat hocherfreut, stellte eine Kühlbox und eine Tasche neben sich auf den Boden und begrüßte uns mit Wangenküssen.

„Ihr kommt gerade recht. Lust auf ein Bad im Meer? Wir fahren mit unserem Boot zur Südspitze, kommt ihr mit? Ihr seid eingeladen."

„Wir müssen dich was fragen", warf ich ein.

„Kein Problem", sagte sie frei heraus und fuhr fort: „Erst schwimmen wir, danach haben wir Zeit zum Reden. Auf dem Boot ist Platz genug. Und ich habe Getränke dabei."

Sie gab Ralph die Tasche, drückte mir die Kühlbox in die Arme und rief: „Geht schon mal vor, ich hole schnell noch zwei neue Badehosen aus dem Shop."

Ich streckte meine freie Hand aus, um sie zurückzuhalten, griff ins Leere und musste dabei zusehen, wie sie mit vollem Eifer in die Tiefe des Hauses entwischte.

Ich erinnerte mich an unseren Plan und schaute zu Ralph.

„Was meinst du?", fragte ich.

Er zuckte mit den Schultern. Das sollte wohl heißen, er sei nicht dagegen. Sein Gesicht sah zwar verschlossen aus, aber er hielt die Tasche mit beiden Händen und wandte sich langsam in Richtung des Betonweges, auf dem Rotolo dahingerollt war. Mir fiel ein, dass ihm auf dem Fischerboot übel geworden war. Vielleicht hatte er das bereits wieder vergessen, jedenfalls hinderte seine Unverträglichkeit gegenüber dem Schlingern und Schaukeln auf See ihn nicht daran, mitzugehen. Und die Verlockung, mit Ilaria im Meer zu schwimmen, war so groß, dass ich mich ihm anschloss.

Zur Beruhigung sagte ich: „Eine Abkühlung wird uns gut tun", und hoffte, die Einladung beinhalte den Ausklang des Abends auf ihrer Terrasse. In diesem Fall brauchten wir keinen Plan B, wir mussten unsere Erkundigungen bloß aufschieben. Ich suchte eine Gelegenheit, Ralph meine Annahme mitzuteilen, doch der lief schon voraus und trug die Tasche brav durch den Garten bis zur Anlegestelle.

Der Betonweg endete direkt am Meer. Ich stellte

mich neben ihn und flüsterte, auf dem Schiff bräuchten wir keine Fragen zu stellen, wir könnten die beiden später, nach dem Ausflug ausquetschen. Wir müssten nur einen Weg finden, um nach der Rückkehr mit ihnen ins Haus eingeladen zu werden.

Diesmal nickte er deutlich zustimmend.

Es gab seitlich, leicht erhöht, einen Laternenpfahl und wenige Schritte abseits einen Geräteschuppen, vermutlich für Ersatzsegel, Taue, Riemen, Bojen, Werkzeug, Schwimmwesten und so weiter. Der Pier bot Platz für drei Schiffe. Links schaukelte eine Sportyacht mit zwei Masten, rechts dümpelte ein schwarzes Schlauchboot mit Außenbordmotor und in der Mitte rieb sich ein Motorschiff an den Abweisdalben.

Das Schiff war das, was die Deutschen eine Barkasse nannten: ein längliches Passagierschiff mit hohen, rostroten Bordwänden und einer soliden Kabine mit Platz für vielleicht fünfzehn Personen. Die Maschine brummte, der Qualm brannte in der Nase wie der Rauch einer brennenden Zeitung.

Vor Jahren hatte mich in Südfrankreich ein ähnliches Schiff, ein Hochseetaxi, zusammen mit sechs anderen Passagieren vom Festland auf die Insel Porquerolles übergesetzt. Nach dem Sonnenuntergang legten wir ab, trotz Sturmwarnung. Das Taxi pflügte mit seinem hohen Bug durch die Wogen und teilte mannshohe Brecher mit dem stoischen Nachdruck eines Eisbrechers. Orkanartige Böen rüttelten am Verschlag. Regen trommelte aufs Blechdach. Wasser floss über die Fenster. Eine Welle nach der anderen brach übers Deck. Jeder trug eine Schwimmweste, und bis auf den Steuermann glaubte keiner an ein heiles Eintreffen im Inselhafen. Er hielt den Kurs, ohne die Zigarette aus dem Mund zu nehmen. In jener Kabine gab es vier Bänke zu vier Sitzplätzen, doch bei dem wilden Ritt mochte niemand sitzen. Plötzlich entlud sich über der Insel vor uns ein fetter Blitz mit unzähligen Verästelungen. Sein Leuchten erhellte die käsebleichen Gesichter und sein Donner erschreckte alle bis ins Mark. Am Ende hatte nicht ein Tropfen Wasser den Weg in den Schiffsraum gefunden, und erleichtert und trocken trafen wir im Inselhafen ein.

Rotolos Motorschiff war dem Anschein nach ein ausgemustertes Exemplar aus der Serie dieser Schiffe.

Ein Mann in einem weißen T-Shirt und mit weißen Hosen trat aus der Kabine des Motorschiffs und kam über den Steg zu uns auf den Rasen herunter. Er half Rotolo aus dem Rollstuhl und hielt ihm einen Stock hin. Selbst auf den Stock gestützt und in gebeugter Haltung überragte der Herr seinen Helfer. Er wankte zum Steg, gelangte mit eigener Kraft hoch aufs Deck und verschwand in der Kabine.

Sein Helfer – oder besser Pfleger – parkte den Rollstuhl abseits des Weges beim Laternenpfahl und forderte uns auf, ebenfalls an Bord zu gehen.

Ich hörte ein leises Schwirren: Drei Möwen stürzten in Dreiecksformation aus dem Himmel, bogen scharf ab, flitzten zwischen den Schiffen hindurch zurück aufs Meer hinaus und schraubten sich wieder hoch in den blauen Himmel.

Der Pfleger löste das Tau, half Ilaria zuzusteigen, zog den Steg an Land, schwang sich aufs Vorderdeck, gab Rotolo einen Wink und wickelte das Tau um die beiden Poller wie ein gelernter Seemann.

Rotolo saß hinter dem Steuer, telefonierte und bewegte mit der freien Hand einen roten Knauf. Der Diesel reagierte, drehte eifriger, die Schraube schob uns an und hinterließ eine dunkle Suppe im winzigen Hafenbecken.

Ilaria hatte für uns neue Badehosen mitgebracht, schicke schwarze Shorts. Sie breitete ein Tuch aus und spannte es quer vor die hintere Kabinenecke; ich verdrückte mich dahinter, zog die verschwitzten Straßenkleider aus und die Badehose an. Ralph tat es mir gleich und auch Ilaria schälte sich aus ihrem Kleid, sie kam in einem rot-gelb gestreiften Bikini wieder zum Vorschein.

Rotolo steuerte die Barkasse in einem gemächlichen Tempo Richtung Südspitze, Ralph und ich lehnten am Fenster und betrachteten das langsame Vorbeidrehen der Vulkaninsel. Auf der Höhe des Anlegerhafens kreuzten wir die Spur der Fähre und zerschnitten deren Bugwellen.

Es war laut und stickig in der Kabine. Ich wechselte während der ganzen Stunde kein Wort mit niemandem. Die anderen schwiegen ebenso.

Vor der Südspitze lenkte Rotolo das Schiff bis auf fünfzig Meter vor ein turmhohes Felsmassiv und schaltete den Motor ab. Der Pfleger ging an Deck zur Bugspitze und warf den Anker aus. Das Ding sauste in die Tiefe und riss eine Unmenge Seil hinter sich her, bis er auf dem Grund aufsetzte. Ich fragte mich, ob ein Anker in dieser Tiefe ein Schiff dieser Größe vor einer Kollision mit dem nahen Ufer zu bewahren vermochte.

Anscheinend machte sich der Pfleger dieselbe Überlegung. Nach einer kurzen Rücksprache mit Rotolo überprüfte er den Knoten, ohne etwas zu ändern. Er hatte meinen skeptischen Blick aufgefangen, kam zu mir und sprach mich an. Ralph, der daneben stand, übersetzte: „Keine Sorge, wir befinden uns hier an einer windgeschützten Stelle und es gibt praktisch keine Strömung. Das Wasser ist klar und sauber, man sieht fast bis auf den Grund, obschon es mindestens fünfzig Meter tief ist. Ein idealer Platz zum Schwimmen", schickte er lachend hinterher.

Der Pfleger wartete nicht auf eine Antwort oder eine Bestätigung. Er grapschte zwei Dosen Bier aus der Kühlbox, gab Rotolo eine und behielt die zweite.

Ilaria küsste Rotolo, wanderte zum Heck, winkte uns zu und hüpfte über die Bordwand. Ich sah zu Rotolo. Er trank einen Schluck Bier, zog die Augenbrauen hoch und schwenkte seine Bierdose Richtung Felsen. Ich empfand das als Aufforderung, ging zum Heck und stürzte mich ebenfalls – kopfvoran – ins Meer.

Seitlich am Heck hing eine Stiege mit weißen Tritten und einem Handlauf aus blankem Stahl. Damit konnte man nach dem Schwimmen bequem zurück an Bord klettern. Ralph benutzte die Stiege für die entgegengesetzte Richtung. Er stieg hinab und glitt geräuschlos ins Wasser.

Ilaria schwamm zügig Richtung Felsen davon. Wenige Meter davor tauchte sie mehrmals ab, zeigte uns die Richtung und forderte uns auf, ihr zu folgen.

Wir tauchten ihr nach.

Sie schwamm auf einen Höhleneingang zu und wir folgten ihr. Die Stirnseite des Eingangs lag einen halben Meter unter Wasser, der Eingang selbst war groß wie ein Scheunentor. Ich tauchte zuerst nochmal auf, holte Luft, tauchte unter und brauchte fünf oder sechs Schwimmzüge, bis ich in eine Höhle gelangte.

Was heißt Höhle, es war eine Kathedrale. Der Hohlraum war so riesig, dass die Kapelle der Insel darin Platz gefunden hätte – samt Glockenturm. Es gluckste, plätscherte, tropfte und hallte. Das Licht war ohne Kraft und Glanz, es schimmerte durch den Zugang herein und sickerte aus einem Spalt irgendwo hoch in der Decke. Die Luft war ein Genuss. Jeder Atemzug erquickte. Dazu kam diese prickelnde Frische des stillen Wassers.

Ilaria schnalzte mit der Zunge. Wir schwammen leise und mit ruhigen Bewegungen im Kreis und vernahmen das Echo des Schnalzens mehrfach und deutlich. Die Decke ließ sich nur erahnen und die Wände fielen steil ab und boten auf den ersten Blick weder eine Kante noch einen Sims, wo man hätte Halt finden, hochklettern und ins Wasser zurück springen können. Den Höhlenboden konnte ich auch nicht ausmachen. Trotz des klaren kupferfarbenen Wassers war kein Grund sichtbar.

Der Besuch in der Höhle bewirkte in mir ein Gefühl des Glücks, Ralph fand hingegen keinen Trost. Im Gegenteil, er sah bedauernswerter aus denn je und drängte schon nach kurzer Zeit zurück zum Schiff. Nur seinetwegen unterließ ich den Versuch, Ilaria zu küssen.

Kaum waren wir wieder draußen, sah ich das schwarze Schlauchboot. Es war mit einem Seil am Heck der Barkasse vertäut und berührte ab und an die eiserne Bordwand.

Rotolo hockte im Schlauchboot, allein, mit dem Rücken in der schnabelartigen Spitze, die Arme weit ausgebreitet. Die Hände lagen entspannt auf dem schwarzen prallen Gummi.

Sein teuflisches Grinsen ließ mich Böses ahnen.

19

Die Sonne war weg. Der Himmel verdunkelte sich rasch und am Horizont verdichteten sich flammrote Nebelschleier.

Rotolo wartete auf die Rückfahrt wie ein Mann mit einer Mission. Ilaria kraulte in seine Nähe und rief ihm aus dem Wasser aus etwas zu. Seine Antwort auf ihre Frage war eine resolut vorgebrachte, stumme Verneinung.

Auf der Barkasse waren die Lichter angegangen. Ralph und ich kletterten die Stiege hoch und trafen auf den Pfleger. Er saß rauchend auf einer Abdeckung außerhalb der Kabine und sah angewidert dabei zu, wie wir tropfnass über die Bordkante stiegen. Ich wollte, dass Ralph ihn fragte, was los sei, doch der Mann ließ uns keine Zeit. Er stand auf, schnippte die Zigarette weg und versagte Ilaria, die nachkommen wollte, den Einstieg aufs Schiff. Er forderte sie unerwartet schroff auf, sich ins Schlauchboot zu verziehen, drehte sich zu uns um und überraschte uns mit einer Pistole. Den Lauf richtete er genau auf mein Herz.

Ich zwang mich, locker zu bleiben, und versuchte in seiner Visage den Grad seiner Verwegenheit zu lesen, während ich in meinen Augenwinkeln registrierte, wie Ralph sich behutsam die Nässe von seinen Händen streifte und unauffällig eine sprungbereite Position einnahm. Ich ließ meine Hände unten und sagte: „Was soll das? Tun Sie das Ding weg!"

Er gab keine Antwort, weder eine Warnung, noch ein Kommando, er schwieg beharrlich und verfolgte mit kalten, verengten Augen jede meiner kleinsten Bewegungen. Wir standen zwei Armlängen voneinander entfernt. Diese Nähe, überhaupt der beschränkte Platz an Deck, verschaffte mir das Gefühl, wir seien im Vorteil. Zudem galt sein Interesse ausschließlich mir, Ralph beachtete er scheinbar nicht weiter. Ich war aufs Höchste gespannt und versuchte eine Gelegenheit abzupassen, eine falsche Bewegung seinerseits, um mich auf ihn zu stürzen und ihm das Schießeisen aus der Hand zu schlagen. Ein Tritt, zwei Handgriffe und ein Hüftschwung, dazu Ralphs Beistand, falls der Kerl die Kniffe kannte. Wir hatten die gegenseitige Unterstützung im Polizeidienst verschiedene Male geübt und ich wusste: Auf Ralph war hundert Prozent Verlass. Wir hatten nur den zweiten Mann übersehen, den, der mit dem Schlauchboot hergekommen sein musste. Er streckte in diesem Moment seinen Kopf aus der Kabine bohrte Ralph den Lauf seiner Pistole ins Kreuz und krächzte: „Attenzione!"

Sowie er sich aus der Kabine wagte – er war lang, drahtig und verschwitzt –, nahm meine Nase seinen Geruch auf: Er stank nach Essig.

Ich bekam Gänsehaut am ganzen Körper.

Beide hielten Berettas in ihren Fäusten. Fabrikneue 92er FUSION, wenn ich mich nicht täuschte. Dieses Modell mit seiner futuristischen Linie sei eine äußerst präzise Waffe mit hoher Durchschlagskraft, hatte ich jüngst in einem Testbericht gelesen. Oder anders ausgedrückt: Wir steckten in der Klemme.

Sie diktierten uns in die Kabine, der Pfleger versetzte der Tür einen Tritt, drehte den Schlüssel und kontrollierte, ob sie verriegelt war.

Ein flüchtiger Blick ringsum zeigte mir, dass sie die Kabine leergeräumt hatten. Kleider, Schuhe, Tuch, Kühlbox, Tasche: Alles weg, nichts hatten sie dagelassen.

Durch das Türfenster verfolgten wir, wie die beiden Männer umständlich über die Stiege ins Schlauchboot wechselten und Rotolo Bescheid gaben. Ilaria kniete neben ihm. Sie hüllte sich in ein großes gelbes Badetuch, zog sich einen Zipfel über ihr Haupt und bedeckte das Gesicht. Der Lange warf den Außenbordmotor an und ließ ihn tackern, während der Pfleger sich weit über den Rand des Schlauchboots beugte, nach der Stiege griff, irgendwelche Halterungen, Riegel oder

Klinken löste, mit Kraft daran rüttelte, die ganze Vorrichtung aushängte und sie dem Meer übergab. Rotolo steckte ihm etwas zu, das selbst im Dämmerlicht unschwer zu erkennen war: Eine Granate.

Der Pfleger entsicherte das Ding, zog den Abzug vor unseren Augen und stopfte, nein, pfefferte es durch ein Loch oder einen Spalt in der Bordwand. Ein Loch, das wir nicht sehen konnten und das vermutlich von der Stiege verdeckt worden war. Was wir zu hören bekamen, war ein eisernes Poltern: Die Granate kullerte im Rumpf ein Stück vor und dann wieder zurück.

Im selben Moment drehte der Lange den Gashahn bis zum Anschlag auf. Der Außenbordmotor fauchte und spuckte und blies eine blaue Wolke aus, das Schlauchboot bäumte sich auf und brauste über die Wellen davon, wie ein fliehendes Pferd.

Rotolo sah ein letztes Mal zu uns hoch, die Arme verschränkt und das Gesicht zu einer diabolischen Fratze verzogen.

Die Detonation war dumpf und weniger heftig als befürchtet.

Die Lichter erloschen. Das Heck wurde angehoben, das Schiff erzitterte, legte sich zur Seite, drohte zu kentern, legte sich zurück, dann sackte das Heck ab – und sank.

Wir stürzten uns mit Gewalt auf die Tür, um sie

aufzubrechen.

Das Heck sank gnadenlos. Bald lag die Tür zur Hälfte unter dem Wasserspiegel; es entstand Druck von außen, der ein Öffnen unmöglich machte. Das Stehen in der Kabine wurde ab dieser Schräglage immer schwieriger.

Anfangs sank das Schiff mit dem Rauschen eines Toilettenspülkastens, später wandelte sich das Rauschen zu einem Gurgeln und noch später zu einem Blubbern.

Wir kletterten auf die Bänke, von dort nahm ich mir ein Seitenfenster vor und stampfte mit dem Fuß gegen das Glas. Ralph versuchte die Bodenklappe zu öffnen. „Wenn wir Glück haben", keuchte er, „liegen da unten Werkzeuge rum."

Ich stemmte beide Füße gegen die Scheibe, was nicht leicht war liegend von einer Bank aus, die eine glatte, glitschige Sitzfläche, eine federnde Rückenlehne und einen billigen Handgriff auf der Gangseite hatte, bis auch dieses Fenster unter Wasser lag.

Beim Zusteigen hatte ich gefröstelt, mittlerweile war mir heiß und ich war nass, wie nach einem Platzregen. Und fertig war ich auch, körperlich und nervlich. Ich brauchte eine Verschnaufpause und fragte: „Warum haben sie uns nicht einfach erschossen?"

Die Bodenklappe widerstand Ralphs Attacken. Er gab es auf, hievte sich zwei Bänke höher, schnappte nach Luft und sagte: „Um Munition zu sparen."

„Was?"

„Falls wir zurückkommen."

„Ach so. Natürlich. Falls wir je hier rauskommen."

Die Barkasse kippte übers Heck weg. Sie sank, langsam, bis nur noch die Bugspitze aus dem Wasser ragte und senkrecht in den sternenbesetzten Himmel zeigte.

Sehen konnte ich so gut wie nichts, die stockfinstere Umgebung schluckte das Licht der Sterne, das durch das Frontfenster rieselte. Das Meer wurde in der Nacht zu einem furchterregenden, widerwärtigen Ungeheuer.

Ich warf mich mit dem Rücken aufwärts gegen das letzte Fenster, das über dem Wasserspiegel lag: die Frontscheibe. Ralph klammerte sich ans Steuer und half mit. Weil weder Drücken, Hiebe noch Stöße mit unseren nackten Füssen etwas brachten, begann ich an der Gummidichtung zu schaben. Ich pulte und kratzte und versuchte sogar, den Rand mit den Zähnen zu packen. Es war zwecklos.

„Es muss uns was einfallen, sonst werden wir diese verdammte Zelle niemals knacken", rief Ralph. Er lag auf der Rückenlehne einer Bank und klang gleichsam bestürzt und verzagt. Ich fühlte mich selbst hilflos, eingekerkert in einem

Todeskäfig, der uns über kurz oder lang in die völlige Dunkelheit hinabreißen und unweit des Ankers zur ewigen Ruhe zwingen würde.

Es fiel mir nicht auf, dass das Blubbern leiser geworden war, harmloser und schwächer, ich stutzte erst, als es gänzlich erlahmte. Anscheinend stagnierten wir in der Schwebe, haarscharf vor der tödlichen Abfahrt.

Es drang Wasser in die Kabine ein. Unten, dort, wo sich die Tür befand, stand es knöcheltief. Ich tastete die Seitenfenster ab, nirgends spritzte Wasser herein. Wir schwammen wie eine Boje im Wasser – fürs Erste.

Schließlich fand ich das Leck, es war das Türschloss. Mit der Hand konnte ich unter Wasser ein Sprudeln ausmachen.

„Wir haben etwas Zeit", sagte ich.

„Heißt das, wir werden nicht ertrinken, sondern ersticken? Ein schöner Trost", hörte ich Ralph sagen. Er hatte eine belegte Stimme, möglicherweise weinte er. Minutenlang hatte er Flüche und abscheuliche Verwünschungen ausgestoßen, während ich mich durch den schlimmsten Wutausbruch meines Lebens gequält hatte. Wir wollten beide nicht sterben, nicht auf diese erbärmliche Weise. Wir befanden uns keine fünfzig Meter vom Ufer entfernt.

Statt weiterzukämpfen hing ich erschöpft in der Rückenlehne der untersten Bank. Ich bekam einen Rappel. Ich bekam einen Rappel, wie man ihn nur haben konnte, wenn man sich die Schuld für eine aussichtslose Situation selbst zuschreiben musste. In diesem Moment hörte ich eine Nähmaschine surren. Ralph fragte von oben: „Hörst du das?"

Ich lauschte. Das Surren kam näher, bis etwas gegen das Kabinendach prallte, danach wurde es still. Kurz darauf schaukelte unser Schiff, jemand war aufgesprungen.

20

Ich blickte hoch und sah einen Schatten über dem Frontfenster, fast gleichzeitig hörte ich einen Schlag auf Glas.

Ralph rief: „Julian, pass auf deine Augen auf!"

Ich beugte mich vornüber, hielt die Hände vors Gesicht. Ein Knall zerriss mir schier den Schädel, Glasscherben prasselten auf mich herab und ein kühler Windhauch streifte meinen Körper.

Ein paar Schläge folgten, dann entstand eine künstliche Ruhe; sie wurde unterbrochen von einer Baritonstimme, die ausnehmend deutlich zu uns sprach: „Sono tardi. Scusi! Sono tardi, per que non e rapido, mio battello." Und weiter: „Ma: Vieni!"

Ich wollte hinaufschauen, aber der helle Strahl einer Lampe blendete mich.

Ralph rief: „Julian, komm raus hier, schnell!"

Die Barkasse wankte, das Licht erlosch. Ich schwang mich hoch, von Bank zu Bank, sah eine Hand im eingeschlagenen Frontfenster, packte das Handgelenk mit beiden Händen und stieß mich mit den Füßen ab. Im Nu war ich draußen, nicht ohne Schnitte und Kratzer an Bauch und Oberschenkel von den Splittern am Fensterrahmen, aber immerhin am Leben.

Die rettende Hand gehörte einem Mann, den ich nie zuvor gesehen hatte. Ich ließ ihn los und rieb mir die Augen, geschwind wurde mir klar: Wir waren befreit, erlöst, gerettet!

Er zeigte auf einen flachen Kahn: „Mio Battello."

Ralph stand drin, hielt sich an einem Dachpfosten fest und winkte: „Nun mach schon, Julian, spring!"

Meine Füße tasteten nach einem sicheren, scherbenfreien Halt auf einer Verstrebung der Kabine, mit den Händen klammerte ich mich an den Fahnenmast in der Bugspitze und sagte: „Ich muss erst durchatmen, ja?"

„Spring endlich rüber, sonst ersaufen wir alle drei", den ersten Teil des Satzes brüllte, den zweiten flüsterte er, weil der Mann die Hand erhoben und gezischt hatte: „Sch-sch, prego!"

Er hatte recht. Die Insel war zum Greifen nah und wenn sich jemand auf dem Felsen herumtrieb, hätte er Ralphs Stimme gehört und sich gewundert.

Es war eine stille, klare Nacht und nie war mir das Firmament heller, prächtiger und ausgedehnter vorgekommen, und vor allem: schöner. Das Meer spiegelte diese Sternenpracht millionenfach auf seinen harmlosen Wellen wider. Der Mond fehlte, vermutlich steckte er hinter dem Felsen. Wer sonst würde die Konturen des Felsens mit Perlglanzpulver überstreuen und es gleichzeitig so herrlich zum Fluoreszieren bringen?

Der Mann setzte sich im Kahn an den Außenbordmotor. Es war ein Aluminiumboot, leicht, flach und offen wie ein Dschungelkahn mit einer Strebe in jeder Ecke und einem waagerechten Solardach. Ralph stellte ihm eine Frage, leise und auf Italienisch, der Mann blieb ihm die Antwort schuldig; er hielt ein Tauende straff in der Hand und dadurch die Stirn des Kahns an der Barkasse, und wartete auf mich.

Ich sprang hinüber und landete weich.

Der Mann warf das Tau ins Wasser, holte es vom anderen Ende her wieder ein und betätigte einen Schalter. Da hörte ich es wieder, dieses Surren wie von einer Nähmaschine, und begriff: Ein Elektromotor drehte die Schiffsschraube.

Die Beschleunigung war bescheiden, die Geschwindigkeit mäßig, die Richtung egal, Hauptsache weg von der Barkasse.

Wir schipperten das Ufer entlang und überließen das Schiff, das um ein Haar zu unserem Sarg geworden wäre, seinem Schicksal.

Ich dankte dem Mann. Ich hätte ihn umarmt, wenn er nicht darauf bedacht gewesen wäre, möglichst rasch wegzukommen.

Ralph hüllte sich bis über beide Ohren in eine Decke, setzte sich auf die Längsbank, zog die Füße an, schlug die Decke darüber und schloss die Augen.

Der Mann zupfte eine ähnliche Decke aus einer Sporttasche und murmelte: „Per lei."

An meinem Bauch und den Beinen machten sich die Schürf- und Schnittwunden bemerkbar und begannen zu brennen, zudem kühlte der Fahrtwind meinen schweißnassen Körper unter die noch zu ertragende Grenze, daher war ich froh über das Angebot. Ich nahm die Decke und schwang sie über meine Schultern. Ich mummte mich anständig ein, setzte mich auf die andere Längsbank – Ralph gegenüber –, zog meine Füße an und hüllte sie mit der Decke ein.

Der Mann schob eine Kühlbox über den Boden, bis ich sie erreichen konnte. Ich hob den Deckel. Eine Thermosflasche und ein halbes Dutzend Trinkbecher lagen darin, ich goss Ralph und mir von dem Getränk ein.

Kaffee. Es war starker, brühend-heißer, herrlich schmeckender, leicht gesüßter Kaffee. Ich wärmte mir die Finger am Becher und genoss die Überraschung in endlosen winzigen Schlucken. Selbstverständlich bot ich dem Mann auch einen Kaffee an. Er lehnte ab, wollte auf keinen Fall mittrinken und lachte friedlich: „No, no. Per lei."

Also leerte ich den Inhalt und teilte den letzten Rest unter uns auf.

Wir legten die Sachen in die Box, Ralph schloss den Deckel und ich blickte verstohlen zurück. Die Bugspitze der Barkasse war nirgends mehr zu sehen. Das Meer lag glatt und friedlich da.

Der Mann lieh mir ein Päckchen Zigaretten, das Feuerzeug steckte zwischen den Glimmstängeln. Ich nahm mir einen, reichte das Päckchen an Ralph weiter, rauchte und dachte nach: Der Mann. Sein Battello. Die sauberen Decken. Der für Italien untypische Kaffee. Die Zigaretten. Das alles konnte kein Zufall sein! Er musste den Auftrag erhalten haben, uns zu suchen und wenn nötig beizustehen!

„Wer ist das? Kennst du den Mann?", fragte ich leise.

Ralph flüsterte, ohne die Augen aufzuschlagen: „Nein, nie gesehen."

„Was meinst du, was er vorhat?"

„Er wird uns den Löwen zum Fraß vorwerfen, was sonst?"

„Eins ist sicher, er ist nicht zufällig da draußen vorbeigefahren. Er hat einen Auftrag ausgeführt. Keiner von uns kennt ihn, er hingegen weiß, wer wir sind. Er hat gewusst – oder zumindest vermutet –, wo er uns suchen muss, und hat extra Werkzeug und Taschenlampe eingepackt."

„Sieht er aus wie ein Laufbursche oder ein

Handlanger?"

„Mhh, nein."

„Noch was: Wir fahren nicht zurück, sondern weiter um die Insel herum."

„Ist mir auch aufgefallen."

„Dort, siehst du den kreisenden Scheinwerfer? Das ist der alte Leuchtturm. Ich bin gestern Vormittag dort spazieren gegangen."

Zweihundert Meter vor dem Leuchtturm drehte der Mann ab und hielt Kurs auf die Insel.

Jetzt hatte ich genug Licht, um mir den Mann anzusehen. Er hatte die Vierzig überschritten. Er besaß ein rundliches Gesicht, einen graumelierten Bart, gestutzt und gepflegt, breite Hände, die Haltung und den Körper eines Sportseglers und muntere, leicht spöttische Augen. Er trug kurze Jeans, ein Polohemd in Übergröße, das seine Muskeln kaschierte, und eine Dockermütze.

Er verlangsamte und dirigierte den Kahn durch eine schmale Passage in ein Meerbecken in der Größe eines Fußballfeldes. Dort erhöhte er die Drehzahl wieder kräftig und trieb dadurch den Bug ein gutes Stück den Sand hoch.

„There we are", sagte er.

Wir verließen das Battello, die Decken behielten wir um.

Zwei Hunde hatten auf ihn gewartet, sie begrüßten uns, beschnupperten unsere Hände, Beine, Füße; abwechselnd, rastlos und ohne die geringste Feindseligkeit. Sie sahen aus wie aus demselben Wurf, hatten helles krauses Fell, Schlappohren und ungefähr die Größe eines mittleren Pudels.

Der Mann klappte den Motor ein, schaltete die Elektronik ab, stieg aus, stellte die Kühlbox in den Sand und zog den Kahn ohne unsere Hilfe vollständig aus dem Wasser. Die Art, wie er das mühelos und in einem Zug schaffte, zeigte, dass er Kraft haben musste wie ein Ochse. Dann sicherte er den Kahn mit einem Stahlseil, das an einem Baum festgemacht war.

Die Hunde mussten sich gedulden, bis er die Landungsarbeiten beendet hatte, schließlich kniete er sich in den Sand, fing sie mit beiden Armen auf und tuschelte: „Bravo, Freccetta! Lucido, bravo!", und was man so zu Hunden sagt. Er drückte sie, wie es sich jedes Kind von seinem Vater gewünscht hätte.

Ich sah mich um. Der Mond – hinter dem Felsen hervorgekommen, mehr als zur Hälfte voll und im Status zunehmend – leuchtete die Stätte soweit aus, dass ich mir ein Bild machen konnte: Der Strand maß etwa hundert Schritte in der Länge. Eine begehbare Sandbank lief ins Meer hinaus und in einem Bogen wieder zurück; sie schloss das hübsche Meerbecken ein wie eine Sichel.

Bäume und undurchdringliches Unterholz begrenzten den Strand zur Insel hin. In einer Ecke standen ein Bungalow mit mehreren Anbauten und dahinter zwei mächtige Bäume, vermutlich Pinien. Sie hielten ihre ausladenden Äste schützend über das Dach. Hinter den Bäumen stand der Leuchtturm, der alles überragte.

Der Bungalow musste sein Zuhause sein und die beiden Hunde seine Wächter.

Vor dem Haus gab es eine riesige, zu einem kleinen Teil gedeckte Terrasse, ein paar Schritte davor eine Bar mit einem Strohdach, und etwas abseits ein Autounterstand. Eine solide Palisade schützte die Bucht gen Westen wie ein Bollwerk gegen stürmisches Wetter.

Der Mann nahm die Kühlbox, stapfte einen Pfad entlang und dann die Stufen hoch zur Terrasse. Die Hunde eilten ihm voraus. Wir folgten im Gänsemarsch.

Von der obersten Stufe aus gewährte ich mir einen zweiten Überblick, und da wurde mir auf einmal klar, wo wir uns befanden: Die geheime Bucht, von der die Direktorin neulich geschwärmt hatte, war in Wirklichkeit diese kleine, verträumte Lagune. Der Ort verriet zugleich die Person, der wir unsere Rettung zu verdanken hatten: Sie, die Direktorin musste den Hüter der Lagune gebeten haben, nach uns zu suchen und uns wenn nötig zu helfen.

Er knipste auf der Terrasse und im Haus ein-

zelne Lichter an und führte uns in ein Hinterzimmer. Ein Kajütenbett, ein Schrank, ein Tisch
und zwei Stühle standen darin. Jemand hatte auf
dem Tisch Unterwäsche, Trainingsanzüge, Bade-
sandalen und Verbandsmaterial zurechtgelegt.
Noch während er Ralph zeigte, wo sich die Dusche befand, klingelte sein Handy. Er sah auf den
Bildschirm, nahm ab und sagte mit weicher
Stimme: „Ginny?" Es folgten ein gewinnendes:
„Si, si,, dann ein ernstes „Si!", schließlich ein ge-
dehntes „Siii", das – im tiefsten Brustton ausgestoßen – wohl überzeugen sollte. Mit einem
Wink gab er uns zu verstehen, dass er uns später
im Speiseraum zum Essen erwarte, und verschwand Richtung Küche, das Telefon am Ohr.
  Die Decke begann zusammen mit dem einge-
trockneten Salz am Hals zu scheuern. Es war eine
Erleichterung, sie abzulegen, die Badehosen aus-
zuziehen und zu duschen. Die Hunde wichen uns
nicht von der Seite. Sie trotteten leichtfüßig hinter uns her, vom Zimmer ins Bad und zurück,
guckten uns beim Ankleiden zu, wedelten mit
dem Schwanz, wenn wir sie ansprachen, setzten
und kratzten sich aus Verlegenheit, zeigten
durchweg gute Laune und gaben uns das herzer-
wärmende Gefühl, willkommen zu sein.
  „Mir ist klar geworden, von wem er den Auftrag
bekommen hat", sagte Ralph.
  „Sag schon." Ich war erpicht darauf, zu erfah-

ren, ob er dieselbe Person meinte.

„Von der Direktorin." Er kämmte sich das Haar und studierte im Spiegel sein Gesicht; die Anstrengung und die Müdigkeit hatten zwischen Nase und Wangen Furchen gezogen und machten seine Augen träge.

„Wie kommst du darauf?"

„Das Hotel Ancora wird von einem Ehepaar geleitet. Ihre Namen stehen in den Unterlagen auf dem Zimmer: Ginevra e Tommaso Nocerino. Hast du gehört, wer ihn angerufen hat, vorhin? Ginny. Ginny ist der Kosename von Ginevra."

„Ich habe auch die Direktorin im Verdacht", sagte ich. „Allerdings bin ich anders darauf gekommen."

„Wie denn?"

„Durch den Ort. Das ist die geheime Bucht."

„Die Lagune?"

„Ja. Vor zwei Tagen hat sie beim Frühstück einem jungen Paar den Weg zu einer geheimen Bucht beschrieben. Sie hat von einem schönen Ort geschwärmt und ihnen einen Besuch empfohlen."

„Das habe ich auch gehört."

„Die Beschreibung passt exakt auf diese Lagune."

„Kannst recht haben", sagte er und sank auf einen Stuhl. Ein Hund legte ihm die Schnauze aufs Knie, er kraulte ihn mit beiden Händen hinter den Ohren und sagte: „Ah, tut das gut nach alledem."

„Wir müssen uns bei ihr bedanken."

„Und wie!"

„Danach statten wir Rotolo und seiner Knechtschaft einen Besuch ab."

„Vorher brauche ich aber ein paar Stunden Schlaf."

„Ich auch. Eilt ja nicht."

„Die Bande wird sich kaum aus dem Staub machen. Ich wette, die haben das Gefühl, sie seien Herr der Lage, und feiern ihren Erfolg. Sie müssen denken, wir seien längst Fischfutter."

„Mann, das wird die Überraschung ihres Lebens."

„Unser Vorteil."

„Trotzdem: Wir müssen überlegt vorgehen. Wir müssen gründlich und schnell handeln. Wir müssen ihnen als erstes sämtliche Waffen abnehmen und unter allen Umständen die Oberhand behalten."

„Wem sagst du das? Ich will von niemandem ein drittes Mal eingesperrt werden, verflucht nochmal!"

„Riechst du das? Heiße Butter, Salbei, Zitrone."

„Ich rieche nur Fisch."

„Hatte der Mann nicht angedeutet, wir sollten zum Essen rauskommen?"

„Hat er. Gehen wir."

Er stand auf und fragte den Hund: „Vieni anche tu?"

Er verstand offenbar sofort, machte auf der Stelle kehrt und lief voraus, der andere trabte uns hinterher.

Auf einem runden Holztisch vor dem Eckfenster war für drei Personen gedeckt. Es standen zwei Gläser, gefüllt mit Weißwein parat, der Mann winkte mit seinem Glas aus der Küche. Wir hoben unsererseits die Gläser, winkten zurück, tranken und setzten uns. Die Hunde legten sich an der Rückwand auf eine große Kuscheldecke, kringelten sich ein wie Füchse im Schnee und vergaßen uns.

„Erinnerst du dich, dass die Direktorin dem jungen Paar geraten hat, hier zu essen?", fragte ich ihn.

„Und ob. Sie hat gesagt, sie sollen unbedingt bis zum Abend bleiben und die Spaghetti ai frutti di mare versuchen. Die seien ‚awesome'."

„Hat sie nicht Eduardos Spaghetti ai frutti di mare gesagt?"

„Eduardo, du hast recht", er nickte, hob die Hand und sagte leise: „Er kommt. Er trägt eine Platte ... dreimal darfst du raten, was es gibt."

21

Es waren die besten Spaghetti meines Lebens. Die Sauce, die er uns darüber goss, im Übermaß und mit ausgesuchter Freundlichkeit, diese Sauce war schlicht magisch. Er hatte, wie er uns verriet, Garnelen und Miesmuscheln mit dem Wiegemesser zerkleinert die Masse mit geriebener Zitronenschale mariniert, gesalzen und gepfeffert und in Olivenöl gedünstet. Mehr gab er nicht Preis.

Sie enthielt weitere Zutaten: geröstete Pinienkerne konnte ich erkennen und den Geschmack und die Farbe von zerstoßenem Basilikum – er lachte über meine Fragen und sagte, das Rezept habe er von seiner Mutter und solange die noch lebe ...

Nach den Spaghetti servierte er jedem eine frittierte Zucchiniblüte, einen Salat und kleine knusperige Toasts, die er mit Salbeibutter beträufelte. Zum Abschluss schlemmten wir ein Semifreddo mit Haselnusskrokant. Die Portionen, die ich verschlang, hätten einen Sumoringer gesättigt.

Unser Gastgeber hieß in der Tat Eduardo und es erstaunte ihn wenig, dass wir den Namen ergründet hatten. Er aß und trank mit, sorgte für Nachschub, auch beim Wein, hörte geduldig zu, holte jedes Mal tief Luft, redete anfangs spärlich, nach dem Grappa dann ausführlicher.

Er beherrschte die englische Sprache, so dass Ralph nicht zu übersetzen brauchte.

Gleich zu Beginn wollte er wissen, wie wir zwei in diese verhängnisvolle Lage geraten konnten. Ich begann mit der Geschichte um Angelos Tod und eröffnete ihm den Verdacht, den wir hegten, dass jemand von der Terrasse der Boutique aus geschossen hätte. Meinen Bericht schloss ich mit der Bemerkung: „So langsam glaube ich, dass Rotolo etwas mit dem Mord an Angelo zu tun hat. Was meinst du? Kannst du uns etwas dazu sagen?"

Er fragte zurück: „Wie kommst du darauf, dass es Rotolo gewesen ist?"

„Er hat versucht, uns aus dem Weg zu räumen", gab Ralph zu bedenken. „Ist das nicht Beweis genug?"

Eduardo saß still da, und ich dachte, er ringe mit sich und suche nach Argumenten, um unsere ungereimte Anklage zu widerlegen.

Nach einer kurzen Denkpause schenkte er Wein nach und sagte: „Vielleicht habt ihr Rotolo einen Grund dazu gegeben?"

Ich war mir nicht sicher, was er dachte, aber er sah so aus, als wüsste er nicht, wie weit er uns trauen konnte.

Ralph war kein Hitzkopf, doch diese Bemerkung trieb ihn aus der Reserve. Er beugte sich vor und rief feurig: „Wir, hm? Wir sollen hier die Bösen sein? Und was ist mit Chiara-Sophie!? Hat sie vielleicht auch jemandem einen Grund gegeben, sie zu töten?"

„Chiara-Sophie?", Eduardo erschrak. Er bat Ralph, ihm Chiara-Sophie zu beschreiben, und als kein Zweifel mehr bestand, bat er ihn, haarklein zu berichten, wie, wo und wann er sie gefunden hatte.

Die Nachricht von ihrem Tod setzte ihm zu. Er bekam Zornesfalten zwischen den Augenbrauen, der Atem geriet ihm vorübergehend außer Kontrolle, seine Hände ballten sich zu Fäusten.

Er raffte sich auf, stampfte zum Kaffeevollautomaten und hantierte gebückt, fahrig und so lange an der Maschine herum, bis es ihm gelang, drei kleine Tassen zu füllen.

Er brachte die drei Espressi an den Tisch. Auf dem Tablett standen zudem drei kleine Gläser. Unter dem Arm trug er eine Flasche Grappa.

Seine gefasste Haltung hatte er fast zurückgewonnen, das alte Gesicht auch, nur die Augen hatten ihren munteren, leicht spöttischen und herablassenden Glanz verloren.

Wir stapelten die schmutzigen Teller übereinander, legten das Besteck oben drauf und schoben sie mit den Schalen, Schüsseln und Pfannen zur Seite.

Er verteilte Kaffee und Gläser und schenkte Grappa ein, randvoll, ohne einen Tropfen zu verschütten, und setzte sich wieder.

Ein jeder hob sein Glas.

„Auf Vulcano", sagte er mit leiser Stimme.

Er kramte die Zigaretten hervor, bot uns welche an, zündete sich selbst eine an, ließ seinen Kaffee kalt werden und begann leise und nachdenklich zu erzählen: „Sie hat hier gearbeitet. Bis ihr Vater diese Pizzeria übernommen hat, drüben in der Stadt. Er hat sie gebeten, ihm zu helfen. Sie hat gesagt, sie verlasse mich zwar nur ungern, aber ihr Vater gehe vor. Sie hat ihre Sachen gepackt, mich umarmt, geweint und ist gegangen."

Ralph sagte: „Das ist es, was Chiara-Sophie mir zeigen wollte. Sie hat gesagt: ‚Wir fahren mit dem Boot um die Insel und legen unterwegs eine Pause ein. Es wird dir gefallen'."

Eine Welle der Trauer erfasste ihn, er legte die Hände auf den Kopf und atmete schwer.

Eduardo warf einen Blick auf die Hunde. Sie rührten sich nicht. Er wartete eine Weile mit Rücksicht auf Ralph, fuhr dann aber fort: „Ich habe eine neue Aushilfe gefunden. Sie ist nett und zuverlässig, ja, das ist sie, nett und zuverlässig. Aber verglichen mit Chiara-Sophie ist sie langsam und langweilig. Chiara-Sophie hat sich über jeden einzelnen Gast gefreut und das auch jedem mit ihrem strahlenden Lächeln gezeigt. Für die Bestellungen hat sie sich Zeit genommen und Personen mit einem Sonderwunsch – vor allem Kinder – bis vor die Küche geführt und mich gerufen, um sicherzugehen, dass sie bekommen, was sie sich gewünscht haben. Wenn trotzdem etwas falsch gelaufen ist, hat sie gelacht und die Sache schnell bereinigt. Sie hatte ein feines Gespür für die Zufriedenheit der Leute."

Er besann sich seines Kaffees, trank ihn – vermutlich kalt – und redete weiter: „Chiara-Sophie hat die Menschen gemocht. Mit ihren Augen, mit ihrem weichen, sinnlichen Blick hat sie jedes vergrämte Herz versöhnt und alle Wunden geheilt. Die Kinder haben sie geliebt wie einen Engel."

„Bitte, hör auf ..." Ralph sprach die Worte vor sich hin.

Eduardo brauchte eine Weile, bis er begriff: „Ah! Jetzt verstehe ich. Das ist ... oh, das tut mir leid!", sagte er. Es klang aufrichtig und nach einer Pause fügte er hinzu: „Glaube mir, ich werde sie auch vermissen."

Die Worte verhallten. Im gemeinsamen Schweigen baute sich eine Spannung auf, eine verbindende, unbelastete Spannung, und ich war mir nicht sicher, wer mit welchen Gefühlen an wen dachte. Wie schnell konnte man jemanden verlieren, den man liebte.

Es ging gegen Morgen und Wind kam auf. Er blies durch ein offenes Fenster, brachte die Lampen über den Tischen zum Pendeln, rieb sich am Blechdach, dass die Balken knarrten, und fuhr weiter hinten ins Geäst der Pinien und in die Büsche, dass es rauschte.

Eduardo stand auf und schloss das Fenster. Ich hielt mich am leeren Glas fest und spähte hinaus in die Nacht. Weißes Glitzern ritt auf den Wellen auf den Strand zu. Von der Sandbank winkten die Schattenrisse der vier Palmen und über all dem prickelten die Sterne. Sie rückten den Mond in den Vordergrund, der sich dem Horizont näherte und mit seinem Schein einen antik wirkenden Silberteppich aufs Meer legte.

Die Müdigkeit wurde heftig. Sie durchströmte meinen Rücken und wuchs mir über den Nacken in die Arme. Meine Augen brannten.

Ralph bewegte seine Hände und unterbrach die Stille, er wollte etwas sagen: „Ich ..." Er nahm einen neuen Anlauf: „Ich hätte sie nicht allein lassen sollen, ich hätte es wissen müssen."

„Nein!" Eduardo stoppte ihn. „Dich trifft keine Schuld! Du hättest das nicht verhindern können. Es ist so: Ich kenne Rotolo von früher, aus meiner Zeit in Neapel."

Er schaute abwechselnd in unsere Augen und schien wieder zu überlegen, wie viel er uns anvertrauen und zumuten konnte.

„Okay", knurrte er und nickte. „Noch Kaffee? Nein?"

Er machte einen Kontrollgang durch die Küche, löschte die Lichter, schaltete die Kaffeemaschine aus, brachte drei neue Grappakelche und eine andere Flasche. Er goss von diesem zweiten Grappa in die kleinen Kelche, verhalten und wohlwollend zugleich; diesmal füllte er die kleinen Gefäße höchstens zur Hälfte.

Der Trunk duftete weniger scharf, hatte eine honigähnliche Farbe und schmeckte viel fruchtiger und ausgereifter.

Ich war müde, vielleicht würde der Grappa mir helfen, noch ein Weilchen wachzubleiben.

„Wie gesagt", begann Eduardo, „ich kenne den Mann. Er hat für eine Organisation Schutzgelder eingetrieben. Er ist dabei nie zimperlich vorgegangen. In Neapel, müsst ihr wissen –"

„Was?", ich musste ihn unterbrechen. „Rotolo hat in Neapel Schutzgelder erpresst?"

„Nicht selbst erpresst, nur im Auftrag für andere eingetrieben. Er hat, soviel ich weiß, nie etwas anderes getan."

Ralph hakte nach: „Ilaria Tremante hat uns gesagt, sie könnten nicht zurück nach Neapel. Jemand hätte ihm in die Beine geschossen."

„Das ist gut möglich. Vielleicht hat er in die eigene Tasche gearbeitet. In Neapel herrscht Krieg.

Mindestens drei Clans und eine Handvoll Splittergruppen bekämpfen sich bis aufs Blut. Seit Jahren. Im Hafen, am Bahnhof, vor dem Flughafen, in den Wohnquartieren, in den Dörfern entlang der Schnellstraße – keine Woche vergeht ohne Knallerei. Ohne Tote. Früher ist das anders gewesen. Die Camorra hat zusammengehalten wie eine einzige Familie. Sie haben die Stadt und einen Teil der Region kontrolliert. Lange Zeit, über mehrere Generationen hinweg. Okay, es hat immer Morde gegeben, aber Mord war immer das letzte Mittel der Wahl. Und es haben immer Untergruppen existiert, die sich hier und da eins ausgewischt haben. Kommt in jeder größeren Familie vor, oder etwa nicht?"

Er zählte an der rechten Hand ab: „Drogenhandel, Waffenhandel, Erpressung, Bordellbetrieb und Glücksspiel. Damit haben sie ein Vermögen gemacht. Eine Dynastie aufgebaut, vor der man Respekt haben musste. Dreihundert Jahre ging das gut. Der Zerfall ist dann steiler verlaufen. Fast abrupt. Mit dem Internet und dem Darknet haben sich neue Möglichkeiten aufgetan. Die letzten Alten haben den Zeitpunkt verpasst, die Macht in die rechten Hände der Jüngeren zu legen. Jetzt sind sie tot und ihre Cousins im Gefängnis oder geflohen. Junge, selbsternannte Bosse haben seither das Sagen. Jeder von denen hat eine eigene Truppe. Sie drangsalieren die Leute, machen die Stadt unsicher, haben überall die Finger drin. Am ärgsten plündern sie den Staat. Zum Beispiel zweigen sie Subventionsgelder von der EU ab, Gelder, die für Großprojekte bestimmt wären. Für eine Kläranlage in Neapel, für den Umbau des Frachthafens, für die Erweiterung der Autobahnen. Sie leiten ganze Zahlungen einfach um, bis das Geld zuletzt auf Konten in der Schweiz landet. Mehrere hundert Millionen Euro jedes Jahr."

Er zählte an den Fingern ab: „Nebst den üblichen Geschäften beherrschen sie die Trinkwasseraufbereitung, die Abfallentsorgung, alles, was mit dem Bauwesen zusammenhängt, Straßenbau, Neubauten, Unterhalt der Ruinen. Sie manipulieren Sportresultate und, und, und. Sie kennen keine Grenzen, kein Tabu. Sie holen Bares, wo Bares zu holen ist. Und das Neueste? Sie streichen die EU-Gelder für die Flüchtlinge ein!"

Er griff nach der Flasche und drehte den Zapfen raus.

Ich hatte genug und wehrte ab, Ralph genehmigte sich noch einen.

Eduardo klopfte den Korken wieder rein und fuhr fort: „Okay, die Alten haben Politiker, Beamte und Richter bestochen und von den Betrieben Schutzgelder erpresst. Dafür haben sie auch mal ein Theater unterstützt. Im Geheimen. Sie haben Konzerte finanziert, Ausstellungen ermöglicht,

Schulen saniert, Spitäler mit modernen Geräten ausgerüstet. Dafür sind die Neuen nicht zu haben. Die lassen sich lieber in politische Ämter oder Gremien wählen und besetzen Schlüsselstellen in der Verwaltung. Damit haben sie Zugriff auf öffentliche Gelder. Und sie greifen zu, wie und wo sie können, sie betrügen, plündern und rauben den Staat aus. Italien hat viele alte Städte mit einer langen Geschichte, mit antiken Bauten und Plätzen mit einem reichen Erbe. Was passiert? Viele Orte gehen zu Grunde."

Er hob seine Arme wie ein Prediger und sagte: „Mailand erstickt am Geldadel, Venedig am Tourismus, Rom am Verkehr und Neapel? Neapel verkommt in der Spirale der Gewalt."

Schön und gut, dachte ich, eigentlich wollten wir was über Rotolo hören. Ich fragte: „Was kannst du uns über Rotolo erzählen? Du hast gesagt, du kennst ihn. Hat er für die Camorra gearbeitet?"

„O ja, das hat er. Darin ist er Experte."

„Dann steckt er hinter der ganzen Sache! Er hat mit Sicherheit Angelo ermorden lassen; und Chiara-Sophie geht vermutlich auch auf sein Konto."

Ich schaute zu Ralph: „Was meinst du? Was spricht dagegen?"

Ralph sagte kein Wort, er wog den Kopf hin und her.

Eduardo trank in Ruhe seinen Grappa. Wahrscheinlich überlegte er, was wir über den Mann wissen sollten und wo er beginnen könnte.

„Sein Vater", hob er an, „ist Barbier gewesen."

O nein, dachte ich, er beginnt vor Rotolos Geburt.

„Er hat den Herrschaften die Haare geschnitten und sie rasiert. Da sind die alten Männer auf den jungen Rotolo aufmerksam geworden. Anfangs haben sie ihm kleine Aufträge erteilt. So Sachen wie: ‚Lauf schnell zum Gemüsehändler. Gib ihm diesen Brief und komm sofort zurück. Wenn er fragt, von wem du den Brief hast, gib ihm keine Antwort! Hörst du? Kein Wort zu niemandem!' Später, als er fünfzehn Jahre alt war, haben sie ihn ermuntert, die Männer zu begleiten, die die Schutzgelder kassierten. Da hat er gelernt, wie man Gelder eintreibt. Zwei Jahre lang ist er mitgegangen. Dann ist der Anführer der Gruppe plötzlich verschwunden und ab dem Tag hat er seinen Platz eingenommen – und prompt die Raten erhöht. Natürlich haben sich etliche aufgelehnt, haben sich geweigert, mehr zu zahlen. Drei oder vier haben sogar den Fehler gemacht und sich ernsthaft mit ihm angelegt. Rotolo hat sich gegen alle Seiten durchgesetzt. Man sagt, mit siebzehn habe er den ersten Mann getötet. Den Betreiber eines Nachtclubs. Der Mann habe gelacht und ihn abgewiesen mit den Worten: Einem Kind, so spät nachts und auch noch alleine, gebe

255

er niemals so viel Geld in die Hand. Rotolo sei zum Auto gelaufen, habe seinem Fahrer die Beretta abgenommen und den Mann eigenhändig erschossen." Eduardo zielte mit der rechten Faust und gestrecktem Zeigefingern auf die Kaffeemaschine und machte: „Päng, Päng, Päng".

Ich hätte ihn gern gefragt, woher er all das so genau wusste. Hatte er in Neapel selbst für die Camorra gearbeitet? War er ein Kamerad gewesen? Oder ein Nachkomme einer dieser alten Herren? Oder hatte er auf der Gegenseite gestanden, im Dienst der Carabinieri? Dann kam mir der Gedanke, dass er wahrscheinlich in Neapel schon ein Restaurant betrieben habe und dabei Rotolos Unzimperlichkeit kennengelernt hatte.

Er redete weiter und ich ließ die Fragen vorerst fallen.

„Hier auf dieser Insel hat bisher niemand Schutzgelder bezahlt. Bis heute sind wir vor diesem Übel verschont geblieben. Doch wie es aussieht, versucht jemand das zu ändern. Ich habe davon gehört, es aber nicht glauben wollen. Vielleicht ist es tatsächlich Rotolo. Ich kann mir vorstellen, dass sie ihm drüben in Neapel einen Denkzettel verpasst haben. Bestimmt haben sie ihn aus der Camorra ausgeschlossen, sonst wäre er nicht hier und säße im Rollstuhl. Möglicherweise ist er auf die Insel geflohen und hat beschlossen, hier seine eigene Organisation aufzubauen. Schutzgelder sind neu für die Leute hier, die Methoden indessen, die er anwendet, um sie einzuführen, die sind uralt."

Er legte eine Pause ein; ich hätte nicht so lange die Luft anhalten mögen.

„Wie gesagt, es gibt ein bewährtes Vorgehen: Zuerst werden harmlose Bubenstreiche ausgeführt. Da und dort – auch gegen sich selbst, oder besser: gegen den eigenen Betrieb. Das ist wichtig, es lenkt vom Urheber ab und schafft Verwirrung."

Ich unterbrach ihn: „Dazu braucht er mindestens einen Komplizen, oder nicht?"

„Denkst du an Angelo?", fragte Ralph.

„Genau der", sagte ich. „Er ist bei seinem Versuch, ein Feuer zu legen, recht stümperhaft vorgegangen. So tun als ob – das passt doch."

„Ist er nicht ein zweites Mal zurückgekehrt? Diese Hartnäckigkeit spricht eher dagegen."

Wir schauten zu Eduardo. Statt ein Argument für oder gegen die Zusammenarbeit zwischen Rotolo und Angelo anzuführen, erklärte er weiter: „Man nimmt natürlich auch fremde Betriebe ins Visier. Möglichst rentable Geschäftszweige und möglichst gleichzeitig. Dazu benötigt man mehr als nur einen Komplizen. In einer Nacht brechen drei, vier Gesellen an drei, vier Orten gleichzeitig ein. Sie durchwühlen Lagerräume, Schränke, Schubladen, legen Feuer, stehlen Computer,

Festplatten, die Kasse, den Tresor und hinterlassen ein scheußliches Durcheinander. Damit wird jedem klar, da steckt eine Organisation dahinter. Die Leute schreien nach mehr Sicherheit – vergebens, die Carabinieri können nichts ausrichten. Der Staat hat kein Geld. Die Carabinieri sind der Bande weit unterlegen. Kein Wunder: Sie sind kümmerlich ausgerüstet und werden schändlich entlohnt. Beides begünstigt die Oberflächlichkeit und hemmt die Einsatzfreude. Hinzu kommt, dass der Staat mit seinem schlechten Ruf nicht den hellsten Nachwuchs anlockt. Es mag regionale Unterschiede geben, einverstanden, Fakt ist aber, dass die Carabinieri in Neapel bis heute keine kriminelle Organisation zerschlagen hat. Dafür sind die Banden zu gerissen, wissen sich zu wappnen und vor allem: Sie haben viel mehr Geld."

Ich musste an die Situation in der Schweiz denken. Wollten deshalb einzelne Politiker so rigoros an der Polizei sparen? Um Tür und Tor zu öffnen für Organisationen wie die Mafia?

Eduardo erzählte unbeirrt weiter: „Mit dem Geld bezahlen die Bandenchefs ihre Mitglieder sehr gut, sorgen im Notfall für die Familien. Selbst wenn die Carabinieri jemanden erwischen und in Untersuchungshaft nehmen, handelt es sich dabei oftmals nur um einen Gehilfen, der keine Angaben machen kann, die zu den Drahtziehern führen würden. Die koordinierten Einbrüche auf der einen Seite und die Misserfolge der Carabinieri auf der anderen schaffen großen Unmut unter den Leuten und erzeugen Gefühle der Hilflosigkeit. Sobald die ersten Morde geschehen, schlägt der Unmut der Leute in nackte Angst um. Der Ruf nach mehr Personal, höheren Gehältern und besserer Ausrüstung verhallt wirkungslos, denn der Staat ist nun mal pleite. In diesem Moment schickt der Erpresser seine Leute und bietet Sicherheit gegen Geld. Wer bezahlt, steht ab sofort unter seinem Schutz. Wer sich weigert, wird entweder gekauft oder so lange bedrängt und schikaniert, bis er einbricht und zahlt.

Ich unterbrach ihn: „Du meinst Angelo und Chiara-Sophie könnten Opfer seiner Entschlossenheit sein?"

„Ganz genau. Er kann nicht anders, er wird weiter bedrängen, schikanieren und notfalls morden, solange bis alle bezahlen."

„Sind seine Leute schon bei dir gewesen?", fragte Ralph.

„Nein. Noch nicht."

„Wenn sie kommen – wirst du bezahlen?", fragte ich.

Er ließ sich Zeit für die Antwort. „Vermutlich ja. Ich habe gehört, dass sie versucht haben, das Hotel Ancora zu erpressen. Wenn wirklich Rotolo dahinter steckt, ist es nicht ratsam, sich ihm zu widersetzen. Nicht, wenn man allein ist. Aus seiner Umklammerung gibt es kein Entrinnen, er lässt niemanden aus."

„Außer jemand hält ihn auf", sagte Ralph.

„Wer soll das sein?", fragte Eduardo.

Ralph hob die Augenbrauen und lehnte sich wortlos in seinem Stuhl zurück.

22

Ich erwachte mit einer Hundeschnauze im Ohr.

Eduardo hatte uns das Zimmer mit dem Kajütenbett überlassen, jetzt steckte er die Nase zur Tür herein. Seine beiden Hunde hatten die Gelegenheit genutzt und sich zwischen seinen Beinen durchgezwängt. Der größere, Lucido, stupste mich mit der feuchten Schnauze so lange ins Ohr, bis ich mich aufsetzte. Die kleinere, Freccetta, sah wedelnd zu, wie sich Ralph von der oberen Liege über die Sprossen heruntermühte. Sie erinnerte sich auffallend gut an seine Hände.

Die Freude in den Augen der Hunde steckte an. Ihr aufrichtiges, zutrauliches Gebaren erzeugte in mir ein Gefühl von Leichtherzigkeit.

Vom Strand war kaum etwas zu hören und aus der Küche kam der Geruch von Essig und frisch gebackenem Eierkuchen. Die Sonne verkrallte sich in die geschlossenen Fensterläden, das wenige Licht, das von ihr durch die Ritzen sickerte, sorgte im Zimmer für ein glanzloses Zwielicht.

Ich schaute auf die Uhr, sie zeigte ein Uhr mittags.

Eduardo fragte: „Wie geht's? Wie habt ihr geschlafen?"

Ich musste gähnen. „Na ja, ausgeruht fühlt sich anders an."

Ralph setzte sich neben mich, hätschelte und kraulte Freccetta und sagte: „Ganz schön anhänglich, deine Hunde. Sind sie zu allen Besuchern so?"

„Nein, nur zu meinen Freunden." Er trat ins Zimmer. „Was ist, habt ihr keinen Hunger? Es ist was übrig vom Mittagsmenü."

Ralph schaute auf: „Haben Sie am Nachmittag Zeit, uns ins Hotel zu fahren?"

„Ja, sicher!" Eduardo rief die Hunde zurück.

Ralph flüsterte Freccetta zu: „Nun geh schon, vai! Julian und ich haben was zu erledigen. Wir kommen nach. Versprochen. Vai!"

Wir zogen unsere Trainingsanzüge an und setzten uns an den runden Tisch vor dem Eckfenster. Jemand hatte frisch aufgedeckt.

Eduardos neue Aushilfe brachte uns eine Schüssel mit Salat und eine Pfanne mit Risotto. Sie war jung, groß, gertenschlank, und wenn sie zu uns sprach, versteckte sie ihre Hände hinter dem Rücken und beugte sich leicht vor. Sie sagte: „Eduardo sta per arrivare!"

Das Risotto schmeckte, der Salat war knackig wie frisch aus dem Garten. Mein Appetit kam mit dem Essen.

Seit wir aufgestanden waren, hatte ich mir

überlegt, welche Möglichkeiten sich boten, Rotolo und seine Männer zu überwältigen. Sie zu
überraschen dürfte nicht schwer fallen, dazu be-
nötigten wir keinen Beistand. Nur würden sie
kaum vor Schreck erstarren, bis wir die Wohnung durchsucht und sämtliche Waffen einge-
sammelt hätten. Sollten wir sie im Morgengrau-
en in ihren Betten überfallen? Im Tiefschlaf
überwältigen und an die Bettpfosten fesseln? O-
der mit einer Finte einzeln aus dem Haus locken
und nacheinander ergreifen? Sollten wir vor der
Boutique auf der Lauer liegen und einbrechen,
während sie alle weg waren? Um sie bei ihrer
Rückkehr in ihrer eigenen Wohnung und mit ihren eigenen Waffen in Empfang zu nehmen? O-
der wäre es klüger, hier bei Eduardo in Deckung
zu bleiben, bis sich ein idealer Zeitpunkt für unser Vorhaben bot?

Ich verwarf alle Varianten und wankte zwischen unschlüssig und verzweifelt. Keine Vorge-
hensweise hatte die Einfachheit und die Raffi-
nesse, die den sicheren Erfolg versprach. Rotolo
und seine Männer, diese kaltblütige Dreierbande,
ohne Unterstützung und ohne Waffen zu be-
zwingen, war undenkbar.

Ralph unterbrach meine Gedanken, indem er
fragte: „Hast du einen Plan?"

„Müssen wir Rotolo denn alleine stoppen?"

„Willst du Unterstützung anfordern? Bei wem?

Etwa beim Sottotenente?"

Ich schaute mich um.

„Ah, verstehe, du denkst an Eduardo."

„Er hat uns schon mal geholfen."

Er legte Gabel und Messer hin. „Keine schlechte Idee. Letzte Nacht hat er deutlich gemacht, wie sehr er von Rotolo und seinen Absichten angetan ist."

„Eins ist sicher: Auf ihn ist Verlass."

„Fragen wir ihn, vielleicht hat er einen Plan."

„Würde mich nicht wundern."

Nach dem Essen lehnte er sich zurück und fragte: „Was ist, wenn er nein sagt?"

„Wenn er sich weigert, mitzumachen, borgen wir uns den Hammer und ein Fleischermesser und versuchen es damit", sagte ich und zeigte ihm mein entspanntestes Gesicht.

„Fleischermesser? Du willst mit Messer und Hammer gegen diese Typen mit ihren geölten Berettas antreten?"

Er hatte seine Augen aufgerissen, starrte ungläubig und forschte nach Anzeichen der Belustigung in meinem Gesicht. Allmählich fand er seine Sprache wieder und meinte trocken: „Ich finde das einen üblen Scherz."

„Du hast recht, die Lage erlaubt keine Scherze. Entschuldige."

„Wenn Rotolo erfährt, dass wir überlebt haben, macht er uns sofort kalt!"

„Und wenn er erfährt, wie und warum wir überlebt haben, macht er unseren Retter auch kalt."

Er brauchte einen Augenblick, bis er gestand: „
Meinst du etwa, dass Eduardo schon zu tief mit
drinsteckt, so dass er gar nicht mehr nein sagen
kann?"

„Genau."

Eduardo brachte drei Tassen Kaffee und
milchweiße Desserts an den Tisch. Er trug eine
Kochweste mit zwei Reihen Knöpfen und weite,
schwarz-weiß gestreifte Hosen. Er setzte sich zu
uns, schob uns je einen Dessert zu und verteilte
die Tassen. Die weiße Süßspeise nannte er Bian-
comangiare, eine sizilianische Spezialität. Es
schmeckte köstlich.

Seinen Kaffee ließ er unberührt, bis auch der
wieder kalt sein musste. Vielleicht mochte er ihn
so.

Noch während ich die Worte suchte, um ihn für
unser Vorhaben zu gewinnen, klimperte er mit
einem Schlüssel, legte ihn auf den Tisch und sagte: „Das ist der Schlüssel zu meinem Ducato, ihr
könnt ihn benutzen, ich bleibe hier."

„Was?"

„Ihr wollt doch zu Rotolo, oder?"

„Und wie wir zu Rotolo wollen!"

„Es ist besser, ihr fangt ihn ohne mich."

Ich breitete meine Hände vor ihm aus: „Wie soll
das gehen?"

„Ich habe nachgedacht. Alles, was ihr braucht, sind Beweise gegen ihn. Die werdet ihr bei ihm finden, da bin ich sicher. Macht das auf eure Art, ihr werdet ohne mich besser mit ihm fertig."

„Auf unsere Art? Was redest du da?"

„Ihr seid Polizisten aus der Schweiz, stimmt's?"

Er achtete nur auf Ralphs Nicken, mein Kopfschütteln überging er in seinem Eifer.

„Ich habe einen Teil der Welt bereist, ich habe gesehen, dass Polizisten die Gesetze nicht überall gleich anwenden. Ihr Schweizer seid geschult, gut ausgebildet, ihr kennt die Rechte und Pflichten der Polizei wie auch der Verdächtigen. Ich wäre euch keine Hilfe. O nein, im Gegenteil, ich würde diesen Rotolo ... also ich würde den Kerl ..." Er ballte die linke Hand zur Faust. „Ihr wollt nach den Ferien sicher zurück in eure Heimat. Nun, es könnte passieren, dass ich euch das vermassle, wenn ich euch begleite. Es könnte damit enden, dass wir allesamt die nächsten paar Jahre im Knast verbringen müssten. Ich bleibe hier, glaubt mir, das ist ratsamer."

Ich sagte zu Ralph: „Jetzt macht er Scherze."

„Kommt mit, ich habe was für euch", sagte Eduardo, stand auf, führte uns in einen Raum, der nach Büro aussah, sperrte die Hunde aus und schloss die Tür.

Auf dem Tisch lagen ein Bund Kabelbinder und ein Schuhkarton. Er hob den Deckel des Kartons und präsentierte eine M9 – eine blitzsaubere Beretta 92 – samt Munition.

„Könnt ihr damit umgehen?"

„Ist sie registriert?", wollte Ralph wissen.

„Ja, das ist meine Dienstwaffe gewesen."

„Ich bekomme Ärger, wenn sie mich mit dem Ding erwischen", meinte Ralph.

Ich nahm sie in die Hand, löste den Verschluss und entfernte das Magazin. Es war bis zum Rand voll mit Patronen und ziemlich schwer. Ich bewegte den Schlitten nach hinten, kontrollierte die Kammer, ließ den Schlitten nach vorn schnellen und drückte ab. Es klickte scharf. Ich schob das Magazin wieder rein, bis es einrastete, und drückte die Sicherungstaste nach unten auf den roten Punkt.

Die Pistole lag überzeugend in der Hand. Fachmännisch begutachtete ich sie von allen Seiten. „Das nenne ich eine solide Pistole. Dank der beidseitigen Sicherung kann sie mit der Stützhand schnell entsichert werden. Sie richtet bestimmt großen Schaden an."

Er lächelte. „Ich weiß es ehrlich gesagt nicht, ich habe damit immer nur auf Zielscheiben geschossen, nie auf einen Menschen."

Ralph hakte nach: „Moment mal. Wie soll ich das verstehen? Wenn du uns die Pistole mitgibst und selbst hierbleibst, wie willst du dich notfalls verteidigen?"

Er beantwortete die Frage, indem er einen Revolver aus seiner Hosentasche zauberte, ein verchromtes Objekt mit weißem Griff, blinden Stellen am Lauf und einigen Kratzern an der Trommel. Marke Smith & Wesson.

Ich legte die Pistole zurück, aber er gab den Revolver nicht aus der Hand.

Ralph zeigte sich überrascht: „Hast du noch mehr davon?"

Kopfschütteln.

Ralph weiter: „Ist die auch registriert? Und hast du damit auf Menschen geschossen?"

Sein Lächeln versiegte, er gab keine Antwort.

Unsere stumm beteuerte Neugierde zwang ihn, sich zu erklären.

Er tat es unerwartet freimütig: „Also gut: Vor zwölf Jahren habe ich meinen Dienst bei den Carabinieri in Neapel quittiert. Ich habe mich schwer getan, zwischen dem mangelhaften Rückhalt bei unseren Vorgesetzten und der verschlagenen und auch noch stolzen Bosheit der Gegenseite zu agieren. Ich habe mich oft hinreißen lassen und bin manchmal außer mich geraten. Ehrlich gesagt ist es mit der Zeit immer häufiger vorgekommen. Eines Nachts, bei einer Razzia in einem Lagerhaus, bin ich total ausgerastet und habe einen schweren Fehler begangen. Ich habe mich nicht nur im Ton vertan, wenn ihr versteht, was ich meine."

Ich musste an die gewaltige Kraft denken, die in ihm steckte.

„Danach habe ich Neapel verlassen, bin ein Jahr lang durch die Welt gereist – und schließlich auf dieser Insel gestrandet. Hier in dieser Bucht habe ich meine Ruhe und meinen Frieden gefunden. Hier kennen mich alle als Eduardo, niemand interessiert sich für meine Vergangenheit."

Er führte den Revolver wieder seiner Tasche zu, was umständlich aussah, weil er so sperrig war, und schloss mit der Bitte: „Ich möchte, dass dies so bleibt. Das müsst ihr verstehen."

Ralph griff nach den Kabelbindern: „Komisch: Die Kanone haben sie dir gelassen, zurückverlangt haben sie nur das Pfefferspray und die Handschellen?"

„Halt! Sie haben mich nicht entlassen; sie hätten mich nicht mal versetzt. Nein, ich habe gekündigt und bin gegangen", bekräftigte er. „Ich habe das Vertrauen in die Arbeit verloren, nicht sie in mich", fügte er leise hinzu und übergab Ralph einen leeren Papierbeutel.

Ralph nahm den Beutel und stopfte die Kabelbinder hinein.

Ich klemmte mir den Karton mit der Pistole unter den Arm.

Es wäre bestimmt wieder spät geworden, hätten wir Eduardo weiter bedrängt, uns die Einzelheiten seiner Geschichte und deren Hintergründe zu erzählen. Unser Drang nach Vergeltung war mächtiger.

Eduardo geleitete uns zusammen mit seinen Hunden zu seinem FIAT Ducato, einem Kastenwagen, den er für den Warenkauf benutzte. Obwohl das Fahrzeug tief im Unterstand steckte, war es von Staub und Sand überpudert, das Elefantengrau der Karosserie hatte Mühe, sich zu behaupten.

Wir sperrten die Türen auf und ließen die heiße Luft abfließen.

Derweil dankte ich Eduardo, versicherte ihm meine Hochachtung und bot ihm meine Freundschaft an.

Ralph bedankte sich ebenfalls und versprach, wir würden uns um Rotolo und seine Knechte kümmern. „Ordentlich", sagte er wörtlich, wir würden uns ordentlich um die drei kümmern.

„Den Ducato", rief ich beim Wegfahren, „bringen wir dir morgen zurück."

Eduardo nickte begütigend, links und rechts zu seinen Füssen saßen seine beiden Wächter.

23

Wir fuhren zu unserem Hotel und parkten in der Nähe der Abfallcontainer.

Die Direktorin erwartete uns bereits. Sie stand beim Seiteneingang im Schatten, trat in die Sonne und machte sich mit einem unauffälligen Handzeichen bemerkbar.

Wir folgten ihr durch die Tür in einen fensterlosen Vorraum. Zwischen Warenlift, Kellertreppe, Tiefkühlzelle und Leergutdepot, wo es düster war und eng, wo es unablässig brummte und muffig stank, schüttelte sie uns die Hände.

„Ich bin so froh", platzte es aus ihr heraus, „sie lebendig wiederzusehen." Sie gab an, Eduardo habe sie angerufen und ihr erzählt, wie er die beiden Schweizer mitten in der Nacht aus der Kabine eines sinkenden Schiffes befreit habe – wenige Minuten bevor es unterging.

„Eduardo hat uns das Leben gerettet", sagte Ralph. „Er hat uns befreit und bei sich aufgenommen und – schauen Sie her – uns diese Trainingsanzüge ausgeliehen. Spät in der Nacht hat er uns sogar noch bekocht. Wir sind ihm dankbar ... mehr als das. Er ist uns ein wahrer Freund geworden."

Seine Worte schienen sie zu beglücken. Sie bedeutete uns, ihr zu folgen, segelte einen Gang entlang, schwenkte links ein und betrat eine längliche Halle.

Es war die Hotelküche und sie konnte sich sehen lassen: Die Abstellflächen waren leergeräumt, die riesige Dampfhaube trockengerieben, der vierschrötige Herd poliert, das Geschirr gewaschen und weggeräumt, der Boden gefegt worden. Das Brummen war hier schwächer und störte kaum. Der muffige Geruch war weg, dafür streifte mich eine dezente Note von unverbrauchtem Frittieröl und Zitrone. Es war niemand da, die Belegschaft weilte fraglos in der verdienten Pause.

Die Direktorin führte uns mitten durch diesen Hygienetempel. Am anderen Ende spähte sie durch das runde Fenster einer Pendeltür, wandte sich beruhigt um und weihte uns ein. Roberto Alconi, il Sottotenente, sei gegen Mittag ins Hotel gekommen.

Sie redete mit gedämpfter Stimme und doch nachdrücklich, fast ein bisschen überzogen. Ihr Augenmerk richtete sie voll und ganz auf unsere Gesichter.

Er sei alleine angerückt und habe ziemlich steif erklärt, er hätte in der Früh einen Anruf erhalten. Jemand habe ihm bezeugt, zwei Schweizer hätten gestern Nachmittag ein Motorschiff für eine Tour um die Insel gemietet, wären aber nicht zurückgekehrt. Er habe sogleich an uns gedacht und sei deshalb hergekommen.

Im Grunde genommen, meinte sie, sei Alconi mit der Absicht gekommen, unsere Zimmer zu durchsuchen und unsere Sachen zu durchwühlen. Weil er allein war und ständig redete, habe sie ihm einen Cognac offeriert. Hätte er einen Durchsuchungsbefehl vorgezeigt oder mit irgendwelchen Maßnahmen gedroht, hätte sie ihm die Schlüssel ausgehändigt, keine Frage. Doch das hatte er nicht. Also sei sie nicht näher auf sein Anliegen eingegangen, sondern habe ihn direkt in die Bar gelotst. Bei einem Cognac könnten sie sich ungestört unterhalten, habe sie ihm vorgeschlagen, denn über Mittag sei diese Abteilung geschlossen und ihr Mann für gewöhnlich in der Küche.

Das habe ihn überzeugt und er sei ihr artig gefolgt, wie sie fand. Mit dem bauchigen Schwenker in der Hand habe er seine Geziertheit halbwegs abgelegt – und weidlich ausgepackt.

Sie zupfte an ihrem kleinen Finger, warf einen zweiten Kontrollblick durchs Türfenster, stellte sich so auf, dass niemand hereinkommen konnte, und erzählte weiter.

Er habe berichtet, der Anrufer hätte gesagt, wir hätten die Miete für vier Stunden im Voraus bezahlt und dem Vermieter garantiert, wir brächten das Schiff vor dem Sonnenuntergang zurück. Seitdem hätte niemand mehr etwas von uns gesehen oder gehört.

Sie habe ihn gefragt, ob denn kein Notruf eingegangen sei.

Eben nicht!, habe er geschimpft. Der Anrufer hätte behauptet, wir hätten ausdrücklich darauf bestanden, nur das Schiff zu mieten.

Ohne Steuermann oder Bootsführer?

Jawohl. Wir hätten verlangt, das Schiff ohne Begleitperson zu übernehmen.

Was er zu tun gedenke, habe sie ihn gefragt. Ob er das Polizeiboot losgeschickt hätte, um uns zu suchen.

Das wäre das Dümmste, das er tun könnte, habe er geantwortet. Völlig sinnlos. Die Fahrt um die Insel sei nur ein Vorwand gewesen, ein fauler Trick, um leicht an das Schiff zu kommen.

Ein Vorwand?

Im Vertrauen, habe er geflüstert, er habe allen Grund zur Annahme, wir seien abgedampft. Richtung Bosporus. Er gehe jede Wette ein, wir hätten die Gewässer Italiens längst hinter uns gelassen. In ungefähr zwei Tagen würden wir im Schutz einer türkischen Bucht ankern und auf ein Küstenboot warten. In einer mondlosen Nacht würden wir eine Ladung übernehmen und damit sofort den langen Weg zurückdampfen.

Nach Barcelona vielleicht. Oder Marseille. Triest wäre auch möglich, wer weiß. Von dort ginge es auf dem Landweg nach Zürich.

Wozu?, habe sie gefragt.

Nur ein Idiot miete ein altes, lautes Motorschiff dieser Größe für einen Schönwetterausflug rund um eine Insel. Wohlverstanden: Für einen Ausflug zu zweit! Ohne Steuermann hätten wir nicht einmal gleichzeitig schwimmen gehen können. Nein, der Fall sei sonnenklar: Wir bräuchten das Schiff nicht zum Vergnügen, sondern um eine geheime Fracht auf dem Seeweg an die Südküste Europas zu bringen. Ohne aufzufallen.

Ralph unterbrach sie: „Geheime Fracht? Was stellt er sich unter einer geheimen Fracht vor?"

Dasselbe habe sie ihn auch gefragt. Heiße Ware, habe er gewettert, heiße Ware, was denn sonst?

Sie sagte, sie habe den Eindruck bekommen, der Vorfall habe ihn in hohem Maße beunruhigt. Alconi sei gemeinhin bekannt als galanter Gockel. Zu Beginn habe er sich blasiert verhalten und geziert getan. Der Alkohol habe seine Befindlichkeit um keinen Deut gebessert. Vielmehr habe er nach dem zweiten Glas nur noch stärker entnervt gewirkt, so elend, dass er sich vergessen und eigenmächtig Cognac nachgeschenkt habe. Das habe er sich früher nie erlaubt, schon gar nicht in Uniform.

Sie habe sich nicht mit ihm anlegen wollen und

aufgehört, Fragen zu stellen.

Aber er habe weiter gejammert. Beispielsweise habe er behauptet, wir seien ihm von Anfang an verdächtig vorgekommen. Seit der ersten Begegnung habe er ein ungutes Gefühl gehabt. Er bereue es, seine Eingebung so sträflich abgetan zu haben. Er sei nämlich drauf und dran gewesen, in Palermo ein Gesuch einzureichen und Unterstützung anzufordern. Zwei Ermittler hätte er sich gewünscht, zivile Beamte, die verdeckte Nachforschungen hätten anstellen und uns hätten beschatten können. Die hätten unsere kriminellen Absichten rasch aufgedeckt und unser Manöver vereitelt.

Nach dem dritten Glas habe er es nicht mehr ausgehalten, sei hin und her getrampelt, habe die Hände in den Nacken gelegt und geklagt: Jetzt sei es zu spät, wir seien weg und er säße in der Klemme. Wenn die italienische Küstenwache uns zusammen mit der Ware aufgreife, sei er geliefert. Wenn sie uns erwischten auf unserer Fahrt nach Barcelona, Marseille oder Triest und rausbrächten, dass wir das Schiff hier auf dieser seiner Insel für eine Handvoll Euro gekriegt hätten, rein ohne Formalitäten, frei von jeder Verpflichtung und das Schlimmste: ohne Steuermann!, würden sie ihn als Verantwortlichen herabwürdigen und womöglich versetzen. Unter Umständen zurück auf Salina, wo er herkomme. Oder noch schlimmer: nach Lampedusa.

Ralph protestierte: „Was für ein Unsinn! Hören Sie: Rotolo hat uns auf sein Schiff eingeladen. Er ist mit uns zur Südspitze, hat den Anker ausgeworfen, uns zuerst schwimmen lassen, dann in die Kabine gesperrt und ein Loch ins Heck gesprengt. Er hat sein Schiff nicht vermietet, er hat es versenkt."

Sie verzog ihre dünnen Lippen, bis sich schmale Grübchen an den Seiten abzeichneten. Zu einem freundlichen Lächeln gereichte das kaum.

„Hat Alconi gesagt, wer ihn angerufen hat? Das muss Rotolo gewesen sein, er hat ihm diesen Quatsch eingeredet!", warf ich ein.

„Oder einer seiner beiden Handlanger", schob Ralph nach.

Sie presste ihre Handflächen aufeinander und sagte erwägend: „Sie müssen wissen: Rotolo besitzt eine schöne Segelyacht mit zwei Masten. Die Verkäuferin des Hauses, in dem er mit Ilaria wohnt, eine ältere Dame, hat ihm einen alten Kahn überlassen. Er hat versucht, ihn zu verkaufen, aber niemand auf der Insel ist so dumm und kauft ein schrottreifes Schiff."

Ralph fluchte und zischte: „Es ist nicht zu fassen! Ich komme mir vor wie ein Narr in einem abgekarteten Spiel, in einem Theater mit zugeteilten Rollen. Signora Nocerino, eine letzte Frage: Eduardo hat uns befreit. Ohne ihn wären wir nicht hier. Woher hat er gewusst, dass wir in diesem alten Kahn stecken? Jemand hat das vorausgesehen und ihn angerufen. Dieser Jemand hat ihm erklärt, wo er suchen muss und dass er sich beeilen soll. Wissen Sie, wer das gewesen sein könnte?"

Sie schaute auf ihre Uhr, schlug sich an die Stirn und rief: „Oh, es ist schon spät! Ich werde seit einer Stunde an der Rezeption erwartet."

Sie holte zwei Schlüssel aus ihrer Tasche: „Hier sind die Ersatzschlüssel für Ihre Zimmer", und warf sich gegen die Pendeltür: „Bitte kommen Sie hier entlang, nehmen Sie den Fahrstuhl vom Speisesaal aus."

Sie riss die Tür zum Fahrstuhl auf, bugsierte uns hinein und flüsterte: „Falls Sie beabsichtigen, die Insel zu verlassen, kann ich das verstehen. Ich organisiere Ihnen einen Mann, dem Sie vertrauen können. Er wird Sie mit seinem Boot nach Neapel übersetzen. Oder Palermo, wie Sie wollen. Noch heute Nacht. Kommen Sie in etwa einer Stunde an die Rezeption."

Ralph stellte sich in die Tür, hinderte sie am Zuschlagen und flüsterte ebenfalls: „Signora, wir vermuten, Sie sind das gewesen. Sie haben Eduardo angerufen und ihm aufgetragen, uns zu suchen, nicht wahr?"

Der Spalt zwischen Tür und Türrahmen blieb breit genug für ihr Gesicht. Ich konnte sehen, wie sie den Mund zupresste, um sich die überfällige Antwort ein weiteres Mal zu verkneifen.

Nur ihre Augen, die gingen weit auf und glänzten, als wollten sie sagen: Wer denn sonst?

24

Wir suchten unsere Zimmer auf, um die Kleider zu wechseln. Minuten später verließen wir das Hotel auf demselben Schleichweg durch die Küche, fuhren mit dem Ducato zur Boutique und parkten auf dem Parkplatz neben dem Seiteneingang.

Wir gingen bis zur Tür und warteten kurz. Offenbar hatte uns niemand beobachtet. Von nun an galt es, leise und vorsichtig zu sein.

Die Tür war verschlossen, das Schloss jedoch kein wirkliches Hindernis. Wir betraten den Flur und warteten wieder kurz, um zu sehen, ob das Knacken des Schlosses jemanden alarmiert hatte.

Ich stand wieder da, wo das Unglück begann, und ertappte mich dabei, wie ich schnupperte, um festzustellen, ob etwas von diesem widerlichen Gestank zwischen Rauch und Chlor hängengeblieben war.

Wir teilten uns auf, durchforsteten schleunigst Lager, Büro, Fahrstuhl und Treppenhaus, selbst die Toiletten. In diesem Gebäudeteil war niemand – auch kein geheimes Waffenlager.

Die Boutique hatte geöffnet. Von dort drang Ilarias Stimme durch die Verbindungstür; sie versuchte gerade mit Lob und Beteuerungen jemanden für ein Kleidungsstück zu gewinnen.

Am Fuß der Treppe hing der Feuerlöscher wieder an seinem Platz. Ich zeigte darauf.

Ralph drückte mir die Tüte mit den Kabelbindern in den Arm, packte die Flasche, schüttelte sie, zwinkerte mir zu und packte die Düse mit der rechten Hand.

Ich huschte die Treppe hoch und legte vor der Wohnungstür eine Verschnaufpause ein. Ralph schloss dicht auf. Ich lud die Pistole durch, sammelte mich, bekam Ralphs Zustimmung, stieß die Tür auf und war mit drei schnellen Schritten im Wohnzimmer.

Rotolo saß im Rollstuhl, den Rücken zu uns, er war im Begriff, auf die besonnte Terrasse hinauszurollen.

Links sah ich einen Schatten aus der Küche kommen – Rotolos Pfleger!

Ralph zielte in dessen Richtung und drückte auf den Düsenhebel: Schaum klatschte dem Mann an Brust, Hals und Gesicht. Er schmiss ein Tablett zu Boden, fluchte und hielt sich die Hände vors Gesicht.

Rotolo hatte seinen Rollstuhl vor der Schwelle gewendet. Er durchbohrte mich mit seinem Blick, holte tief Luft und wollte uns mit Gebrüll verjagen. Oder mit Geschrei Hilfe anfordern? Was auch immer, er lief dunkelrot an, die Adern am Hals und auf der Stirn schwollen an.

Ich eilte zu ihm, zeigte ihm die Pistole und drückte ihm die Mündung hinter seinem Ohr an den Schädelknochen. Es war kein Wort nötig; mein Ingrimm in Verbindung mit der Waffe erstickten sein Verlangen, Alarm zu schlagen. Er klappte den Mund zu und ließ alles, was er an Mut besessen hatte, mit der Puste durch die Nase fahren.

Ralph hatte dem Pfleger die Flasche wie ein Torpedo in den Magen gehauen. Er rammte ihn ein zweites Mal, sah zu, wie er zu Boden ging, entwand ihm die Beretta, schob sie sich in den Hosenbund, verpasste ihm nochmals eine und kniete sich dann in sein Kreuz.

Ich warf ihm die Kabelbinder zu und er fesselte damit den Kerl an Händen und Füssen.

Der Mann krümmte sich und kotzte Schaum auf den Teppich.

Wo war der dritte, der dürre, lange Kerl?

Ralph gab mir ein Zeichen, ich solle auf der Terrasse nachsehen. Das hätte ich längst getan, deutete ich zurück, ergebnislos.

Er hob die Augenbrauen, legte den Zeigefinger an den Mund, nahm die Waffe in die Hand und lief auf Zehenspitzen zur Wohnungstür. Er schloss sie vorsichtig, pirschte weiter durch den lichtlosen Flur und verschwand in einem der hinteren Räume.

Die Sonne prallte hell und flach ins Wohnzimmer und warf komische Schattierungen an die Küchenwand. Ihre wärmende Kraft hatte kaum nachgelassen, doch der Raum wurde aktiv gekühlt, irgendwo surrte ein Klimagerät.

Rotolos Lungen sogen Luft ein, viel zu viel und viel zu schnell. Gleich würde er abheben und davonfliegen.

Wir waren zurück und das machte ihn irr und heizte ihm ein. Von seiner Stirn und Oberlippe perlten Tropfen und sein Nacken sonderte richtige Sturzbäche ab. Er steigerte sich in ein Geschwitze hinein wie ein fiebriger Patient und fing an zu riechen wie ein kränkelnder Kurgast.

Seine Finger umklammerten die Armlehnen, dass man sich um seine Knöchel und Sehnen hätte ängstigen müssen – wäre er ein geschätzter Koch gewesen oder ein verehrter Pianist.

Merkwürdig, wie sich die Sinne schärften, sobald man unter Hochspannung stand: Ich spürte in den Füssen, wie der Fahrstuhl Fahrt aufnahm, hochkam und vor der Wohnung hielt!

Ilaria rauschte durch die Tür, wie bestellt, zwitscherte ein munteres: „Gianluca?“, stolperte beinah über den Pfleger und schaute entgeistert zu Rotolo und mir.

Hinter ihr schälte sich der Lange aus dem Halbdunkel. Sie hörte das Tappen seiner Schuhe, machte kehrt, sah Ralph – in jeder Hand eine Beretta –, hob aus eigenem Antrieb die Hände und versuchte zu scherzen: „Oh, ihr seid's!?"

Ralph trieb die zwei vor sich her. Er schickte nebenbei die Wohnungstür zum zweiten Mal ins Schloss und bellte Ilaria an: „Hinsetzen! Da vorne, hinsetzen, los!"

Sie blieb stehen. Ich sah ihr Gesicht im Profil, das machte es mir schwer, einzuschätzen, wie ernst sie die Lage beurteilte. Sie schien trotzig, glaubte wohl, als Frau ein Anrecht auf Höflichkeit zu haben, erwartete von Ralph und mir Rücksicht und Milde.

Der Lange strich an Ilaria vorbei, behielt die Hände in Höhe der Ohren und tastete den gefesselten Pfleger mit fassungslosen Blicken ab.

Ralph herrschte ihn an: „Mettila giù!"

Er gehorchte zögerlich, kniete sich eine Armlänge neben dem Pfleger auf den Teppich und behielt die Hände oben. Immerhin.

Ilaria taumelte. Vermeintlich rang sie mit der Beherrschung und hoffte wohl, Ralph möge sie einstweilen übersehen.

Das war natürlich Unsinn. Er näherte sich ihr mit gespannter Langsamkeit, ging so nah, dass zwischen ihre Nasenspitzen ein Tischtennisball gepasst hätte, drückte beide Rohre in ihre Eingeweide und sagte mit tiefer, gedehnter Stimme: „Setz. Dich. Hin."

Seine Stimme war kaum lauter als das Knistern von Trockeneis in einer Box aus Styropor.

Sie zog den Kopf zwischen die Schultern, tastete sich rückwärts von ihm weg, Schritt für Schritt, blindlings im Halbkreis, bis ihre Waden den Rand der Polstergruppe berührten. Sie setzte sich auf die Kante und klemmte die Hände zwischen die Knie.

Jetzt konnte ich ihr ins Gesicht sehen. Ihre Augen waren halb geschlossen und im Licht der Abendsonne kurz vor dem Verglühen.

Ralph winkte mit der zweiten Beretta: „Das wär Hubertus Toffel nie passiert."

„Was?"

„Erinnerst du dich an unseren Kollegen Hubertus? Er ist im Dienst nirgends hin ohne seine Kanone. Der Kerl hier geht auf die Toilette und lässt seine Kanone im Zimmer herumliegen."

Er stupste den Langen in die Schulter: „Sdraiati!"

Weil der Kerl der Aufforderung nur zögerlich nachkam, pfefferte er ihm den Griff an den Hinterkopf. Das beschleunigte die Handlung.

Ralph bog ihm die Hände auf den Rücken und zurrte zwei ineinander verschlungene Kabelbinder um die Gelenke.

Er stand auf und sagte: „Hast du seine Frisur gesehen? Wie lange hat der wohl vorm Spiegel gestanden? Sieht er nicht toll aus?"

Ich schaute den Langen an: Er hatte sich Pomade ins Haar geschmiert und die magere Pracht nach hinten gekämmt. Streng und genau, kein Strähnchen hatte er ausgelassen.

„Jetzt fehlt noch die Büchse", sagte ich.

Ralph richtete die Frage direkt an Rotolo und Ilaria: „Wo habt ihr sie versteckt?"

Die beiden schienen nicht zu verstehen.

„Das Gewehr. Die Waffe. Das Ding, mit dem ihr Angelo erschossen habt", sagte Ralph.

Ihre Blicke trafen sich, dann besah sich Ilaria ihre Fingernägel und Rotolo wandte sein Gesicht dem Fenster zu.

Ralph kam heran und tippte Rotolo mit dem Finger auf die Schulter, vermutlich wollte er die Frage wiederholen.

Rotolo knurrte: „Vaffanculo!"

Ralph schnaubte. Er stapfte auf die Terrasse hinaus, suchte in jedem Winkel, kam zurück und sagte: „Kein Gewehr. Aber dieser Windschutz, die Glaswand ist flexibel. Vier Elemente lassen sich ausklinken und nach links oder rechts verschieben."

Er ging auf Ilaria los: „Dass dein Mann nicht redet, leuchtet ein. Aber du, du sagst uns jetzt, wo das verdammte Gewehr ist! Hat es ein Zielfernrohr?"

Nichts hätte mich verwundert, weder ein Geständnis unter Tränen noch fintenreiche Ausflüchte, weder eine hysterische Gegenwehr noch ein inszenierter Zusammenbruch. Auf vieles wäre ich gefasst gewesen, sogar eine wachsweiche Anbiederung hätte ich für möglich gehalten, bloß nicht dieses Schweigen.

Wie konnte man dieser Verweigerung beikommen? Was vermochte Ilarias stummen, störrischen Widerstand aufzubrechen? Es musste eine Möglichkeit geben, einen Zugang zu ihrer Einsicht oder ihrem Gewissen zu erlangen. Ich empfand ihre Haltung als feige und versuchte es mit einem Stich ins Herz: „Du warst es. Du hast Angelo erschossen. Von dieser Terrasse aus. Ich habe Angelo sterben sehen, er ist vor meinen Augen verblutet."

Sie schloss die Augen und ließ den Kopf hängen, bis die Kinnspitze ihre Brust berührte.

Rotolo schnaufte, schwitzte, aber schwieg; wohin oder worauf er seine Aufmerksamkeit richtete, war mir nicht klar.

Ich dachte daran, die beiden zu trennen und gesondert zu verhören. Beim Festlegen des Wie und Wo und beim Abschätzen, ob eine Trennung überhaupt was bringen würde, kam ich auf eine andere Idee. Ich sagte zu Ralph: „Lassen wir das, es führt zu nichts. Ich schlage vor, wir bringen sie hinauf zur Villa und übergeben sie Signora Sempre. Soll sie mit ihnen machen, was sie will."

„Und das Gewehr?"

„Überlassen wir dem Sottotenente. Er und seine Leute werden es finden und wir brauchen uns keine Gedanken zu machen über Fingerabdrücke und all diesen Kram."

„Ich hab's doch gewusst", sagte Ralph und grinste Rotolo ins Gesicht, „er hat immer einen Plan B." Er legte ihm die Handgelenke vorne übereinander und zurrte zwei Kabelbinder fest. „Wir bringen dich zur Sempre. Du kannst dir nicht vorstellen, was dich dort erwartet! Da kannst du dich zu Tode schweigen. Ja, guck nur böse, wenn du es warst, der geschossen hat, möchte ich nicht mit dir tauschen, Mann."

Rotolo sagte ein Wort, das als ‚Stronzo' hätte durchgehen können.

„Oh, ich sehe schon, wir verstehen uns." Ralph antwortete ruhig und mit einem Nicken, doch sein Gesicht sprach eine völlig andere Sprache.

„Und das Pack da?", er schaute mich an.

„Schließ sie irgendwo ein. Oder mach mit ihnen, was du willst."

„Avete sentito?" Er fasste den Pfleger am Jackett. „Er braucht euch nicht mehr. Du hast ausgedient. Mascalzone miserabile!"

Er zerrte ihn nach hinten und kam zurück, um die restlichen Kabelbinder zu holen. Bald war ein Rumpeln zu hören, wie wenn jemand mit Schuhen in der Badewanne strampelt. Es folgte ein Rauschen von Wasser, ein gewinseltes: „No-noprego! Noo!" ein Klatschen, ein Blubbern und Gurgeln, ein Husten, das mehr nach Erbrechen klang, wieder ein Gurgeln, dann ein dumpfer Schlag und Stille, abgesehen von dem permanenten Plätschern des Wassers.

Ralph kam zurück, mit nassem Hemd und nassen Händen, stellte den Langen auf die Beine und schob ihn den Flur entlang.

Der Dummkopf begann zu schwanken, drehte sich dann plötzlich und versuchte Ralph mit dem Schädel eins auszuwischen, was diesen nur noch rasender machte. Er trat dem Langen die Beine weg, ging in die Küche und riss zwei, drei Schubladen auf, bis er fand, was er suchte.

Ilaria beobachtete, wie er mit einem riesigen Fleischermesser aus der Küche stürmte und damit dem Langen auf den Leib rückte. Er riss ihn ein zweites Mal hoch, warf ihn an die Wand, ritzte ihm mit der Klinge den Hals auf, bis Blut floss, und donnerte: „In avanti!"

Ilaria rief wütend: „Halt! Was machen Sie da?"

„Hat der da Chiara-Sophie erstochen? Oder der andere?", fragte er zurück.

Sie stutzte, in ihr Gesicht trat aufrichtiges Entsetzen, dann wandte sie sich Rotolo zu und stammelte unter Tränen: „Oh, Luca! Dire che non è vero?! Dire che non è vero! Oh, Luca."

Sie hatten etwas Peinliches, Feiges an sich, die ruckartigen Bewegungen, mit denen er ihren flehenden Blicken auswich.

Sie gab auf. Sie drehte sich dem Sofa zu, sank hin und vergrub ihr Gesicht zwischen zwei seidenen Kissen: „Das habe ich nicht gewusst. O Luca, was hast du nur getan? Du hattest versprochen, ihr nicht wehzutun, du –"

Ihre Klage wurde schwächer, ihr Schluchzen lauter, die Worte verwischten ins Unverständliche, bis ihr Schluchzen zu einem Wimmern verebbte.

Ralph wischte sich mit dem Handrücken über die Augen und trat zu ihr. Er packte sie an der Schulter, riss sie hoch, hielt die Hand mit dem Messer halb verdeckt hinter sich und fragte sie mit verzweifelter, doch fester Stimme: „Warum hat Chiara-Sophie sterben müssen?"

Sie drehte den Kopf zur Seite und versuchte sich ihm zu entwinden.

Er packte sie härter, schüttelte sie, wurde lauter: „Sag mir warum! Nur weil ihr Vater nicht bezahlt hat?"

Sie weinte, nickte und weinte lauter.

Ralph schleuderte sie zurück in die Kissen. Er wandte sich langsam um, hob den Arm mit dem Messer und zielte auf Rotolo.

„Du!", brüllte er. „Du bist ein Ungeheuer!"

Er stürzte auf Rotolo zu.

„Ralph!", rief ich. „Warte! Mach keinen Unsinn!"

Er packte Rotolo mit der Linken an der Gurgel,

drückte zu und legte das Messer so an Rotolos Ohr, dass er nur zu ziehen bräuchte, um ...

„Warum? Sag mir, warum Angelo hat sterben müssen? Aus demselben Grund? Hast du seine Mutter erpresst? Hat sie sich auch geweigert, zu bezahlen?"

Rotolo keuchte, riss seine Augen auf, rutschte tiefer in seinen Stuhl – und schwieg.

„Mach den Mund auf! Rede!", befahl ihm Ralph.

„Nein", hörten wir Ilaria sagen. „Angelo hat ... er hat uns schikaniert. Immer wieder ist er bei uns eingebrochen, hat den Laden verwüstet, die Stromleitungen gekappt, all solche Dinge. Und jedes Mal ist er uns entwischt. Zuletzt hat er das Feuer gelegt. Ich meine, wir hätten sterben können, wir –"

Ralph zog die Hand zurück, wischte sie sich an den Hosen ab, als hätte er etwas Scheußliches angefasst, und sagte: „Was bist du bloß für ein Teufel."

Er marschierte zurück zu dem Langen, verschwand mit ihm im nächsten Zimmer und schlug die Tür zu.

Kurze Zeit später hörten wir einen erstickten Schrei.

Das Rauschen aus dem Bad hielt an.

Ich sagte zu Ilaria: „Steh auf, mach dich nützlich und schieb den Rollstuhl! Wir müssen los, es wird Nacht."

Sie erhob sich, wischte sich mit den Fingern über die Augen, zerrieb die Tränen auf den Wangen und strich sich eine nasse Strähne aus dem Gesicht. Sie versuchte, aus meinen Augen zu lesen, zu ergründen, was ich dachte, und sagte dann: „Du und er, ihr seid kein bisschen besser."

25

Sie geizte mit ihren Diensten. Ich war gezwungen, Rotolo samt Rollstuhl allein in den Ducato zu verfrachten.

Platz war genug in dem fensterlosen Kasten neben einer hölzernen Box für Eduardos beide Hunde und einem Eimer mit Stricken. Ralph kam nach wenigen Minuten, verlor kein Wort über die beiden anderen, sicherte den Rollstuhl mit einem Strick an der Seitenverstrebung und kümmerte sich während der Reise um den Passagier. Ilaria stieg vorne zu. Ich setzte mich ans Steuer.

Die Boutique hatte nach wie vor geöffnet, die Lichter in Schaufenster und Verkaufsraum erhellten den Vorplatz und einen Teil der Straße. Allerorten gingen Laternen und Leuchtreklamen an und je mehr Lichter aufflammten, desto matter wirkte die Schwärze des Meeres. Am Westhimmel hing der letzte Rest des Abendlichts, die Dämmerung feierte ihr Finale in der Farbe des Blutes.

In der Steigung brummte der Motor. Ich musste einen Gang zurückschalten, griff nach dem Schalthebel und spürte im nächsten Moment ihre Hand auf der meinen. Ich schaltete, ohne hinzusehen, und zog die Hand zurück.

Sie flüsterte, so dass ich es kaum hörte: „Ich habe nichts Unrechtes getan."

Ich nickte, nicht weil ich ihr glaubte, sondern weil ich ihre Worte verstanden hatte und darüber nachdenken wollte, mich aber auf die Straße konzentrieren musste.

Sie sagte: „Sei mir nicht böse, Julian."

Damit brachte sie mich fast aus der Fassung. Ich fragte: „Glaubst du, unter anderen Umständen hätte was aus uns werden können?"

„Wer weiß das schon?", sagte sie. Es klang verzweifelt nüchtern.

Sie hatten uns kommen sehen. Das Eisentor ruckelte auf, ohne dass ich auf den Klingelknopf zu drücken brauchte. Die beiden Typen lungerten auf der Veranda herum und rauchten. Im Lichtkegel der Glühbirne über ihren Köpfen flirrten und schwirrten Motten, Mücken und Nachtfalter.

Der Dicke stopfte seine Kippe in seine Bierdose und verschwand im Haus, der Kleine kam die Treppe herab und blieb zwei Schritte davor stehen, in gespielt lockerer Pose und weiterrauchend. Ich fuhr auf den Platz und parkte den Ducato quer, damit sie gleich sehen konnten, wen wir ausladen würden. Hoch an den Säulen gingen zwei alte Breitstrahler an und fluteten das Areal mit schmutziggelbem Licht.

Wir luden Rotolo aus. Ralph schob den Rollstuhl über den Kies bis wenige Meter vor den Kleinen. Ich stellte mich neben Ralph, Ilaria eine Armlänge vor uns.

Der Kleine trat die Zigarette aus, beim Hinabsehen zeigte sich eine Schramme auf seinem Kopf. Seine Begrüßung fiel gelinde gesagt unterkühlt aus.

Ich grüßte genauso kühl zurück.

Wir taten, was er tat: Warten.

Ich hatte meine geliehene Pistole im Wagen gelassen. Wo Ralph seine beiden eroberten FUSIONs hingetan hatte, wusste ich nicht. Wir hatten die Gelegenheit verpasst, uns abzusprechen.

Rotolo rutschte in seinem Sitz nach vorn und bat Ilaria um eine Gefälligkeit. Sie verstand sogleich, holte ein zerknautschtes Kissen und ein grünes Flanelltuch aus seinem Kreuz, legte das Kissen einstweilen auf seine Knie, schüttelte das Tuch aus und packte es sorgsam gefaltet wieder zwischen Rücken und Lehne.

Die Eingangstür fiel ins Schloss: Signora Sempre war herausgetreten.

Sie stand da und musterte Ralph und mich leichthin, auch Ilarias Anwesenheit war nicht von Belang. Unser Erscheinen wühlte sie zwar auf, wie es schien, aber im Grunde war es einzig und allein Rotolo, der ihren Blick anzog. Sie setzte sich in Bewegung, schritt bis an den Rand der Treppe und betrachtete ihn unentwegt. Es waren wohl kaum seine Haltung im Rollstuhl oder seine gefesselten Hände auf dem Kissen, es musste mehr dahinterstecken. Ich bekam den Eindruck, seine Gegenwart setze ihr zu, bereite ihr seelische Schmerzen.

Vielleicht hatte ich mir das Treffen, oder besser gesagt die Übergabe, einfacher vorgestellt. Jetzt, beim Anblick dieser tief bewegten Frau wollte mir weder eine Erklärung noch ein nächster Schritt einfallen. Überkam nicht jeden in einer stark beklemmenden Situation eine unüberwindbare Art von Entmutigung? Eine Hemmung, verursacht durch einen inneren Gedankenstau? Nicht einmal eine Begrüßung brachte ich zustande. War es ein Fehler gewesen, Rotolo herzubringen?

Es war Rotolo selbst, der anfing zu reden. Halb ernst, halb belustigt sagte er: „Buonasera Francesca."

Sie tastete nach dem Handlauf und antwortete gerade noch vernehmbar: „Buonasera Gianluca."

Ich sah ihr Gesicht und mir schien, es wurde von einem inneren Schmerz beinahe zerrissen. Hatte sie bereits geahnt, dass Rotolo für den Tod ihres Sohnes verantwortlich sein musste?

Er sagte: „È un pezzo che non ci vediamo.„

„Was sagt er?", fragte ich Ralph.

„Sie kennen sich anscheinend von früher", antwortete er und tat mir den Gefallen, mir das folgende Gespräch simultan zu übersetzen.

„Venti anni", sagte sie, und ihr Mund verzog sich zu einem schmalen blassen Strich.

„Venti anni?", fragte Rotolo zurück, die Augenbrauen erhoben.

„Zwanzig Jahre ist es her", übersetzte Ralph.

„Warum?", fragte sie, wartete eine Weile und fragte erneut: „Warum Gianluca?"

„Warum was?", fragte Rotolo.

„Warum hast du ihn getötet? Unseren Angelo", beim Nennen des Namens versagte ihre Stimme beinahe.

„Ich verstehe nicht", er spielte den Ahnungslosen.

Sie musste die Worte herauspressen: „Angelo ... ist unser Kind ... er ist dein Sohn."

Ich spürte ein glühendes Ziehen unter der Kopfhaut und bereute nun ernsthaft, Rotolo hergebracht zu haben. Ich begann allmählich, fast ratenweise zu begreifen. Es fügte sich alles zusammen. Was für eine schicksalshafte Verkettung der Ereignisse! Was für ein Drama! Darum diese Verschlossenheit, die Mauer, die Abschottung der Signora Sempre. Es schien, als habe sie ihren Sohn vor seinem kriminellen Vater beschützen wollen, sich selbst vor ihm verstecken wollen – doch vergebens.

„Angelo – mein Sohn?", fragte Rotolo und sein linker Mundwinkel zuckte, ob aus Verlegenheit oder Unglauben vermochte ich nicht zu sagen. „Oh, nein, nein, du irrst dich! Ich habe keine Kinder!"

„Doch, das hast du. Angelo ist dein Sohn. Erinnerst du dich nicht? Damals in Neapel?"

„Du hast mich ganz plötzlich verlassen, damals, wie könnte ich das vergessen? Aber warum? Das habe ich nie verstanden."

„Warum wohl? Ich habe gesehen, was aus den Kindern deiner Freunde geworden ist. Und wie wenig dir und den anderen ein Leben wert ist. Angelo sollte es besser haben, darum bin ich weggegangen."

„Aber …", er reckte sein Kinn, „ich habe nicht gewusst, dass du ein Kind von mir erwartest." „Er bemühte sich, seine Stimme ruhig zu halten, und fragte: „Hast du ihm gesagt, dass ich sein Vater bin?"

„Ich wollte es, aber ich glaube, er hat es selbst herausbekommen, und von da an habe ich nicht mehr mit ihm reden können."

Ich weiß nicht mehr, was ich dachte, ich weiß nur noch, dass ich mich auf ihn warf. Nicht, weil er seinen eigenen Sohn umgebracht hatte – was tragisch genug war. Nein. Ich hatte gesehen, wie die Finger seiner rechten Hand zwischen die

Naht des Kissens gewandert waren und wie er das Kissen nun mit einer ruckartigen Bewegung abschüttelte, gleich einem lästigen Handschuh. Er hielt eine Taschenpistole in seiner Faust. Ich stürzte mich auf ihn und bekam die Pistole zu fassen. Mein Gewicht riss den Rollstuhl um, wir purzelten aufs Kiesbett. Es war mir egal, ob er sich damit freipressen oder jemanden töten wollte, er hatte schon zu viel Leid angerichtet.

Er brachte es fertig, einmal abzudrücken. Die Kugel riss eine Scharte in den untersten Tritt der Steintreppe, schnellte hoch und verschwand in einem weiten Bogen übers Haus. Natürlich war sie auf ihrer Bahn zur Treppe und dann in den Nachthimmel nicht zu sehen, aber heulen konnte man sie hören.

Der Kleine war augenblicklich zur Stelle und befasste sich mit Rotolo. Das erleichterte es mir, diesem die Pistole abzunehmen. Es war eine Beretta NANO.

Einen Moment lang fürchtete ich, sie würden Gift und Galle über Rotolo ausschütten, ihn treten und am Ende halb totgeprügelt liegen lassen. Ich hätte ihm selbst gern in die Eier getreten.

Ralph stellte derweil den Rollstuhl zurück auf die Räder und kontrollierte Sitzpolster und Lehnentasche auf weitere Waffen.

Wie leicht man sich täuschen ließ, wenn die eigenen Gefühle den Verstand durchdringen.

Ralph und der Kleine griffen Rotolo unter die Arme, hoben ihn hoch und setzten ihn – fast rücksichtsvoll – in den Rollstuhl. Ralph fesselte Rotolos Hände an die Armlehnen des Rollstuhls, dann ließen sie die Finger von ihm.

Er saß da, zusammengesunken, fahl im Gesicht, die Augen offen, die Lider schwer. Rotolo war soeben um Jahre gealtert, weg war seine beispielhafte Würde.

Der Kleine hob das Kissen auf, knetete es, trieb seine Hand in den Hohlraum, stülpte den Beutel im Kissen nach außen, roch daran und gab ihn mir in die Hand.

Der Beutel war aus weichem Leder.

Ich gab ihn an Ralph weiter. Der Kleine stand bei ihm wie ein Kollege, sie tauschten auf Italienisch ihre Meinung über die findige Verhüllung aus.

Ilaria war zur Sempre hochgelaufen. Sie redete mit ihr, legte ihren Arm um sie, führte sie ins Haus.

Ich fand, es sei an der Zeit, den Sottotenente anzurufen, und lief ihnen hinterher, doch vor der Tür fing mich der Dicke ab. Ralphs Fäuste hatten auf seinem linken Jochbein einen blauen Fleck mit einem regenbogenfarbigen Rand geschaffen. Sein Kiefer war einseitig geschwollen, aber immerhin konnte er die Lippen so weit öffnen, dass es ihm möglich war, zu rauchen. Er griff mit

Daumen und Zeigefinger nach der Zigarette, zielte damit Richtung Tor und wisperte: „Schengono."

Ich wandte mich um. Das Polizeiauto fuhr mit übertriebener Dringlichkeit auf den Platz und vollführte einen Stopp, dass die Kiesel nur so davonspritzten.

Drei Leute entstiegen dem Wagen: Alconi, sein Fahrer und der junge Carabinieri mit dem engen Kragen. Sie setzten ihre Mützen auf. Das Aufgebot hatte sie gewiss zu Hause im schönsten Feierabend erreicht, gleichwohl leisteten sie den Dienst in makelloser Uniform.

Alconi kaschierte seine Verwunderung, uns hier anzutreffen, gekonnt. Er schwenkte seinen ausgestreckten Arm, wie es vermutlich ein römischer Kaiser getan hätte, und rief: „Nessuno lascia il posto!" Er sah mich und sagte: „Nicht weggehen, verstanden?"

„Ja", sagte ich.

Danach eilte er die Treppe hoch. Weil seine Augen wiederholt an Rotolo hängengeblieben waren, stolperte er, fing sich wieder und verschwand im Haus.

Ralphs Hand fuhr an seinen Bauch. Er spürte wohl die Pistole unter seinem Hemd heiß werden. Ich sah es ihm an. Er schritt zum Ducato. Der junge Carabinieri rief: „He, nessuno lascia il posto!"

„Si, sì", er beschwichtigte, ohne seinen Gang zu unterbrechen, stieg in den Kasten, streckte kurz darauf eine Hand aus und ließ ein Seil in der Luft pendeln. Der junge Carabinieri blickte vom Seil zum Rollstuhl, zum Polizeiauto, wieder zu Ralph und nickte.

Sie brachten Rotolo auf dem Rücksitz des Polizeiwagens unter und verstauten den Rollstuhl im Kofferraum. Das Seil fand seine Verwendung, weil der Deckel des Kofferraums auf den abstehenden Griffen des Rollstuhls auflag.

Die beiden Damen in der Villa hatten Alconi offenbar über die Ereignisse ins Bild gesetzt. Er kam allein heraus.

Sein Gesicht war seltsam blass, und daran war das grelle Licht der Scheinwerfer nur zum Teil schuld. Seine Stirn bestand aus Runzeln und auf seinen Schultern lastete eine unsichtbare Bürde.

Er suchte Ralph und fragte ihn nach dem Verbleib von Rotolos Komplizen. Wenn ich Ralph richtig verstand, antwortete er, die beiden seien in Rotolos Wohnung.

„Tot?"

„Nein, nein. Gefesselt."

„Was?"

Ralph legte die Handgelenke übereinander.

„Ah, bene", sagte Alconi und zeigte sich befriedigt.

Er wies seine Männer an, einzusteigen, verabschiedete sich von uns vieren, die wir untätig herumstanden, und sah, bevor er seinen Platz im Polizeiauto einnahm, lange und nachdenklich durchs Seitenfenster auf Rotolo. Er stieg ein, zog die Tür zu, streckte seinen Ellbogen durchs offene Fenster und rief: „Auguro di vedere, domani. Domani alle sedici."

Er hatte dabei mich angesehen, dann gab er seinem Fahrer einen Wink.

„Er will dich sehen, morgen um sechzehn Uhr", sagte Ralph.

26

Ich fuhr mit dem Ducato ins Hotel. Ralph saß auf dem Beifahrersitz und fragte: „Wie lange brauchst du zum Packen?"

„Packen? Willst du weg?"

„Ist es nicht schöner in der Lagune?"

„Ja, aber weißt du, wie spät es ist?"

„Wir könnten um Mitternacht dort sein, Eduardo wäre sicher noch wach."

Ich brauchte ihn nur anzusehen, um zu verstehen, weshalb er darauf drängte, dieser Seite der Insel den Rücken zu kehren.

„Gut", sagte ich. „Wo soll ich auf dich warten? In der Halle oder im Wagen?"

„Kein Wettlauf, beeil dich einfach."

„Du, Ralph?"

„Was ist?"

„Ich bin stolz auf dich. Ich hätte da oben viel Geld darauf verwettet, dass ihr Rotolo eine Tracht Prügel verpasst."

„Oh, das hätte ich nur allzu gerne, glaub mir! Leider kam der Sottotenente einen Moment zu früh."

„Was hätte es dir gebracht, ihn zu verprügeln? Meinst du nicht, er ist gestraft genug? Er hat seinen Sohn erschossen. Seinen eigenen Sohn. Fast noch ein Kind. Was meinst du, was können so einem Menschen Schläge und Tritte noch anhaben?"

„Hätte der Kleine das auch so gesehen?"

„Ralph, was soll diese Frage? Der Mann ist gestraft für den Rest seines Lebens!"

„Und Chiara-Sophie?"

Darauf wusste ich keine Antwort.

Ralph nickte, erkannte mein Dilemma, dann sagte er: „Ich hoffe einfach, er kommt nie wieder raus."

Wir holten unsere Sachen und trafen uns wieder in der Empfangshalle. Ralph schien aufgewühlt, leidend, abgespannt. Er redete kein Wort.

Ein Notlicht brannte. Die Bar war geschlossen, die Rezeption verlassen. Niemand nahm Notiz von unserer übereilten Abreise.

Wir schaukelten mit der Kiste unter dem Sternenhimmel über die Insel. Ich steuerte die Lagune an und lenkte den Ducato in den Unterstand. Die Uhr im Armaturenbrett zeigte null Uhr vierzehn.

Wir verhielten uns weder ruhig noch vorsichtig. Ralph nahm seine Sachen aus dem Wagen und stapfte voraus. Weshalb hätten wir übertrieben leise sein sollen? Oder umsichtig und wachsam? Auf der Terrasse, im Essraum, in der Küche, sogar in den meisten hinteren Räumen brannte

Licht. Wir schleppten unsere Koffer ohne Arg-wohn über den Sand. Die Festtagsbeleuchtung streute ihren hellen Schein in alle Richtungen, bis hinunter zum Strand.

Ralph blieb stehen. „Da ist was faul", murmelte er.

Wir standen vor der Treppe. Kein Mensch war zu sehen. Nichts rührte sich. Schwacher Wind strömte uns entgegen.

Ich sah mich um: „Er ist ausgefahren. Das So-larboot ist weg."

„Dann hätte er die Lichter gelöscht und die Hunde dagelassen!"

Bis hierher hätten wir prächtige Zielscheiben abgegeben. Wir ließen die Koffer stehen und suchten Deckung im Schatten der Terrasse.

Ralph flüsterte, er werde versuchen, durch die Vordertür ins Haus zu gelangen. Ich schlich ums Hauptgebäude herum und schmiegte mich an die Rückwand. Das mittlere Fenster stand offen, ausnahmsweise brannte kein Licht im Zimmer. Ich huschte heran und horchte, Eduardos Beretta in meiner Hand. Ich hörte den Wind, der durchs Geäst der Pinie pfiff, und das Geraschel eines aufgescheuchten Kaninchens im nahen Hain. Aus dem Zimmer kam kein Laut. Keine Stimme, kein Summen war zu hören, kein Klicken einer Waffe, kein Knarren, kein Knistern. Es kam mir so still vor, dass ich an den Fähigkeiten meines

Gehörs zweifelte.

Ich spähte in den Raum, das Fenster war auf Höhe des Griffs eingeschlagen und dann geöffnet worden.

Ich glitt über den Sims, trat auf Scherben, drückte mich rasch in die nächste Ecke, atmete durch den Mund und wartete. Pulverdampf legte sich auf meine Zunge.

Jetzt erst sah ich den Pfleger. Er saß im Türrahmen und starrte zur Decke. Die eine Hand umklammerte den Schaft eines Gewehrs mit Zielfernrohr, die andere schwamm jenseits der Schwelle in einer Blutlache.

Ich sah, dass er nicht mehr atmete, und suchte den Puls an seinem Hals. Vergebens: Sein Herz hatte aufgehört zu schlagen.

Zwei Armlängen weiter lag Lucido, Eduardos Rüde, die Schnauze aufgerissen, die Zunge seitlich heraushängend. Eine Kugel hatte ihm die Kehle zerfetzt. Unnötig, seinen Puls zu fühlen.

Ich sah Ralph im Licht des Gastraumes, er bewegte sich Richtung Küche, lautlos, geduckt, eine Waffe in beiden Händen. Ich sah, wie er stutzte, die Waffe einsteckte und sich niederbeugte, doch ich konnte nicht sehen, wohin.

Ich wollte so rasch wie möglich zu ihm, er hörte mich kommen und gab mir ein Zeichen, zuerst die hinteren Räume zu sichern.

Ich schlich zu den Toiletten, suchte dort, in der

Dusche, in den Zimmern und im Speisesaal nach dem Langen. Ich stöberte in jedem Winkel, schaute hinter jede Tür, guckte unter die Betten und in die Schränke, um keine Überraschung zu erleben, und ging zuletzt zu Ralph in die Küche.

Er sah mich kommen, ich schüttelte den Kopf. Alles sicher.

Eduardo lag auf dem Rücken, das Gesicht schweißnass und grau. Ralph hatte ihm die Hosen aufgeschnitten und war dabei, den Oberschenkel abzubinden, um die Blutung zu stoppen.

Eduardos Augen waren geschlossen und tief in die Höhlen gesunken, der Revolver seiner Rechten entglitten.

Ralph sagte: „Er muss sofort in ein Krankenhaus."

„Wir rufen am besten Ginevra an."

Ich hörte ein Geräusch: Freccetta schlich aus der Vorratskammer auf uns zu. Mir wurde heiß und kalt: Die Kammer hatte ich ausgelassen! Ich machte zwei schnelle Schritte und warf einen Blick hinein, doch auch dort befand sich nichts außer mit Lebensmitteln befüllte Regale. Ich ging wieder zurück an Eduardos Seite und auch Freccetta traute sich heran.

Ich strich ihr über den Rücken und spürte, dass sie zitterte. „Bravo", sagte ich mit möglichst ruhiger Stimme. Sie kam näher und leckte Eduardos Hals und Gesicht.

Er stöhnte, streichelte mit der Hand über ihre Schnauze und schlug die Augen auf. Er sah zu Ralph auf und flüsterte: „Sind sie weg?"

Sein Mund schien trocken.

Ich holte ein Glas Wasser, half ihm beim Trinken und sagte: „Einen hast du erwischt. Der andere ist fort."

„So?", presste er hervor.

„Dein Solarboot ist weg", sagte ich.

Eduardo versuchte zu grinsen und meinte: „Der kommt nicht weit."

„Nein?"

„Die Elektronik. Hab sie programmiert. Er kann wegfahren, aber nach zehn Minuten ...", die restlichen Worte gingen in einem Stöhnen unter.

Ralph fand das Telefon in Eduardos Tasche. Er fragte ihn nach Ginevras Nummer und telefonierte.

Wahrscheinlich war er dabei, sie aus dem Tiefschlaf zu reißen. Ralph bewahrte Geduld, bis sie sich meldete, und beschrieb die Situation und Eduardos Zustand mit knappen Sätzen. Eduardo horchte, versuchte anscheinend zu verstehen, wie sie die Nachricht aufnahm. Er hoffte sicher, sie würde ihr Bett verlassen und sofort herkommen, das war nicht zu verkennen.

Am Ende hörte sich Ralph eine Frage an, sah auf das viele Blut und antwortete in solidem, redlichen Ton: „Schwer zu sagen. Eines ist sicher, er ist stark. Jeder andere –"

Dann war nur noch ein Tuten aus dem anderen Ende der Leitung zu hören und schon eine Viertelstunde später tauchte die Hoteldirektorin in der Küche auf. Sie holte ein Kissen und eine Decke, kniete sich zu ihm, bettete sein Haupt auf das Kissen, deckte ihn zu und sprach mit ihm.

Freccetta hatte sie begrüßt, fast freudig, und legte sich neben Eduardo, bereit, beim kleinsten Anlass aufzuspringen.

Vielleicht schauten wir dumm oder betreten zu, wie sie sich um Eduardo kümmerte, jedenfalls sah sie sich veranlasst, kurz aufzusehen und zu sagen: „Eduardo ist mein Bruder."

In der Zwischenzeit hatte er ein zweites Glas Wasser getrunken.

Mit Flüsterstimme berichtete er, was passiert war: „Sie sind vom Leuchtturm aus gekommen. Freccetta und Lucido haben mich gewarnt. Ich habe Licht angemacht. Überall. Es heißt ja, Licht schreckt ab."

„Ich möchte nur allzu gern wissen, wer die beiden befreit hat", knurrte Ralph.

„Ilarias Angestellte", entfuhr es mir. „Jetzt fällt es mir ein: Ilaria hat sich geweigert, mir vor der Boutique beim Verladen von Rotolo zu helfen. Sie muss die Zeit genutzt haben, um der Verkäuferin ein Zeichen zu geben oder ihr eine Nachricht zu hinterlassen. Ich Idiot hätte es wissen müssen."

Ralph besänftigte mich: „Mach dir keine Gedanken. Der eine ist tot, der andere kommt nicht weit. Und Eduardo", er legte ihm die Hand auf die Stirn, „Eduardo wird durchkommen."

Eduardo biss sich auf die Zähne, stützte sich auf seine Ellbogen, um nach Lucido zu sehen, und sank mit trauernder Miene wieder zurück.

„Sie haben ins Zimmer geschossen und die Lampe zerstört. Dann sind sie eingebrochen", fuhr er fort. „Ich habe sie reden gehört. Lucido hat sich losgerissen und den Mann mit dem Gewehr angegriffen. Ich bin vorgetreten, um ihn zurückzurufen. Und da hat der Mann, mit seinem Gewehr auf mich anlegt. Ohne Lucido wäre ich tot. Er hat ihn angesprungen. Der Schuss ist mir nur ins Bein."

Er schluckte leer und hauchte: „Mit dem zweiten Schuss hat er Lucido getroffen. Er ist tot, nicht wahr?"

„Ja. Der Mann aber auch."

Er sammelte sich, schluckte mehrmals, versuchte wohl einen Kloß im Hals loszuwerden, und schloss mit den Worten: „Ich habe viermal auf ihn abgedrückt."

Gegen halb drei erschien Alconi mit seinen Untergebenen. Er kam in die Küche, nahm die Mütze ab und grüßte die Direktorin und Eduardo mit fürsorglicher Zurückhaltung. Für uns hatte er ein

Nicken und hochgezogene Augenbrauen übrig. Wie jemand, der sagen wollte: Schon wieder Sie? Langsam reicht's aber.

Im Augenblick konnte er wenig für Eduardo tun, deshalb ließ er seine Leute stehen und ging zu Lucido. Er bückte sich so tief, dass er die tödliche Wunde hätte befingern können. Er schaute nur – und war offensichtlich berührt.

Zwei Schritte weiter schielte er auf den toten Pfleger, mehr oder minder achtlos, und suchte sich einen Weg vorbei am Blut und durch die Scherben bis zum Fenster. Dort warf er einen Blick über die Schultern zurück und begegnete vier Augenpaaren, die seinem Gang gefolgt waren. Er legte seine rechte Hand auf die Stirn und fuhr sich über den ergrauten Bürstenschnitt bis in den Nacken. Es sollte wohl ein Bekenntnis darstellen. Ein Bekenntnis, dass er sich grämte, ob dieser schrecklichen Taten; dass er zu der Einsicht gelangt war, dass sich diese Verbrechen ungeachtet seiner Stellung, seiner Verbindlichkeit und außerhalb seiner Macht abgespielt hatten, und dass er unter dieser Einsicht litt. Vielleicht waren seine Empfindungen auch ganz anderer Art, wer wusste das schon.

Er setzte die Mütze auf und ließ seine Schultern hängen, wie gesagt, ich las daraus Gram, Resignation und Trauer, eine schwere Mischung aus allem.

Um sich von der Nacht und ihrem Mysterium ablenken oder trösten zu lassen, stützte er sich auf den Sims und neigte seinen Oberkörper ins Freie. Ich fragte mich, was seine Sinne wohl empfingen. Der Wind hatte sich gelegt, das Pfeifen aus dem Geäst und von der Kuppel des Leuchtturms war verklungen und das Kaninchen hoffentlich bei seiner Sippe im Bau. Das Meer war unhörbar hier hinten, denn es erschloss sich die Lagune in lauen Stunden wie diesen mit schwachem Druck und sanfter Strömung, also annähernd geräuschlos. Zu sehen gab es auch wenig, der Leuchtturm warf seinen wirkungsvollen Lichtstrahl hoch über dem Dach flach hinaus in die Weite. Am ehesten konnte er ein paar Dinge riechen: den blühenden Ginster vielleicht, den Harz unter der splittrigen Rinde der Pinien, die überall verzettelte Losung der Kaninchen.

Der junge Carabinieri trat durch die Tür und forderte mich auf, ihm zu helfen, am Strand ein Feuer zu entfachen.

„Elicottero", sagte er, während wir von der Terrasse auf den Strand traten. Er breitete, wohl weil ich schrecklich erschöpft war, gähnte und ihm affig ins Gesicht sah, seine beiden Arme aus, blies Luft durch die geschlossenen Lippen, dass es knatterte, und drehte sich im Kreis. Bis er über eine Wurzel stürzte. Seine Mütze rollte in einem weiten Bogen über den Sand ins Wasser. Wir

lachten und ich sah, dass der oberste Hemds-
knopf unter der Krawatte offen war.

Minuten später landete der „Elicottero".

Die Ärztin legte Eduardo eine Infusion, die Sanitäter schnallten ihn mit der Decke auf eine
Bahre. Wir begleiteten den Tross bis zum Platz
vor der Terrasse und schauten zu, wie sie ihn in
die Kabine schoben. Der Motor lief, die Rotoren
kreisten langsam. Ginevra legte eine Hand auf ihr
Haar und zog mit der anderen ihren Kragen zu.
Sie lief gebückt auf die Stiege zu, wollte einstei-
gen, wurde aber von einem Sanitäter zurückgehalten.

„Mio fratello!", rief sie.

Die Ärztin winkte, der Sanitäter gab nach und
ließ ihr jetzt sogar den Vortritt.

Ginevra kletterte eilends die schmalen Tritte
hoch und setzte sich auf den Klappsitz an Eduardos Seite. Sie wirkte wie betäubt.

Eduardo, dem die Ärztin nach zwei, drei Fragen
und einer sorgsamen Untersuchung zwei volle
Ampullen ins Blut gejagt hatte, wirkte dagegen
hellwach. Er hob die Hand, soweit es die Bänder
und Schnallen zuließen, und winkte einen Gruß
oder Dank oder beides in unsere Richtung.

Freccetta stand zwischen Ralph und mir. Sie
verfolgte das Geschehen aufmerksam und legte
die Ohren erst an, als der Hubschrauber mit Ge-
töse abhob.

Alconi sah uns nach unseren Koffern greifen. Er stellte keine Fragen, dachte wohl, wir würden abreisen. Erst als er sah, dass wir die Koffer über die Terrasse schleppten und damit ins Haus wollten, hielt er uns an und machte deutlich, dass wir es uns im Haus nicht gemütlich machen dürften. Wir sollten das Restaurant geschlossen halten und das Personal informieren. Das gelte solange, bis die Leute der Spurensicherung ihre Arbeit abgeschlossen hätten.

Der junge Carabinieri hatte in der Zwischenzeit seine Mütze gereinigt und über einem der Feuer getrocknet.

Alconi schickte ihn und den Chauffeur, der auf der Treppe im Stehen döste, nach Hause. Er selbst setzte sich auf die Treppe und wartete, bis die Leute der Spurensicherung aufkreuzten. Ralph brachte ihm einen Kaffee.

Die Leute der Spurensicherung kamen zu dritt. Zwei von ihnen sperrten das ganze Haus mit Signalbändern ab, ein gutes Stück vor und ein gutes Stück hinter dem Haus. Der dritte Mann begann den Pfleger aus jedem Winkel zu fotografieren.

Es wurde wieder hell, bis sie mit der Arbeit abgeschlossen hatten. Ein Bestatter war gekommen, um mit seinen beiden Gehilfen den Leichnam abzuholen.

Ich ging vorsichtig im Haus umher und löschte die Lichter, die unnötig brannten, und legte mich ins Bett.

Bevor ich mich dem Schlaf ergab, linste ich aus dem Fenster: Im Osten trat die Sonne über die Flanke des Felsens und kündete einen neuen Tag an.

Das Wasser in der Lagune glitzerte friedlich.

Am nächsten Nachmittag fuhr ich allein zur Polizeistation.

Alconi empfing mich recht förmlich. Er erklärte, sie hätten den Langen gegen Mittag aufgegriffen. Er sei im Solarboot orientierungs- und hilflos in Sichtweite der Fahrrinne der Fähre getrieben. Durstig sei er gewesen und mit den Nerven am Ende.

Erst stellte ich die Meerschnecke auf den Tresen, dann übergab ich ihm seine Krawattennadel.

Alconi schaute lange auf das vergoldete Stück, drehte es hin und her, umschloss es mit der Faust und suchte meinen Blick.

„Das gehört mir", sagte er.

„Glauben Sie an Sternzeichen?", fragte ich.

„No", sagte er. „Geschenk von Tochter."

„Welch ein Glück!", sagte ich.

„So?"

„Ein echter Skorpion wäre nachtragend."

„Nach-, was?"

„Für lange Zeit böse auf mich."

Er lächelte, nein, er grinste und sagte: „Einsperren! Einsperren müsste ich Sie!"

Auf dem Rückweg legte ich beim Hotel einen Halt ein, um die Rechnungen zu bezahlen. Der Direktor kassierte, gab mir die Hand, begleitete mich bis zum Ducato, klopfte auf das Blechdach und sagte: „Grazie di tutto!"

Gegen halb acht war ich zurück in der Lagune. Die Abendsonne leuchtete hell und warm. Keine Wolke war am Himmel zu sehen. Kein Mensch am Strand.

Freccetta holte mich beim Unterstand ab. Sie strich mir um die Beine und schaute an mir hoch. Ich hatte den Eindruck, sie wollte mir etwas verraten. Ich eilte zur Treppe, stieg die Stufen hoch und lief über die Terrasse. Der Duft einer gebackenen Pizza erreichte mich. Gleichzeitig sah ich eine Schiefertafel vor dem Eingang. Darauf stand dick und groß mit Kreide: „Pizza di Rudolpho."

EPILOG

Im darauffolgenden Herbst telefonierte ich mit Ginevra Nocerino, der Hoteldirektorin, weil ich wissen wollte, wie es ihrem Bruder Eduardo ging. Er habe sich prächtig erholt, sagte sie, und erwähnte nebenbei, Rotolo sei zu einer lebenslangen Haftstrafe verurteilt worden. Nicht nur, dass seine Fingerabdrücke auf dem Gewehr gefunden worden waren, mit dem Angelo erschossen wurde; auch der Auftragsmord an Chiara-Sophie konnte ihm nachgewiesen werden. Ilaria sei auch verurteilt worden, teilte Ginevra mir mit, zu zweieinhalb Jahren wegen Komplizenschaft.

Den Gürtel mit der Stahlschnalle besitze ich übrigens noch heute. Getragen habe ich ihn genauso oft, wie ich Ilaria danach gesehen habe. Nie.

ENDE

Lightning Source UK Ltd.
Milton Keynes UK
UKHW041147160223
417122UK00007BA/866

9 783960 873938